W0386025

NOËL, lutin glacé et voisin rôti !

© 2023, Thalyssa Delaunay
Tous droits réservés

Image de couverture : Adobe Stock
© Bulgakova Kristina
© Anura.dsgn
Couverture : Marion Rosiere
En-têtes de chapitre : Shutterstock © In Art

© 2023, Hugo Poche, Département de Hugo Publishing
Collection dirigée par Arthur de Saint Vincent
Ouvrage dirigé par Karen Maury
34-36, rue La Pérouse
75116 Paris
www.hugopublishing.fr

Dépôt légal : octobre 2023
ISBN : 9782755671520
Imprimé en Espagne par CPI Black Print

Thalyssa Delaunay

NOËL, lutin glacé et voisin rôti !

Hugo Poche

NEW ROMANCE®

« À ceux qui bravent la tempête,
en quête d'un nouveau foyer. »

CHAPITRE 1

LILY

– Tantine, ATTENTION !

La pile de cartons vacille. J'ai à peine le temps d'esquisser un pas en arrière que l'un d'entre eux dégringole du camion de déménagement. Des livres s'éparpillent à mes pieds, évitant de justesse le gros orteil dont ils ont bien failli m'amputer.

– Dis donc, le gnome… Ça ne serait pas plutôt à toi de faire attention ?

Perché sur le hayon, Avery fait la moue. Il a joué une fois de trop avec la manette qui sert à manœuvrer la plateforme de haut en bas, à l'arrière du fourgon.

– C'est bon, on va pas non plus en faire tout un plat. Je l'ai pas fait exprès.

– Encore heureux ! rétorqué-je en lui jetant mes gants de manutention au visage. Pour la peine, tu finiras de décharger ce qui reste. Il faut que j'aille vérifier si ta moitié est toujours en vie avant le retour des troupes.

Non, en cette mi-novembre, mon neveu n'est pas venu vivre chez moi avec l'amour de sa vie. Il n'a que quinze ans après tout ! En revanche, il a un frère jumeau, Sean, qui vient de se farcir cinq mille kilomètres en voiture avec un rhume carabiné. Selon toute vraisemblance, l'expression « dans la santé comme dans la maladie » se cantonne au mariage sans jamais s'étendre à la gémellité.

Entre deux grognements intempestifs, un carton de bibelots dans les bras, je m'échine à remonter l'allée en traînant dans la neige un sac-poubelle rempli de vêtements. Comble du bonheur : tandis que je bataille pour ouvrir la porte d'entrée du chalet, mon téléphone se met à sonner dans la poche de mon manteau.

– Pas de répit pour les braves, soupiré-je en m'affalant contre le battant.

Fragilisée par des années de grand froid, la serrure en profite pour rendre les armes en catimini. La porte pivote sur ses gonds alors que j'y suis encore à moitié appuyée et s'ouvre en grand. Sans la moindre grâce, je perds l'équilibre et m'étale de tout mon long au milieu du vestibule.

– L'avantage avec ton mètre cinquante, c'est que tu ne tombes pas de très haut, raille Avery en m'enjambant pour aller déposer une malle dans le séjour.

– Tes punchlines d'adolescent, en revanche, elles atteignent des sommets ! riposté-je.

– J'y peux rien, tantine. Il y a des gens qui naissent avec du talent, comme moi… et puis il y a les autres, comme toi.

Occupée à répertorier tous les os de mes jambes et de mes bras pour vérifier qu'aucun ne manque à l'appel, j'occulte temporairement l'effronterie de mon neveu qui s'éloigne en riant, fier de sa petite victoire. Il va falloir que j'en touche deux mots à ses parents, c'est lâche de frapper quelqu'un qui est déjà par terre ! Je me relève tant bien que mal dans cet océan de bagages qui me cerne, puis referme la porte derrière nous. Cette fois, j'ai mon compte. J'abdique !

Fuyant l'adversité, je cours me réfugier près de la cheminée. Pendant que les jumeaux échangent des commentaires sarcastiques sur ce trou perdu dans lequel ils ont atterri contre leur gré, je récupère mon portable.

– Par pitié, dites-moi que vous rentrez bientôt, bramé-je dans le micro. Sinon il va y avoir du gamin rôti au menu !

Ma mère glousse à l'autre bout du fil.

– Ne sois pas trop dure avec eux, ma puce. Les jumeaux sont de bons petits. S'ils ne t'avaient pas alertée de leur débandade, va savoir ce qui serait arrivé à ta sœur.

– Comment va Vi, d'ailleurs ? Tu as pu lui arracher un vrai sourire ?

Ma mère marque une pause. C'est assez révélateur en soi. De neuf ans mon aînée, Viviane a toujours été la plus solaire de nous deux, et bien qu'elle m'ait terriblement manqué depuis son déménagement à Los Angeles, je regrette qu'elle revienne au pays dans de telles circonstances.

Elle qui rêvait de glamour et de soleil à volonté avec sa boutique de fleurs sur le *Walk of Fame* et son mari Emmett, elle n'y a trouvé qu'inflation et faillite. Son sourire – pas cette grimace mécanique qu'elle a affichée en descendant de la camionnette – semble resté sur le bord de la route, quelque part entre son loft branché saisi par les huissiers et mon chalet à moitié rénové en Alaska.

– Il va lui falloir du temps pour accepter tout ça, reprend maman. C'est un sacré changement.

– Bien sûr, conclus-je avec une note d'optimisme pour tenter de chasser la mine sombre que j'imagine facilement sur le beau visage ridé de ma mère. Tu me diras combien je te dois pour les courses ?

Elle claque aussitôt la langue d'un air réprobateur.

– Tu en as fait assez comme ça ! Les débusquer dans ce motel miteux, organiser leur rapatriement, les héberger chez toi… Repose-toi et laisse tes parents s'occuper du repas !

Je la connais assez pour savoir que ça ne sert à rien de pinailler, ils ne lâcheront pas le morceau. Après avoir raccroché, je retourne en toute innocence près de mes neveux.

– Eh, les mouflets ! les interpellé-je. Si l'un d'entre vous respire encore, il pourrait mettre la table. Vos parents ne vont pas tarder à revenir avec le déjeuner et je dois aller chercher du bois dehors pour nous garder au chaud.

Victime d'une quinte de toux, Sean semble sur le point de rendre l'âme. Ou du moins, c'est ce qu'il essaie de nous faire croire pour ne pas avoir à lever le petit doigt dans ce branle-bas de combat. Il y a deux catégories d'hommes selon moi : ceux qui encaissent les uppercuts sans broncher et parviennent même à sortir une réplique culte dans la foulée, comme John McClane et son célèbre « Yippee-ki-yay, pauvre con ! ». Et puis il y a les autres (dont mon neveu fait clairement partie), ceux qui hurlent à l'agonie pour un nez qui coule ou un misérable 38 °C de fièvre.

Je n'attends pas de voir qui se décide à y aller en premier. Je les laisse jouer à pile ou face et repars braver les éléments. Alors que je contourne le chalet pour rejoindre l'abri de jardin, j'aperçois un homme en duffle-coat sur le trottoir d'en face. Un sourire radieux gravé sur les lèvres, malgré ce vent qui nous mord les joues, il relève son courrier et me fait signe de la main.

– Bonjour Lily ! Comment ça va ?

Son air enjoué m'insupporte. Tout ce que je vois, derrière cette mine de hipster un brin mystérieux, c'est le péché originel qu'il a commis en débarquant du ferry pour emménager dans cette rue. Qu'il gèle sur place, le mécréant, avec ses bonnes intentions et sa carrure de géant !

– Bonjour, voisin, le salué-je à contrecœur.

– Ça y est, c'est le grand jour ? Ils sont arrivés ?

Je lève les yeux au ciel.

– Je pense qu'entre la camionnette dans mon allée et le défilé de bagages en tout genre, la réponse est assez évidente, non ?

– Ce n'est pas faux, grimace-t-il. Si jamais tu as besoin d'un coup de main…

– Tout le clan Mackenzie est sur le pont.

Mon ton n'invite pas à la discussion. Il peut se bercer d'illusions pour le reste de sa vie si ça lui chante, croire que tout finira par s'arranger… Impossible. Je n'oublierai jamais. S'il y a quelqu'un de plus tenace qu'une moule sur son rocher à Skagway, c'est bien moi. Celui-dont-on-ne-doit-pas-prononcer-le-nom est le seul à ne pas encore l'avoir compris.

Dans les bourgades isolées comme celle où nous résidons, nul besoin d'aller menacer l'équilibre cosmique pour être ghosté *ad vitam æternam*. Il suffit d'être né ailleurs et de mettre les pieds dans le plat le jour de votre arrivée, et la partie est finie avant même d'avoir commencé.

Montgomery Peterson en est la preuve vivante.

CHAPITRE 2

MONTGOMERY

Pour la énième fois, j'écarte les rideaux pour vérifier qu'aucune voiture ne s'est garée devant chez moi pendant que je regardais ailleurs. J'ai beau me rassurer, relire le compte-rendu du jugement, je n'arrive toujours pas à y croire. J'ai réussi. Enfin.

J'abandonne le chat en peluche sur le canapé pour faire les cent pas dans la maison. Je n'ai jamais été aussi nerveux de toute ma vie. Pour preuve : j'attrape une clope et un briquet sur le comptoir de la cuisine alors que je m'étais promis de perdre cette sale habitude. J'enfile mon manteau et sors à l'avant de la maison.

La neige craque sous mes semelles. J'aime ce son brisant le calme qui règne dans les rues de Skagway. À New York, je me suis noyé dans le bruit jusqu'à en perdre ma propre voix. Et au lieu de goûter au bonheur, je m'y suis brûlé les ailes…

Pour chasser ces réminiscences, j'allume ma cigarette et m'amuse à faire des ronds de fumée. J'aurais dû enfiler des gants avant de sortir, j'ai les doigts qui bleuissent déjà. C'est à cause de ce genre de gaffe que les gens du coin continuent de m'appeler « le Yankee », trois ans après mon emménagement. Pendant que je laisse le tabac calmer mes nerfs, j'observe le camion de déménagement garé dans la rue.

Depuis que je vis en face de chez Lily Mackenzie, je ne me suis jamais senti aussi proche des habitants de Pompéi. Comme eux, j'ai un volcan à apprivoiser… J'ai du mal à saisir pourquoi elle m'en veut à ce point. Bon, OK, il y a eu l'incident de la Buick, mais une telle rancune, c'est abuser !

Tandis que j'écrase mon mégot dans le pot de yaourt en verre qui me sert de cendrier et me redresse pour rentrer, un bruit de moteur émerge en contrebas de notre rue. Probablement le reste des troupes Mackenzie qui rentre au bercail… J'ouvre la moustiquaire pour accéder à la porte d'entrée, mais j'entends clairement la voiture s'arrêter juste derrière moi.

Oh mon Dieu... la voilà.

Le conducteur coupe le contact et me fait signe à travers le pare-brise. Pour ma part, toute mon attention se focalise sur le siège arrière du véhicule que je scrute avec un mélange d'appréhension et d'impatience.

Je suis trop jeune pour mourir d'une crise cardiaque, n'est-ce pas ?

L'homme qui accompagne mon invitée d'honneur sort de sa voiture et vient à moi tout en soufflant sur ses doigts pour se réchauffer.

– Bonjour, monsieur Peterson. Matthew Davis, enchanté. Eh bien, quel froid ! rit-il.

– Monsieur Davis, le salué-je en lui serrant la main. C'est véritablement un plaisir de vous voir arriver à Skagway. J'espère que vous avez fait bon voyage.

À cette époque de l'année, en Alaska, la moindre virée prend des airs d'excursion au sommet du mont Everest.

– Tout s'est bien passé, elle a été parfaitement sage. En revanche, elle me semble un peu nerveuse, je vais donc la faire descendre, me prévient-il. Vous pourriez peut-être récupérer ses affaires dans le coffre ? Il n'est pas verrouillé.

J'acquiesce et longe la carrosserie au ralenti. Je me tords le cou pour tenter de l'apercevoir sur la banquette arrière, mais elle tourne le visage dans l'autre direction, la lèvre boudeuse. Difficile de lui en vouloir.

Pendant que je range sa valise dans le vestibule, M. Davis l'aide à défaire sa ceinture de sécurité, puis l'invite à me suivre à l'intérieur de la maison. Elle rechigne, racle le trottoir déneigé de ses chaussures, le visage baissé vers le sol. Elle a tant grandi. La dernière fois que je l'ai vue, elle tenait au creux de mon bras et n'avait pas un seul cheveu sur la tête. J'ai aujourd'hui en face de moi une fillette de quatre ans, campée sur ses deux jambes, bien loin de son berceau. De longs cheveux bruns encadrent son visage poupin. Elle a les yeux de sa mère en belle forme d'amande, d'une nuance d'un marron si marqué qu'ils semblent presque noirs.

– Je veux mon doudou ! réclame-t-elle avec un trémolo dans la voix.

– Attends, je vais te le retrouver, intervient M. Davis en parcourant ses bagages. Le voilà, on est sauvés !

Mia s'en empare avec une certaine méfiance dans le regard. Elle se frotte alors la joue avec le vieux bout de chiffon informe.

– Et si vous lui montriez sa chambre, que nous puissions parler en privé avant que je ne reparte ? suggère l'accompagnateur en reportant son attention sur moi.

Je tends la main vers la fillette. Elle secoue farouchement la tête et tape du pied.

– Tu ne veux pas voir ton lit de princesse ? tenté-je de l'amadouer.

Elle émet un grognement dédaigneux :

– C'est nul, les princesses.

Ça a l'air aussi mal parti que je le redoutais. Pourtant, je ne peux m'empêcher de sourire comme un idiot alors qu'elle me dépasse pour aller fureter dans le salon. La décoration de la maison reste spartiate, mais je me suis assuré que tout est propre et ordonné pour son arrivée. Curieuse, Mia examine la peluche sur le canapé, puis décide de s'aventurer seule dans le couloir. De là, par défi, me semble-t-il, elle gratte des ongles la première porte qui croise son chemin.

– C'est ici ? me demande-t-elle, le nez froncé.

– Ça, c'est la salle de bains.

Elle trottine jusqu'à la suivante.

– Ici, alors ?

Je hoche la tête avec enthousiasme. Elle se hisse aussitôt sur la pointe des pieds pour atteindre la poignée. Malgré le dégrippant avec lequel j'ai généreusement arrosé la gâche, il faut souvent forcer dessus pour venir à bout du pêne. Encore un détail dont je n'ai pas su m'occuper à temps… Mia échoue par trois fois, persévère et parvient à ses fins.

Son visage s'illumine alors qu'elle pénètre dans cette pièce rien qu'à elle.

– Oooh, s'exclame-t-elle, des étoiles plein les yeux.

Il faut dire que pour sa chambre, je n'ai pas lésiné sur les moyens. Face à l'entrée, elle découvre un large lit couvert d'une montagne d'oreillers. J'y ai accolé une table de chevet, surmontée d'un mouton servant de lampe d'appoint. Derrière la tête de lit en forme de nuage, j'ai repeint le mur avec des bandes de couleur se déclinant du bleu au rose. Mia possède également un bureau entouré d'étagères auxquelles un singe en peluche s'accroche par le bras. Et enfin, une grande armoire vide attend ses vêtements et les jouets que je compte bien lui offrir à l'avenir.

Je n'ai pas été un bon père pour elle. Pour être honnête, je n'ai pas été un père tout court. Mais à partir d'aujourd'hui, les choses vont changer.

CHAPITRE 3

LILY

J'ai eu tort de croire que je n'avais rien à perdre à dépanner ma sœur et sa petite famille, le constat est plus qu'alarmant !

En Alaska, Internet est une denrée rare, un véritable luxe réservé à une poignée de chanceux. Je ne dois ma connexion qu'aux bateaux de croisière qui font vivre notre communauté pendant la belle saison, mais avec son boulot d'ingénieur en sécurité informatique, Emmett dévore ma bande passante. Je n'arrive même plus à visionner mes séries préférées, le soir, dans mon igloo constitué de couettes et de couvertures polaires.

Par ailleurs, fidèle à ses bonnes habitudes, ma sœur se lève aux aurores pour préparer le petit déjeuner et la gamelle de midi des jumeaux avant de les envoyer au lycée. Je suis donc réveillée, depuis une semaine, par un capharnaüm de poêles et d'ustensiles.

– Salut, Vi ! la gratifié-je en glanant un pancake encore chaud.

Elle me menace aussitôt avec une spatule :

– Arrête de picorer dans le plat, sale gosse !

– C'est toujours meilleur quand c'est chapardé…

Je lui tire la langue avec espièglerie en laissant mes boucles auburn encore humides danser sur mes joues. Si j'ai maintenant le plaisir de déguster un petit déjeuner copieux, le talent de ma sœur n'excuse pas tout, et surtout pas la septième douche glacée de la semaine ! À six heures tapantes, chaque matin, Viviane a besoin de faire grimper le thermostat pour commencer la journée de bonne humeur. Je pense que c'est sa manière de compenser notre soleil pâlichon.

Le plus simple serait sûrement de lui en parler, mais derrière sa mine enjouée, je la vois prendre sur elle depuis leur arrivée. Repartir à zéro est déjà difficile, surtout quand on en est réduit à squatter chez sa cadette, mais elle doit aussi encaisser les œillades du voisinage. Certaines paraboles ont été dépoussiérées pour l'occasion !

– C'est bon, t'en as fait pour un régiment, l'arrêté-je alors qu'elle s'apprête à cuire une nouvelle fournée de pancakes. Viens manger avec moi, ça m'évitera d'avoir à causer aux murs, pour changer.

J'éteins la cuisinière et la tire par la manche. Elle parvient tout de même à attraper la cafetière au vol pour remplir les mugs qui nous attendent déjà sur la table. Au moment de m'y installer, un soupir m'échappe. Ma bouteille de sirop d'érable a pris une gifle monumentale depuis la veille. Ce qui nous amène à ma dernière réclamation : comment garder les placards et le frigo bien garnis avec des adolescents à domicile ? SPOILER ALERT : mission impossible.

Quoi qu'il en soit, Viviane a dû me griller parce qu'elle se relève et file dans la buanderie pour remuer des bidons de détergent. Elle revient avec une bouteille de sirop pleine qu'elle m'offre avec un clin d'œil victorieux.

– Quand tu es maman, tu apprends vite à planquer quelques douceurs là où tu sais que tes hommes n'iront jamais fourrer leur nez.

– C'est triste de devoir recourir à de tels stratagèmes… Tu as déjà essayé la muselière ?

Viviane éclate de rire et commence à me raconter des anecdotes de leur ancienne vie en Californie. Ça a l'air de lui faire du bien, alors je pose des questions de-ci de-là pour lui montrer de l'intérêt. Mon quotidien est chamboulé de la tête aux pieds, certes, mais ça a parfois du bon de sortir de sa zone de confort.

Alors que nous entassons la vaisselle sale dans l'évier, situé sous une large fenêtre, nous ne pouvons manquer le spectacle aussi banal qu'insolite qui se déroule de l'autre côté de la rue. Une bataille de boules de neige.

– Tu ne m'avais pas dit que M. Beau Gosse avait une fille ! s'exclame Viviane.

Mode « Potins » activé. Misère…

– Tout simplement parce qu'il n'en a pas. Il vit seul depuis son arrivée, il y a trois ans.

– Trois ans déjà ? Tu tiens bien les comptes pour quelqu'un qui refuse de s'intéresser à lui.

Je la cingle d'un coup de torchon pour lui rappeler que l'insolence n'est pas tolérée sous mon toit. Sauf lorsqu'elle émane de moi.

– Tu sais parfaitement pourquoi je me souviens aussi bien de sa date d'emménagement…

– La rancune va te filer des rides avant l'heure, sœurette. Tu devrais apprendre à lâcher prise.

Elle n'a pas tort, mais je préfère mourir dévorée par un ours en plein blizzard que de le reconnaître.

– Il a changé de coupe de cheveux depuis la dernière fois, non ?

– Qui est-ce que ça intéresse ? reniflé-je.

– Bah moi ! L'undercut, ça lui va quand même mieux que cette horrible queue-de-cheval qu'il se trimballait. Ça le rajeunit !

– Je ne manquerai pas d'informer ton mari que tu aimes mater le voisin de bon matin.

– Oh ça va. Il ne dira rien tant que je me contente de regarder. Ça s'appelle la confiance, tu devrais essayer.

Vi est en forme, décidément. J'en prends pour mon grade. J'hésite un instant à troquer le torchon contre une poêle en fonte. Ça me ferait une arme plus efficace pour la recadrer.

– Mais d'où elle sort, alors, cette gamine ? reprend Viviane, incapable de passer à autre chose.

– Je n'en sais rien. Peut-être que sa fée marraine a eu pitié de le voir sans cesse jouer au bûcheron solitaire et a décidé d'animer une marionnette en bois pour lui offrir un peu de compagnie ? Tu crois qu'on devrait commencer à l'appeler Gepetto ?

– Tu es hilarante, rétorque mon aînée, avec un regard blasé qui semble prétendre tout le contraire.

Je pousse soudain un petit cri étouffé et porte les mains à ma bouche, les yeux écarquillés d'horreur. Celui-dont-on-ne-doit-pas-prononcer-le-nom vient d'emprisonner la pauvre gamine dans ses bras. Elle n'est pas de taille pour lutter !

– Oh mon Dieu… Tu crois qu'il l'a kidnappée ?!

– J'avais oublié à quel point tu étais ravagée, déplore Viviane en abaissant le store.

Elle me repousse dans le séjour sans me ménager le moins du monde. Le spectacle est terminé !

– Je pourrais porter plainte pour maltraitance, hurlé-je en me dégageant, oubliant un instant le reste des invités encore endormi.

Viviane retient un rire, puis secoue la tête :

– Je te trouve un peu hypocrite de critiquer les commères du quartier, quand tu t'en donnes à cœur joie pour le séduisant voisin.

– Humpf, il n'a rien de séduisant !

Ses insinuations vont trop loin, je me dégage d'un coup de reins et instaure aussitôt un périmètre de sécurité entre elle et moi.

– Regarde l'heure au lieu de nier l'évidence. Tu vas être en retard au travail. Je te dépose ? me propose-t-elle.

– Nan, reste au chaud. Ça ira.

Alors que j'enfile mon épais manteau de laine, me perds dans les plis de mon snood et plonge dans mes gants et mes bottes de neige, Viviane se mord la lèvre inférieure. Je la connais par cœur : quand elle cède à cette manie, c'est qu'elle a un service à demander.

– Il te reste cinq minutes pour cracher le morceau, lui rappelé-je une fois dehors, clés et raclette en main. Dès que je serai venue à bout de la glace sur mon pare-brise, ce sera mort pour toi !

– Je voulais te déposer au boulot pour pouvoir emprunter ta Buick pour la journée. Mike m'a laissé un message hier, il a un break familial d'occasion à me montrer.

– Commence par là, la prochaine fois ! m'amusé-je à ses dépens tout en lui lançant le trousseau par-dessus le capot.

CHAPITRE 4

MONTGOMERY

Chaque fois que Mia se réveille, je plonge en apnée. Je cherche mon souffle d'heure en heure jusqu'au moment du coucher, tétanisé par tout ce qui pourrait aller de travers dans cette journée. L'enfer est pavé de bonnes intentions, dit-on. Et si les miennes lui nuisaient ? Elle est si petite et vulnérable. Je suis presque soulagé qu'elle refuse de se blottir dans mes bras. Avec mes mains d'ours, je pourrais sans doute lui briser un os sans le vouloir. Les services sociaux ne m'accorderont plus de nouvelle chance, j'ai déjà grillé trop de cartouches pendant mes années d'errance dans les rues de New York.

Une odeur de brûlé me ramène sur terre, ou plus précisément dans ma cuisine.

– Et merde ! m'exclamé-je en avisant les œufs brouillés, désormais carbonisés.

Le hurlement strident du détecteur de fumée me vrille alors les oreilles. Dans la précipitation, j'éteins le feu, attrape le manche de la poêle et la jette dans l'évier pour y noyer ce malheureux début d'incendie.

– Ça pique les yeux, chigne Mia, les paupières gonflées de sommeil, en se hissant sur sa chaise.

– Désolé, ma puce. Je vais aérer cinq minutes.

D'un bond agile, je désactive l'alarme, puis m'empresse de cueillir le plaid sur le canapé pour envelopper Mia avant d'ouvrir la fenêtre en grand pour chasser cette puanteur âcre. À l'abri dans son igloo improvisé, ma fille suçote l'oreille de son chat en peluche. Elle doit mourir de faim, la pauvre… *Qu'est-ce que je peux être nul à ce jeu-là !*

– Je sais pas ce que t'as préparé, mais j'en veux pas. Ça sent trop mauvais, déclame-t-elle d'un ton péremptoire.

– Oh je te rassure, je n'en veux pas non plus !

– Je peux avoir des céréales à la place ? T'as des *Fluffy Charms* ?

Fluffy quoi ? Je suis complètement à côté de la plaque !

J'ai voulu me la jouer super-papa-qui-déchire en achetant des œufs de poules élevées en plein air et nourries au grain bio. J'ai même demandé à Joe de me livrer son lait de ferme à domicile deux fois par semaine. Adieu les cochonneries bourrées de sucre, de colorants et d'additifs ; tout devait être parfait. Et me voilà face à une poêle qui me promet de longues heures de récurage, une gamine affamée et un salon réfrigéré. Tout ça, sans le moindre plan B et aucun *Fluffy* Truc dans les placards.

– Alors Monty, t'as des *Fluffy Charms* ou pas ? C'est celles en forme de licornes de toutes les couleurs !

Si seulement elle pouvait arrêter de m'appeler par mon prénom… Mais comment pourrais-je la corriger ? C'est ma faute si nous ne sommes encore que des étrangers.

– Désolé, je n'en ai pas.

– J'en étais sûre, grommelle-t-elle.

Du bout du doigt, elle joue avec sa cuillère, boudeuse. Ça ne fait qu'une toute petite semaine et j'enchaîne les boulettes : repas foirés, collants rouges au milieu du linge blanc, poignée de chambre définitivement cassée et toilettes bouchées un jour sur deux ! Cette fois, je veux essayer de faire mieux.

– Voyons voir ce qu'il y a là-dedans, réfléchis-je à haute voix en ouvrant le frigo. Du beurre, de la confiture, du jus d'orange… On se fait des toasts ?

– On peut pas plutôt aller chez la dame aux gâteaux ?

– Qui ça ? Martha ?

– C'est trop bon chez elle, confirme-t-elle, alléchée. Et puis, on aura plus chaud là-bas !

– Bien sûr, si ça te fait plaisir, accepté-je de bon cœur. Mais avant, il faut s'habiller et se coiffer.

J'ai à peine le temps de finir ma phrase qu'elle court déjà vers la salle de bains. Je préfère la laisser choisir ses vêtements, je n'ai jamais été doué pour coordonner les couleurs. Je veille simplement à ce que l'ensemble soit assez chaud pour lutter contre l'hiver alaskien. Malgré une première étape réussie et ma fille satisfaite de sa tenue, elle se plaint de ma maladresse alors que je tente vainement de démêler ses longs cheveux bruns, et me reproche ses couettes asymétriques. La matinée commence difficilement et les choses ne s'améliorent pas une fois à l'extérieur alors qu'elle serre son doudou contre son cœur en refusant de me tenir la main.

Il va bien falloir que je me fasse une raison.

– Reste devant la voiture le temps que je verrouille la porte d'entrée, d'accord ?

Elle hoche la tête et dévale l'allée prudemment, gardant la rue à distance respectable. Ça me convient de foirer le petit déjeuner, tant que ma gamine ne finit pas en crêpe sur la chaussée.

Tandis que je retire la clé de la serrure, une sensation glacée s'immisce entre mes omoplates. Interloqué, je fais volte-face et… SWOOSH ! Une boule de neige atterrit droit dans mon cou.

L'eau froide commence déjà à se frayer un chemin entre mon duffle-coat et mon pull de laine. Mia éclate de rire devant mes gesticulations désespérées. J'entends ce son mélodieux pour la première fois. Pour qu'elle ne s'arrête pas, j'en rajoute des couches, pousse des cris effarouchés, secoue les bras telle une pieuvre géante, sautille sur place et glisse sur une plaque de verglas jusqu'à elle.

– C'était quoi, ça ? me demande-t-elle, l'œil brillant.

– Quoi ? Ma danse du yéti givré ?

Son rire s'étrangle dans sa gorge lorsqu'elle me voit glaner de la neige au creux de ma main.

– Nan, t'as pas le droit ! piaille-t-elle en contournant le capot pour mettre le véhicule entre elle et moi.

– C'est toi qui as commencé ! lui rappelé-je.

– C'est pas ma faute, tu fais que des bêtises ce matin ! Si on est en retard à l'école, je vais pas pouvoir me faire de copains avant la classe.

– Tu vas d'abord devoir subir ma vengeance, Mia…

Je m'approche d'elle à pas de loup avec un sourire faussement menaçant. Mia gémit et glousse tout à la fois. Elle s'accroupit devant la portière et cherche à négocier un traité de paix, mais je reste sourd à ses tentatives.

J'avance vers elle, lève la main haut dans le ciel et, sous ses yeux ébahis… POUF ! J'abats la boule de neige sur mon propre crâne.

– T'es fou ! commente-t-elle avant de reprendre de la neige dans sa main gantée.

On chahute ensemble quelques minutes. Elle lance d'autres projectiles, mais vise si mal que je me demande comment elle a bien pu m'atteindre au début des hostilités. Elle se met alors en tête d'imiter ma chorégraphie pour pouvoir la montrer à sa maîtresse. Une chose est sûre : je vais y laisser tout mon sex-appeal, mais Mia s'amuse, Mia me parle, Mia m'effleure les joues de ses moufles pour les réchauffer après ses multiples attaques.

Je l'aime tellement, cette gamine… Je n'en reviens pas qu'il m'ait fallu tant d'années pour en prendre conscience.

Je me fige en remarquant des rideaux qui remuent dans la maison voisine de Lily. À travers la vitre, je distingue les yeux perçants de Serena, la commère du quartier… Depuis son accident de motoneige, qui au final a surtout blessé son *ego*, elle est coincée à domicile et surveille les moindres faits et gestes des habitants pour tromper son ennui. Qu'elle se rince l'œil, il en faut plus pour gâcher cette nouvelle journée avec ma fille !

En voiture, Mia babille tout au long du trajet. Elle débite plus de mots en une quinzaine de minutes qu'au cours de la semaine écoulée. Je n'ai toutefois pas l'occasion de m'en réjouir : depuis le parking, à travers la baie vitrée du *diner* de Martha, j'aperçois une crinière de feu.

Lily est de service, aujourd'hui.

CHAPITRE 5

LILY

Taylor, le nouveau cuistot du *Gold Nugget*, dépose une fournée de pâtisseries sous une cloche en verre alors que je m'installe sur un tabouret pour savourer un moment de calme avant le grand rush. Le vinyle rouge proteste sous mes fesses pendant que je cale mes talons sur le repose-pieds. Martha nous rejoint au comptoir avec un plateau chargé de trois mugs et de muffins pour notre collation matinale. Entre ça et les pancakes de Vi, je vais finir mon service en roulant comme une pierre.

– Voyons voir la tenue du jour, s'amuse notre patronne en me détaillant de haut en bas.

Martha a eu la bienveillance de remettre l'uniforme au goût du jour quand elle a repris la direction des lieux. Adieu les tissus rêches et les coupes ringardes ! La tenue de rigueur est composée d'une blouse cache-cœur opaline, fluide et douce comme une seconde peau, assortie d'une minijupe plissée et d'un foulard noir noué sur le côté. Confortable, mais encore trop sage pour moi ! J'ai donc pris l'habitude de contourner le *dress code* avec mes collants, comme ceux d'aujourd'hui : des bas polka blancs recouverts de gros pois fluorescents.

– Tu as un don pour apporter la couleur dans ce vieux *diner*, commente Martha en noyant son breuvage sous un déluge de crème et de sucre brun. Ça me donne toujours envie de te faire un câlin !

J'écarquille les yeux devant ce délicieux café sabordé. Les véritables amateurs savent qu'il faut le prendre noir pour en savourer tout l'arôme, pour ressentir ce frisson qui vous remonte le long de l'échine lorsque son caractère heurte votre estomac de plein fouet. Pour oublier le blasphème de Martha, je décide de ne pas relever et porte ma propre tasse à mes lèvres.

– Mmmm, ça fait du bien, me délecté-je, comblée.

Taylor ne manque pas l'occasion de me charrier :

– Et qu'est-ce qui te fait du bien, au juste ? Les câlins ?

Sous ses cheveux en broussaille d'un blond étincelant, il a conscience d'avoir dégoupillé une grenade.

– Si tu te mets à me parler du prince charmant imaginaire et de ses câlins, je te jure que je te lance mon café à la figure ! l'alerté-je d'un ton faussement aimable.

– Tu vas finir en vieille folle à chats !

– Tant mieux. J'en profiterai pour te jeter des pelletées de litière sale chaque fois que tu te promèneras devant chez moi avec tes mômes.

À ces mots, le visage du jeune cuisinier se rembrunit. Il a tendance à cacher ses émotions sous une bonne humeur exacerbée et des airs candides, et j'ai bien l'impression que ce matin ne fait pas exception.

– De l'eau dans le gaz avec Adrian ? grimacé-je.

– Oui et non, avoue-t-il à demi-mot. On s'aime, c'est clair et net. C'est juste que j'en ai marre de devoir me cacher, mais vu la façon dont ça s'est passé pour moi, ce n'est pas comme si je pouvais le mettre au pied du mur pour le convaincre de faire son coming-out devant sa famille… Alors je ne suis pas près de parler enfants avec lui.

– Ses parents vivent dans ma rue. Tu veux que je tâte le terrain entre deux invitations à bruncher ?

Non, surtout pas ! s'exclame-t-il, horrifié.

Je lève les mains en l'air en signe d'apaisement et conclus :

– Très bien, rassure-toi. De toute façon, l'amour, ça craint.

D'un coup d'œil assassin, Martha me signifie d'y aller mollo. Originaire de Juneau, Taylor est arrivé à Skagway en hydravion, armé d'un simple sac à dos. Il n'avait que dix-sept ans lorsque ses parents l'ont jeté dehors après avoir découvert son homosexualité. Martha l'a repéré, déambulant en ville comme une âme en peine, et l'a aussitôt pris sous son aile. Pour notre plus grand bonheur, ses talents culinaires étaient déjà impressionnants à l'époque, et même s'il n'a jamais eu les moyens de suivre un cursus spécialisé dans la matière, il poursuit ses efforts dans les cuisines du *diner*.

– Tu n'as que vingt-deux ans, Trésor, reprend Martha en lui offrant un muffin supplémentaire pour le consoler. Tu as encore toute la vie devant toi pour parler enfants. De mon point de vue, les vraies histoires d'amour, celles destinées à perdurer et s'épanouir d'année en année, sont celles qui demandent certains efforts, qui exigent parfois qu'on se batte pour elles. Ça va s'arranger, je n'en doute pas un seul instant.

Sans crier gare, Martha brandit alors un index vengeur dans ma direction, sous mes yeux de biche innocente :

– Quant à toi, ma chipie… Arrête de démoraliser les autres et au boulot ! ordonne-t-elle en abattant son mug sur le comptoir.

Au même instant, quelqu'un pousse la porte d'entrée et fait tinter la clochette accrochée au mur. Notre patronne a donc véritablement des yeux derrière la tête : elle parvient toujours à anticiper l'arrivée des clients !

Je me coule au bas de mon tabouret, prenant la peine de lisser ma jupe avant d'aller accueillir une adorable fillette affublée d'un bonnet péruvien multicolore par-dessus des couettes brunes. Ses grands yeux chocolat me dévisagent avec innocence.

– Bonjour, madame !

Elle ouvre la fermeture Éclair de sa doudoune rouge pour révéler un pull à col roulé jaune poussin à l'effigie de Dora l'Exploratrice, un short vert et d'épais collants d'un cyan très flashy. Seules ses bottines noires apportent un soupçon de sobriété dans cette tenue bariolée.

– On dirait une licorne avec une gueule de bois, m'exclamé-je, abasourdie. Une licorne qui a gobé tellement d'arcs-en-ciel qu'elle a fini par dégobiller toutes les couleurs dans le désordre.

– C'est quoi, une gueule de bois ? demande la fillette avec aplomb.

Jusqu'ici dissimulé par la rangée de portemanteaux, un homme se penche pour l'aider à dérouler son écharpe. Bon, même si par chance son père ne m'a pas entendue, la question de sa gamine vient assurément de me trahir.

– Bonjour et bienvenue au *Gold Nugget* ! lancé-je à la cantonade pour couvrir ma gêne.

Cet élan d'enthousiasme meurt dans ma poitrine à la seconde où je *le* reconnais. Celui-dont-on-ne-doit-pas-prononcer-le-nom. Derrière moi, ma patronne glousse d'amusement et finit par s'étouffer avec une miette. Le karma !

– Oh… soupiré-je en perdant mon sourire. Hum, installez-vous par ici.

Alors que je me dirige vers une table, j'entends la voix de Vi dans ma tête m'ordonner d'enquêter fissa sur les origines de cette petite. Hors de question !

Je note tout de même qu'il y a énormément de tendresse et de bienveillance dans les gestes de mon voisin… Ça casse forcément un peu l'image du gros bourrin qui a embouti ma caisse en guise de pendaison de crémaillère !

– T'as de beaux cheveux ! me complimente la fillette en se hissant sur une banquette derrière la baie vitrée. On dirait Fiona dans Shrek !

Je retiens un hoquet de protestation. Me compare-t-elle à l'héritière du royaume de Fort Fort Lointain APRÈS sa métamorphose en ogresse verte ?

– Euh… merci ? hésité-je avant d'embrayer sur un clin d'œil complice. Je m'appelle Lily, par contre, pas Fiona.

– Oh, comme la fleur[1] ? C'est vrai que tu sens bon.

Oh my gaufre ! Je vais faire une overdose de mignonnerie si elle continue comme ça.

Elle se tortille sur l'assise pour placer sa peluche au centre de la table. Qu'est-ce que cette chouquette peut bien faire avec l'autre affreux ? Elle n'a pas l'air traumatisée, je peux donc d'office écarter la thèse de l'enlèvement. C'est Viviane qui va être contente !

– Et toi, comment tu t'appelles ? Je ne t'ai encore jamais vue dans le coin.

– Monty m'a déjà emmenée ici samedi, mais t'étais pas là, m'apprend-elle en bataillant avec

1. En Anglais, « muguet » se dit *lily of the valley*.

les pattes de son chat pour le faire tenir debout. Je m'appelle Mia.

– Ravie de faire ta connaissance, Mia. On risque de se voir souvent pendant ton séjour parmi nous. J'habite juste en face de chez… ton… euh… toi ?

Je m'emmêle les pinceaux. Chez elle, chez son oncle, son frère aîné, son cousin au troisième degré ? Allez savoir !

– De chez elle, en effet, corrobore Celui-dont-on-ne-doit-pas-prononcer-le-nom dans un froncement de sourcils. Mia est ma fille, elle vit avec moi, maintenant.

Les bras m'en tombent. Si mon ennemi juré a déjà commencé à se reproduire, je ne vais pas tarder à crouler sous le nombre. Cette révélation m'intrigue tant que je suis bien obligée de lever les yeux vers lui en dépit de mon aversion. Il est si fier de cette annonce que le bleu glacier de ses iris me transperce. C'est comme si je ne l'impressionnais plus vraiment. Accoudé sur la table, il me jauge du regard autant que je le fais de mon côté. Il m'est pourtant difficile de lire l'expression sur son visage. Sa barbe masque en partie ses lèvres. Se joue-t-il de moi alors que je vire au rouge tomate ?

– Du coup, est-ce que ça veut dire que nous aussi, on va se voir plus souvent ? poursuit-il.

Je bats des cils, cherchant les sous-titres qui me permettraient de déchiffrer un sous-entendu dans cette question. Je viens de me prendre un retour de flamme, non ? Mon voisin se fiche ouvertement de moi, sachant bien que si je veux me montrer gentille avec la petite, je préfère m'épiler tous les jours à la cire plutôt que de le voir plus que nécessaire.

Il se passe la main dans les cheveux pour se donner des airs de conquérant. Des mèches châtains repartent malencontreusement du côté rasé. Si cet effet coiffé-décoiffé lui va plutôt bien, je préférais la queue-de-cheval, n'en déplaise à Vi. Enfin, ne nous emballons pas, sa tenue est on ne peut plus basique, entre ses bottes fourrées, son jean, son tee-shirt blanc et sa chemise écossaise ouverte par-dessus. Cette malice dans ses yeux n'est pas dans ses habitudes et me prend de court. Il a toujours eu la mâchoire puissante et les épaules carrées, mais ce matin, il me semble plus imposant. Ma repartie reste coincée dans ma gorge. Après tout, je ne peux pas l'envoyer bouler devant une innocente.

Solution de repli : je redeviens la Reine des Neiges, glaciale à souhait.

– Les menus sont sur les tables, je reviens prendre votre commande dans cinq minutes. N'hésitez pas à me faire signe si vous avez besoin de moi avant.

D'un claquement de talons déterminé, je fais volte-face et trotte vers la cafetière pour mettre un maximum de distance entre nous.

CHAPITRE 6

MONTGOMERY

Je trouve le comportement de Lily assez étrange, ce matin. Je veux dire, encore plus que d'habitude. Jusqu'ici j'évitais le *diner* de Martha, précisément parce que ma chère voisine y travaille, mais Mia adore cet endroit. D'ailleurs, ma fille a accompli un miracle, car je suis sûr que c'est pour elle que Lily a ravalé sa repartie.

Je souris à la perspective de tourmenter désormais ce petit diable par ma simple présence, surtout lorsqu'il s'agit d'un diable aussi séduisant avec des cheveux de feu et des collants délirants. Cet air confus lui va d'ailleurs à merveille. Elle en paraît tout de suite plus humaine, plus accessible et intrigante.

– Monty, j'ai faim, se plaint alors Mia.

Je lâche immédiatement la belle serveuse du regard pour me concentrer sur ma fille qui m'offre une grimace d'impatience.

– Bien sûr, ma puce. Tu sais déjà ce que tu veux manger ou je te lis le menu ?

– Je m'appelle Mia, me corrige-t-elle d'un ton qui laisse penser qu'elle s'adresse à l'idiot du village. Les puces, c'est sur les chiens !

Après la déchéance des princesses, nouvelle victoire par KO. Que pourrais-je répondre à ça ?

– Mon ange ?

– J'ai pas d'ailes. Dommage, j'aimerais bien voler comme les oiseaux. Et j'ai pas de créole non plus.

– On dit « auréole », rectifié-je, attendri. Les créoles, ce sont des boucles d'oreilles.

– Les boucles d'oreilles, c'est pour les princesses. BEURK !

Elle tire la langue et fait semblant de vomir sur la table. Je n'en reviens toujours pas de la voir si déterminée, elle qui n'était encore qu'un nouveau-né la dernière fois que je l'ai tenue dans mes bras. J'ai dû rater tant d'anecdotes de ce genre, tant d'occasions de saisir son essence, son caractère. J'ai beau me répéter que j'ai toute la vie devant moi pour combler ces lacunes, je ne peux me défaire de cette impression qu'au contraire, ces instants précieux sont perdus à jamais.

– Pourquoi tu détestes les princesses ?

– Parce que les filles savent très bien se débrouiller par elles-mêmes et que les garçons sont souvent de gros balourds immatures ! assène Lily, un plateau calé sur la hanche.

– Pardon ? hoqueté-je en plantant mon regard dans le sien.

Elle me le rend sans ciller et se fend même d'un léger sourire.

– Ne me dis pas que ça te vexe ? Mais bon, après tout… Il n'y a que la vérité qui blesse.

Je ne l'avais pas vue venir, celle-là ! Lily me regarde de haut, un air de défi fièrement affiché sur son visage. Mia, elle, doit sentir la tension entre nous puisqu'elle se redresse sur la banquette, aux aguets.

– Ça veut dire quoi, balourd ? reprend Mia.

– Un balourd, c'est une personne maladroite, qui a tendance à tout casser, répond Lily. Comme les voitures des autres !

– La voiture en question est réparée depuis belle lurette, répliqué-je immédiatement avec un sourire hypocrite, au cas où tu l'aurais oublié. De toute évidence, on omet vite que les filles qui savent très bien se débrouiller n'en sont pas moins de vraies harpies.

Le sourire de Lily s'efface légèrement sans toutefois disparaître.

– Une harpie, c'est comme une fée ? demande Mia.

– Oh non, c'est bien plus méchant, ma chérie, expliqué-je en couvrant ses mains de la mienne. Une harpie, ça continue d'attaquer, même quand on est gentil avec elle. Et ça a de longues griffes qui font très mal…

– Tu connais une harpie, alors ? insiste-t-elle avant de se tourner vers Lily. Toi aussi tu la connais ?

De ma main libre, je me masse les paupières. En essayant de contenir mon hilarité, je sens venir la migraine.

– Les harpies n'attaquent jamais sans raison, rétorque Lily avec aplomb.

Aussitôt, les petites mains potelées de ma fille s'échappent de sous la mienne. Elle s'empare en un éclair de celle de Lily pour l'orienter vers moi.

– Monty, il a fait une grosse bêtise, mais la maîtresse, elle dit qu'il faut pardonner. Il faut être gentil, non ?

Lily grimace comme si les mots de Mia venaient de la brûler. Quand Mia tire sur sa main pour insister, elle se recule vivement. Ce mouvement brusque menace l'équilibre des boissons sur son plateau avant qu'elle ne se stabilise. Je remarque alors que Martha ne manque pas une miette du spectacle depuis le comptoir…

Je connais assez bien ma voisine et sa rancœur tenace pour savoir que celle qui paiera les pots cassés dans cette histoire, c'est avant tout Mia. Avant que tout ça ne se termine en Troisième Guerre mondiale, j'adresse un sourire contrit à Lily et décide de lui venir en aide.

– On est prêts à commander, si jamais…

– Très bien, cingle Lily en faisant cliqueter son stylo. Je vous écoute.

Je peux rarement l'observer de si près sans risquer d'y laisser un bout de viande ; elle a la morsure facile. Mais c'est justement ce qui me plaît chez elle, même si je n'irais jamais l'avouer devant qui que ce soit. J'aime la façon dont son tempérament tout feu tout flamme se reflète dans les nuances de ses cheveux et je rêverais de disposer de son inépuisable réserve d'énergie pour refaire le monde. Ou juste le mien, pour commencer.

Une fois encore, c'est Mia qui me tire de mes rêveries. Je dois freiner ses envies, elle était prête à prendre toute la carte des pâtisseries. Lily dépose un jus d'orange devant moi et un verre de lait devant Mia. Ces mêmes boissons qui ont presque fini par terre.

– Ça, c'est pour patienter pendant que ça cuit, explique-t-elle à ma fille. Ou pour ton chat, c'est toi qui vois !

– Mer-ciii, chantonne Mia en plongeant le nez dans son verre.

– Merci, soufflé-je à mon tour, amusé.

Cette connivence qui s'installe d'emblée entre elles a de quoi troubler, d'autant que Lily m'a habitué à une mauvaise humeur constante. Je l'imaginais plus en Grinch qu'en amie des plus petits. Alors qu'elle nous tourne le dos et que ses talons claquent sur le carrelage damier d'une propreté irréprochable, je note le sourire émerveillé de ma fille devant l'attitude de la serveuse. Mia est conquise.

Dans le calme du jour qui se lève, mon petit déjeuner protéiné ne tarde pas à grésiller en cuisine et un délicieux fumet flotte dans l'air. Obnubilé par cet imminent festin et la liste de choses à faire pour Mia dans la semaine, je n'entends pas venir Martha. Son sourire se lit jusque dans ses yeux plissés. Elle ouvre un paquet de serviettes en papier et nous en offre une flopée.

– Et voici pour essuyer les babines de mon petit amour !

Pétillante, Mia s'empare de la première afin de faire disparaître la moustache de lait de sa lèvre supérieure.

– Je suis belle, comme ça ? vérifie-t-elle auprès de la vieille femme.

– Plus belle encore que Blanche Neige, réponds-je instinctivement avant de déglutir.

Oh non, j'ai recommencé ! Avec de la chance, elle passera à côté de la référence…

– MONTY ! éructe Mia. On a dit : « Pas de princesses » !

… ou pas.

La fillette croise les bras sur sa poitrine d'un air grognon et se laisse retomber contre le dossier, les joues gonflées comme un hamster.

– Pfff, t'écoutes rien d'abord… se plaint-elle.

Sous la table en Formica, je me triture les doigts, dépité. Je voudrais tant lui prouver que je bois chacune de ses paroles, mais depuis son arrivée, j'enchaîne les maladresses.

– Je suis sûre que ton papa écoute tout ce que tu lui racontes, parce que c'est ce qu'on fait avec les gens qu'on aime, m'épaule Martha. Par moments, on fait simplement des erreurs, parce qu'on pense à plein de choses. Par exemple, je suis sûre que tu as déjà oublié de mettre du dentifrice sur ta brosse à dents parce que tu cherchais ton doudou en même temps.

– HAN ! s'épastrouille Mia, les yeux écarquillés. Comment tu sais ça ?

Je n'ai jamais osé demander son âge à Martha. Ça ne se fait pas. Je lui donne environ soixante-dix ans. Elle est parfois pétrie de paradoxes, comme ce chignon sévère de cheveux blancs qu'elle arbore constamment au *diner* et qui pourrait lui donner un air sec si ses formes n'étaient pas aussi généreuses. Dans ses robes à imprimés et bas de contention, elle se montre d'une grande empathie envers son prochain et peut pourtant le foudroyer d'un coup de louche bien senti au moment où il s'y attend le moins. De ses yeux rieurs aux pattes-d'oie marquées, elle veille sur Skagway avec une férocité incroyable.

– C'est mon petit doigt qui me l'a dit, apprend-elle à Mia.

– Mais les doigts, ça parle pas !

Comme pour s'en assurer, ma fille se colle l'auriculaire droit dans l'oreille et nous fait signe de nous taire tandis que je formule un merci silencieux à l'adresse de la propriétaire des lieux.

– Je suis désolé pour Lily, j'aurais dû vérifier le planning avant de débouler comme ça, ajouté-je en aparté.

Elle chasse mes paroles d'une main farouche.

– Ne sois pas idiot, voyons, Monty. Il est grand temps pour vous d'enterrer la hache de guerre, mais ça ne se fera jamais si tu continues à japper en fuyant à l'autre bout de la ville. Tu es le bienvenu ici. Et puis, avec ce fichu glissement de terrain sur les quais qui nous a gâché la saison, je ne cracherais pas sur quelques clients réguliers supplémentaires. Surtout avec un appétit comme le vôtre !

Je me retiens de lui préciser que je ne vais pas avoir les moyens d'entretenir les envies gastronomiques de ma fille longtemps. Que Lily se rassure, notre présence ici restera exceptionnelle.

D'ailleurs, alors que la dénommée s'approche de nous avec notre commande, je sens que son sourire reste forcé. Et si elle aide Mia à nouer une serviette autour de son cou tout en plaisantant avec elle, notre serveuse ne cherche même pas à dissimuler son soulagement lorsque d'autres clients poussent la porte d'entrée.

Que Martha ne se fasse pas trop d'illusions, je sais que ce n'est pas encore la fin des hostilités.

CHAPITRE 7

MONTGOMERY

– Dépêche-toi, on va être en retard, me presse Mia à la sortie du *diner*. Oublie pas, t'as promis qu'on arriverait à temps. Je dois me faire des copains avant la récré !

– Je n'ai pas oublié, mais évite quand même de galoper sur le trottoir lorsqu'il est mouillé. Tu risques de te casser la figure.

Au même instant, ma fille patine sur une plaque de verglas et se met à mouliner des bras en poussant un cri perçant. Heureusement, je suis juste derrière elle et je la rattrape agilement par les aisselles pour lui épargner une mauvaise chute.

– C'était moins une ! commenté-je avec légèreté afin de freiner l'élan de terreur qui a dû monter en elle.

Je n'ai pas le temps de voir son visage que Mia pousse une exclamation rageuse. Maintenant qu'elle a recouvré son équilibre, elle s'acharne sur ma cuisse qu'elle frappe de ses petits poings.

– C'est ta faute ! Si t'avais rien dit, ça serait pas arrivé !

– Mia… Le gel, il y en a tout le temps en hiver, surtout par ici. Qu'on en parle ou non.

– Je m'en fiche ! C'est ta faute, je te dis !

Sa rage paraît sincère. Pourtant, son origine m'échappe complètement. Elle me tape une dernière fois avant d'aller se pendre à la portière de notre voiture. Je déverrouille les serrures, le cœur pressé dans un étau d'incompréhension, puis me glisse derrière le volant. Grâce au rétroviseur, je suis la progression de ma progéniture à l'arrière.

– Je sais que ta glissade t'a fait peur, mais tout va bien, Mia. Je serai toujours là pour assurer tes arrières.

– Je n'ai pas besoin de toi pour tenir debout, gronde-t-elle, assise sur son siège pour enfant, tout en se débattant avec son harnais de sécurité.

Je me contorsionne pour l'atteindre et lui prêter main-forte, mais elle rechigne, tente de me repousser, puis finit tout de même par abdiquer.

– Il n'y a pas de mal à demander de l'aide quand on n'y arrive pas, la consolé-je en reprenant ma place.

– Alors pourquoi tu l'as pas fait au lieu de m'envoyer là-bas ?

Outch !

– C'est des histoires de grandes personnes, ma puce.

Elle me jette sa peluche, qui rebondit sur le pare-brise avant de s'écraser mollement sur mes genoux.

– J'AI PAS DE PUCES ! hurle-t-elle.

– Pourquoi tu t'es mise en colère quand je t'ai empêchée de tomber ? C'est parce que tu voulais te débrouiller toute seule toi aussi ?

Je recueille un silence accablant pour toute réponse. Ça me ravage bien plus que mon passé tortueux, de voir que j'ai indirectement entraîné cette gamine dans ma chute. Je savais pertinemment que nos retrouvailles seraient mouvementées, mais je n'avais pas idée du point auquel mes propres erreurs l'avaient amochée. Je sais désormais qu'il faudra que je trouve le moment et l'endroit pour une discussion à cœur ouvert. Mia mérite de savoir, même si elle est probablement encore trop jeune pour comprendre…

– Tu sais, c'est parce que j'ai accepté l'aide de tatie Adélaïde que j'ai pu nous réunir à Skagway. C'est encore tout nouveau pour toi – et pour moi aussi – mais c'est vraiment chouette par ici.

– C'est trop tard, fallait le faire avant ! bougonne-t-elle à moitié dissimulée derrière son écharpe.

Oui, un jour, je devrai remballer ce qu'il me reste de fierté pour lui expliquer de A à Z comment on en est arrivés là…

Ne souhaitant pas jeter d'huile sur le feu dans l'immédiat, je fais démarrer la voiture et prends la direction de l'école maternelle à l'angle de la rue principale et de la 15e Avenue. Je me gare à proximité pour l'accompagner jusqu'au portail où une surveillante nous salue avec bienveillance.

Avant de la laisser partir, je m'accroupis pour me mettre à la hauteur de Mia.

– Tu te rappelles ce qu'on s'est promis, le jour de ton arrivée ?

La fillette hoche la tête de haut en bas.

– Même quand on est fâchés, on part pas sans dire au revoir, récite-t-elle en se grattant le nez.

Je l'étreins tendrement, dans l'espoir que mon amour autant que mes regrets parviennent jusqu'à elle. Profitant de l'accalmie, je dépose un baiser sur sa joue et tapote la mienne de l'index.

– J'ai droit à un bisou magique, moi aussi ?

Elle cogne le bout de sa chaussure contre ma bottine sans desserrer les lèvres ni me regarder.

– Ce n'est pas grave, conclus-je. Je t'aime, Mia. J'espère que tu te feras plein de copains aujourd'hui et que tu me raconteras tout ce soir.

Alors que je m'apprête à me relever, elle me rattrape par la manche et sautille pour m'embrasser subrepticement.

– Tu vas venir, hein ?

– Venir où ?

Elle est si peu sûre d'elle, tout à coup, que je peine à déchiffrer son murmure :

– Me chercher après l'école…

– Bien sûr ! On est ensemble pour la vie, maintenant.

– Promis juré craché ?

Elle postillonne dans sa main et me la tend pour conclure un pacte officiel avec son paumé de père. La forme laisse franchement à désirer, mais comment pourrais-je décliner ?

CHAPITRE 8

LILY

À la vitesse à laquelle Vi débite des banalités, mon intuition me crie que quelque chose se trame au fin fond de l'Alaska.

Elle est passée me chercher après mon service et, sûrement pour m'empêcher de me plaindre de son retard, ne m'a toujours pas laissé la parole. Je remarque alors le tapis propre sous mes pieds et mon plaid soigneusement replié sur la banquette arrière. Une étude approfondie me révèle que les vitres n'affichent plus la moindre auréole de poussière, et je découvre, accroché à mon rétroviseur intérieur, un adorable lapin qui dégage un parfum où se mêlent fraise et menthe poivrée.

– Tu as nettoyé Gibson ? en déduis-je, éberluée.

– D'où mon léger retard. L'occasion de Mike, c'était une vraie poubelle sur roues. La batterie est au bout du rouleau et le joint de culasse aurait dû être remplacé depuis un bail. Résultat : le moteur est à l'agonie. Elle n'est pas chère, tout simplement parce qu'il y a un tas de frais à prévoir dessus… J'étais tellement dépitée à la sortie du garage que je me suis vengée sur ta voiture. Elle en avait bien besoin !

Quelque chose me titille dans cette histoire, j'ai l'intime conviction qu'elle ne me dit pas tout.

Une fois Gibson garée dans l'allée, j'oublie provisoirement mes soupçons. Sur ma langue, je sens déjà la fraîcheur de la menthe alliée à la douce morsure du rhum lorsque je m'enfilerai un mojito, vautrée dans le canapé devant la télévision. Les travaux dans le chalet, l'emménagement de tout ce petit monde et la fatigue du quotidien commencent à avoir raison de moi. J'ai besoin d'un break !

Dans le vestibule, je sème chaussures, sac et manteau, et trottine vers le salon où Emmett dispute une partie de *Mario Kart* avec les jumeaux. Quand le patriarche met la console sur pause, ils se tournent vers moi comme un seul homme pour célébrer mon retour.

– Tu as passé une bonne journée ? demande Avery.

– Mis à part un premier client un peu douteux, ça a été.

Encore congelée par les températures qui règnent au-dehors, je me cale devant le feu de cheminée, bien décidée à ne pas en bouger avant d'être devenue rouge écrevisse. C'est un délice. Quand je serai grande, je veux épouser Lucifer et vivre avec lui sur des charbons ardents.

– J'ai une revanche à prendre sur toi, la terreur ! m'annonce Emmett en me confiant une quatrième manette.

Après tout, je peux bien reporter mon apéritif de quelques instants pour leur montrer qui manie le guidon comme Schumacher dans cette famille ! Je me cale donc entre les jumeaux, les doigts déjà pressés sur le joystick, et me concentre sur la piste qui m'attend.

Sans surprise, je ne tarde pas à rafler la première place. Ce n'est pas tant mes talents de conductrice que mon attitude agressive qui me vaut tous les trophées. Emmett est le seul à en redemander alors que ses fils filent à l'anglaise, leur honneur de *gamers* entaché.

Malheureusement pour lui, le père de famille ne fait toujours pas le poids. Au milieu du dernier circuit du rallye, il s'empare de la télécommande pour augmenter le son.

– Je n'entends pas bien les carapaces arriver quand tu me bombardes. Je suis sûr que comme ça, je vais pouvoir esquiver !

– Dans tes rêves ! ricané-je devant sa piètre excuse.

Je perçois alors un bruit étrange dans mon dos, entre la friction et le raclement, suivi de chuchotements conspirateurs. Je me retourne, dévorée par un mauvais pressentiment au parfum frais et boisé.

Oh, l'odieuse trahison !

– C'était pour ça le nettoyage de Gibson ? accusé-je Vi de but en blanc. Tu voulais couvrir tes arrières, t'assurer qu'il ne restait pas une seule épine égarée pour foutre en l'air ton alibi !

Prise la main dans le sac, Viviane grimace tandis que ses fils, affublés d'innocents sourires de chérubins, traînent leur imposant sapin jusqu'aux abords de la baie vitrée. Avery rayonne : libéré de son fardeau végétal, il farfouille dans un carton stocké près de la cheminée et revient vers moi, tout guilleret.

– Alors, Tantine… Tu nous aides à décorer ton antre d'ourse mal léchée ? me provoque-t-il.

Il noue une guirlande tricolore sur mon épaule à la manière de Miss America. Pour toute réponse, je la repositionne autour de mon cou et en hisse une extrémité à bout de bras, feignant de me pendre avec, la langue tirée de côté. Adepte des mises en scène, je grossis le trait en poussant des râles d'agonie pour une mort digne du plus bel Oscar.

– Plutôt crever ! aboyé-je en me cambrant brusquement dans le canapé. Je ne veux pas de cette horreur dans mon salon !

Devant moi, quatre mines de Chat Potté. Je suis foutue.

À mon grand dam, à cette époque de l'année, ma famille est du genre à chanter à tout-va des cantiques niais, à multiplier les décorations jusqu'à rendre épileptiques les aveugles du quartier, à endosser des pulls affreux et à se gaver de lait-de-poule du matin au soir. Et gare à vous s'il vous vient à l'idée de rechigner ! Je fais office de Grinch au milieu de ces fanatiques.

Je ne l'avouerai pas à haute voix, mais j'ai toujours rêvé d'aimer Noël, de lâcher la bride à l'enfant qui sommeille en moi, de me laisser bercer par cette magie insouciante. Malheureusement le constat est sans appel : c'est Noël qui me déteste.

Bien évidemment, je pourrais passer sur les aléas de la vie qui sont, comme par hasard, tous survenus autour de cette période, telles mes premières règles, la mort de Colgate, notre poisson rouge, ou la fin tragique de mon scooter au fond d'un étang pas si glacé que ça. Passons aussi sur le mois de décembre, il y a quatre ans, que j'ai passé emplâtrée à cause d'une histoire de clou et de marteau qui a mal tourné. J'aurais pu faire fi de cette liste de doléances qui pourtant semble tendre vers l'infini, mais la dernière occurrence a eu raison de ma bonne volonté : j'ai surpris Spencer dans les bras d'une autre.

– Vous comprenez, avec les travaux, ça ne va pas le faire… brodé-je piteusement pour me dégager de toute responsabilité. Ça va me compliquer la tâche et votre sapin n'y gagnera que des kilos de poussière et des éclaboussures de peinture.

– Lily, on sait tous que c'est une excuse bidon !

Vi connaît la véritable raison de mon refus, mais cela ne semble pas la décourager pour autant. Avec un soupir, j'abandonne la manette entre deux coussins et me plante face au maudit conifère. Je le hais de tout mon être, mais ils en ont tant bavé cette année, tous les quatre… Ils ne sont même pas encore tirés d'affaire. Malgré mes griefs contre le Père Noël, je n'ai pas à cœur d'en rajouter une couche.

– Bon, écoutez… Je vous laisse le palier de l'étage. C'est un bel espace pour votre abominable arbre des neiges et comme – contrairement aux vôtres – ma chambre est au rez-de-chaussée, je devrais pouvoir survivre à ses mauvaises ondes.

Je suis navrée de ne pouvoir en faire davantage, mais j'ai collectionné les compromis ces dernières semaines et les décos à paillettes n'ont jamais fait partie de mon havre de paix personnel.

CHAPITRE 9

MONTGOMERY

J'attends devant les grilles de l'école une demi-heure avant la fin de la classe. Je ne me serais jamais pardonné d'arriver ne serait-ce que trente secondes en retard.

Il fait déjà nuit, la météo locale ne vend pas du rêve. Au fil des minutes qui s'égrènent, d'autres parents me rejoignent. Des mères se rassemblent à l'écart sous un réverbère pour parler à voix basse tout en me jetant régulièrement des coups d'œil intrigués. De mieux en mieux… Les langues n'ont pas fini de se délier.

Tante Adélaïde connaît bien sûr mon histoire dans son intégralité, mais elle en a toujours farouchement gardé le secret. Le reste de Skagway extrapole à partir des bribes d'informations que je laisse parfois échapper malgré moi. Ce nouveau départ aurait été bien plus facile dans une grande ville où je me serais fondu sans soucis dans la masse, mais j'avais besoin d'une épaule sur laquelle m'appuyer et Addie était la seule à vouloir encore entendre parler de moi. J'ai du mal à m'intégrer dans cette petite communauté très soudée, ce n'est un mystère pour personne. Aujourd'hui, Mia a ravivé la curiosité des habitants, et me revoilà sur le devant de la scène, pas plus avancé dans mes relations avec le voisinage qu'il y a trois ans.

Dès que la cloche sonne, des dizaines d'enfants se déversent dans la cour à grands cris. La classe de Mia arrive en dernier. Ma fille sautille derrière ses camarades pour tenter d'élargir son champ de vision. Quand leurs rangs sont assez clairsemés, elle se faufile jusque dans mes jambes. Je me baisse, un énorme sourire barrant mon visage, et lui attrape le nez entre index et majeur.

– Et voilà, c'est le mien maintenant !

Elle me tire la langue. Pendant un bref instant, je me sens normal. À ma place. Mia enchaîne les grimaces avant de rétorquer :

– Rends-le-moi, ou j'appelle la police !

De ses dix doigts, elle me triture la main droite pour libérer son nez imaginaire, puis se le recolle au milieu de la figure.

– Miss Julia, au foyer, elle dit que c'est mal de prendre les affaires des autres sans demander.

– Et elle a raison !

Je la hisse dans mes bras pour lui planter un bisou sur la joue. Elle pousse de petits cris stridents en guise de protestation, mais se laisse faire malgré tout.

– Mais tu l'as fait quand même. Monty, t'es un méchant garçon ! Si tu continues, le Père Noël, il t'apportera pas de cadeau !

J'affiche une moue boudeuse devant sa sentence tout en déverrouillant les portières de la voiture. Mia se fige sur son siège auto pour me faciliter la tâche quand j'entreprends de boucler la ceinture de sécurité, et énumère cent manières de me faire pardonner. La majorité de ses solutions comprend des licornes. Céréales, peluches, livres pour enfants… À elle seule, elle pourrait ouvrir une boutique de produits dérivés !

– Et si on allait plutôt chercher un sapin, toi et moi ? lui proposé-je en rajustant son bonnet.

– Pour la maison ?

– Il n'y a pas assez de place pour le laisser dans la voiture !

– Un sapin avec des guirlandes ?

Elle affiche des yeux ronds comme des soucoupes quand je hoche la tête pour approuver. Elle bouillonne à la fois de doutes et d'excitation.

– Avec des boules et des lumières et tout ?

– Et une étoile tout en haut ! ajouté-je.

– On pourra aussi avoir une crèche du petit Jésus avec des licornes ?

Je ris. Cette chipie ne perd jamais le nord !

– Tout ce que tu voudras, ma chérie.

Elle passe les bras autour de mon cou et me serre brièvement la tête contre son cœur. L'épaisseur de son manteau m'empêche d'en entendre les battements, mais un courant circule malgré tout entre nous deux. Quelque chose d'indicible, de doux et d'intense à la fois. Je l'aime à en crever. Comment ai-je pu être assez stupide pour croire que je pouvais vivre sans elle ?

En route vers le supermarché, je lui pose des questions sur sa journée. À chaque feu rouge, j'observe son reflet dans le rétroviseur. Ses joues sont rosies par le chauffage de l'habitacle. Elle cache ses yeux pétillant de malice derrière de longues mèches brunes, aussi raides que le doigt assassin qu'elle brandit pour m'accuser quand je la contrarie.

– Je ne t'avais pas fait des couettes, ce matin ?

– Si, mais j'ai échangé mes élastiques contre des billes. Je voulais jouer avec les autres.

Elle se triture les doigts pendant quelques secondes, puis poursuit d'une toute petite voix :

– T'es pas fâché, hein, dis ?

– Bien sûr que non, on en a plein d'autres à la maison. Tu t'es bien amusée, au moins ?

Pendant qu'elle m'explique comment elle a remporté le tournoi officiel de la récréation du matin, je l'aide à descendre de voiture et à s'installer dans le Caddie.

Devant les portes du magasin, une section du parking est allouée à la vente de sapins fraîchement coupés en pépinière. Mia exige que je la dépose au sol, puis file tripoter les épines et humer le doux parfum d'épicéa qui flotte aux alentours. Malheureusement, lorsque j'avise les prix, je dois annoncer à Mia que nous n'avons pas le budget pour un arbre naturel. J'aurais dû y réfléchir à deux fois avant de lui promettre tout ce qu'elle voudrait…

Loin de se démoraliser, elle court choisir ses premières guirlandes qu'elle enroule autour de son cou comme autant d'écharpes extravagantes. Comme dans sa tenue du jour, l'harmonie des couleurs peut aller se rhabiller ! Fière de sa sélection, elle se lance même dans un défilé de mode en pleine allée centrale.

Fasciné par le déhanché terriblement malhabile de ma fille, j'en oublie la priorité à droite et je suis ramené sur terre par un fracas métallique et un cri d'horreur :

– Oh mon Dieu ! Monty, excuse-moi, je ne t'avais pas vu !

Perchée sur des talons si hauts que je me demande comment elle garde son équilibre, Serena se confond en excuses. Ses lunettes manquent même de tomber de ses cheveux châtains tant elle secoue sa tête dans tous les sens.

Je ne peux m'empêcher de froncer les sourcils, agacé non par le choc, mais par l'impression d'être suivi. Il n'en est sûrement rien, pourtant j'ai le sentiment de ne pas pouvoir faire un pas dans cette ville sans être épié. Un sentiment plus vif que jamais depuis l'arrivée de Mia.

– Non, c'est moi, Serena. Je ne regardais pas où j'allais.

Alors que Mia vient m'ausculter pour s'assurer que je n'ai pas d'os cassé, les yeux de notre voisine se plissent.

– Voilà donc la petite dont tout le monde parle… Vous êtes si mignons tous les deux ! Je vous ai aperçus ce matin, dans ton jardin. Un délice pour les yeux.

Serena lisse sa jolie robe satinée d'or de sa main non bandée, puis se penche à la hauteur de Mia.

– Dis-moi, tu es qui, toi ? Tu es de la famille d'Addie ? Elle va revenir passer les fêtes à Skagway ?

Un instinct de protection surgit en moi devant cette femme qui tente de soutirer des informations à une gamine de quatre ans. Je sais que ma voisine, seulement trop intrusive, n'a aucune intention de lui faire du mal, mais je ressens le besoin de m'affirmer en tant que père.

– La curiosité est un vilain défaut, plaisanté-je faussement en reprenant la main de Mia.

– Voyons, Monty, me sourit Serena. Ce n'est pas très charitable de faire autant de mystères.

Sans me laisser le temps de répondre, Mia se glisse entre mes bras pour pousser le chariot.

– Monty, on y va ! ordonne-t-elle. Sinon il n'y aura plus de licornes pour le sapin dans le magasin !

Je meurs d'envie de porter ma fille aux nues. J'adresse un sourire navré à Serena et obéis bien docilement, trop heureux de mettre de la distance entre la commère du quartier et nous.

– C'est vrai qu'elle va venir pour Noël, tatie Addie ? me questionne Mia.

Elle porte des boules à ses oreilles, comme des bijoux, et regarde dans un miroir pour distinguer celle qui brille le plus sous la lumière blafarde des plafonniers.

– Je ne pense pas, malheureusement. C'est encore compliqué sur les quais depuis l'éboulement. Et puis, elle n'encaisse plus les températures glaciales comme avant.

Mia fait la moue, mais se console en empilant des décorations dans le Caddie. Si je réduis drastiquement ma consommation de cigarettes, je peux me permettre de lui faire plaisir aujourd'hui. Les courses ne sont pas absolument nécessaires – Addie m'a laissé plusieurs cartons de décorations dans le grenier –, mais je veux que Mia puisse s'approprier ce premier Noël en ma compagnie.

– Alors on va prendre ça pour elle ! décide Mia en prélevant une crèche Playmobil dans le rayonnage.

Tante Addie serait ravie de la voir s'épanouir à mes côtés de jour en jour. J'aurais tant voulu qu'elle soit encore là, avec nous, que nous formions une vraie famille pour que je puisse lui rendre ce bonheur qu'elle m'a permis d'obtenir en me tendant la main.

Aujourd'hui, elle nous a quittés pour passer ses vieux jours dans une maison de retraite. Comble de l'horreur, elle m'a légué sa propriété, me donnant le désagréable sentiment de la chasser de chez elle. Elle a eu beau insister, m'affirmer que c'est parce qu'elle ne veut pas continuer de vivre avec le fantôme de son défunt mari, je m'inquiète de la savoir au loin. Je l'appelle tous les deux jours, et elle nous raconte, à moi et désormais à Mia, les ragots de couloirs et ses activités avec ses amis, mais rien ne remplace la famille.

Cependant, tante Addie n'est pas femme que l'on peut contrarier quand elle a un projet en tête. J'ai donc dû gentiment accepter les clés, et me contenter de lui promettre de lui amener sa petite-nièce dès que je le pourrais, un engagement que je compte bien honorer rapidement.

CHAPITRE 10

LILY

Au cœur de cette nuit polaire, une lumière éclatante me tire des bras de Morphée. J'essaie dans un premier temps de me couvrir les yeux avec ma couette, mais rien n'y fait, ma chambre est illuminée comme en plein jour.

– Bord d'aile de merle !

Il n'y a pas de rideaux à mes fenêtres, car j'aime profiter du doux spectacle d'un ciel étoilé lorsque je peine à m'endormir. Malheureusement, je n'aperçois désormais que la lueur perçante d'un Père Noël gonflable de trois mètres de haut, installé de l'autre côté de la rue. En grommelant, je tapote maladroitement ma table de chevet, à la recherche de mon téléphone. 0 h 43. Mon sang ne fait qu'un tour.

Je me redresse comme une furie et m'approche de la vitre pour voir Celui-dont-on-ne-doit-pas-prononcer-le-nom finir d'installer ses décorations, toutes plus brillantes les unes que les autres dans son jardin. C'est le carnaval du kitsch !

Impossible de me rendormir avec cette pollution lumineuse. Me voilà obligée d'aller me confronter à cet abruti en pleine nuit… J'enfile donc ma doudoune et mes bottes à la va-vite, puis je plonge dans le froid et traverse la rue comme une furie.

Arrivée près de l'odieux personnage, je tape du pied pour éviter de lui aplatir directement le nez avec mon poing.

– C'est quoi, ce délire ?

Le voisin semble surpris que je daigne lui adresser la parole à une heure aussi indue. Jouant d'emblée la carte de l'agneau innocent, il m'adresse un sourire maladroit. Des fossettes lui creusent légèrement les joues et cette moue devient soudain séduisante…

Tandis que je me gifle mentalement de lui prêter ainsi autant de qualités, mon adversaire passe de l'étonnement à l'incompréhension :

– Pardon ?

– Cette horreur, là ! aboyé-je en désignant le Père Noël titanesque qui me brûle la rétine. Ça ne va pas le faire !

L'agneau perd son doux sourire et hausse les épaules avec une pointe d'agacement.

– C'est juste une décoration.

– Une décoration qui a transformé ma chambre en salle d'interrogatoire ! Personne n'a envie de dormir avec un projecteur braqué en plein visage.

Il se relève pour prendre le recul nécessaire à la contemplation de son méfait.

– C'est vrai qu'il brille beaucoup, concède-t-il.

– Puisqu'on est d'accord, tu sais ce qu'il te reste à faire !

Alors que je suis déjà prête à faire demi-tour, il se mordille la lèvre. Mon sentiment de satisfaction me quitte instantanément.

– Je ne peux pas le mettre ailleurs sans abîmer les parterres de fleurs d'Addie, précise-t-il. Je ne me le pardonnerais jamais si rien ne repoussait au printemps.

Je lève les bras au ciel.

– Mets-le à l'arrière de la maison alors !

– Mia n'en profiterait pas autant… Allez, Lily, c'est juste pour un mois.

Et voilà, j'en étais sûre ! Maintenant qu'il est père, il se sert de la petite pour me faire passer pour un monstre sans cœur. Je ne cherche aucunement à gâcher leur premier Noël ensemble, je tiens seulement à préserver la qualité de mon sommeil. Tout le monde a besoin de se reposer après une dure journée de labeur, bon sang ! Pas besoin de me mettre la pression comme ça.

– C'est juste une décoration. C'est juste pour un mois, le cité-je. Je n'ai aucune concession à te faire, Montgomery. Toi, ça fait juste trois ans que tu me fais chier !

Monty se décompose devant mon agressivité. Redoute-t-il de me voir rameuter tout le quartier ?

– Ce n'est pas la peine de hurler ! Ce n'est pas comme si tu me simplifiais la vie depuis tout ce temps.

– « C'est toi qui as commencé » ? Non, mais sérieusement… Quel âge tu as, déjà ?

– En attendant, ce n'est pas moi qui me donne en spectacle en nuisette au beau milieu de la rue !

Je glapis en suivant ses yeux qui caressent le galbe de mes jambes exposées au froid mordant. Ma doudoune ne suffit pas à me protéger entièrement. Un frisson me parcourt l'échine. Je me sens quasi nue, tout à coup.

– Ma tenue ne regarde que moi, le contré-je. Tu ne vas quand même pas me dire que tu te rinces l'œil maintenant ?

– On arrive donc au moment où tu me traites de pervers ? Tu as vraiment un grain, Lily Mackenzie ! Pense ce que tu veux, mais n'espère pas que je m'aplatisse direct quand tu t'attaques au bonheur de ma fille.

– Arrête de dramatiser, je défends simplement mon droit à jouir de ma chambre comme je l'entends. On ne t'a jamais précisé que ta liberté s'arrête là où commence celle des autres ?

Montgomery éclate d'un grand rire narquois.

– Ravi de te l'entendre dire, puisque tu enfreins la mienne à jouir de mon jardin. Je n'ai pas installé mon Père Noël sur ta propriété, alors fiche-moi un peu la paix. Ce soir, il ne s'agit ni de toi ni de moi. Je te parle d'apporter un soupçon de magie dans la vie d'une enfant de quatre ans. Quel genre de personne…

Il s'interrompt quand la neige craque derrière moi. Dans un même élan, nous nous tournons vers Vi qui nous rejoint au petit trot, grelottant dans son peignoir.

– Lily ?! Mais qu'est-ce que tu fais ?

J'ignore ma sœur pour agiter un doigt rageur sous le nez de Monty.

– Si les néons de New York te manquent tant, retourne donc y vivre !

– Arrête, Lily ! hoquette Vi. Tu ne peux pas lui parler comme ça !

Elle se place entre lui et moi, tentant de faire barrage du haut de son petit mètre soixante. Elle esquisse même pour Celui-dont-on-ne-doit-pas-prononcer-le-nom un sourire d'excuse qui finit de m'exaspérer.

– Mais je rêve, grincé-je. De quel côté tu es ?

Je me retiens de justesse de les envoyer tous les deux au diable. Peut-être auraient-ils droit à un tarif de groupe ?

Mon regard qui tue ne semble déjà pas faire effet sur l'immonde voisin, il n'est malheureusement pas plus efficace sur ma sœur qui se prend visiblement pour le prix Nobel de la paix. Elle s'approche de moi, mains tendues, et me frotte les bras dans un geste d'apaisement.

– Quelle mouche t'a piquée, Lily ? Tu n'aimes ni Noël ni Monty, tout le quartier est au courant, mais il y a des limites quand même. Tu ne peux pas hurler sur les gens en plein milieu de la nuit.

Furieuse de la voir instinctivement se caler sur le même genre d'argumentation, je me dégage de son étreinte sous le sourire moqueur de l'autre imbécile. *Merci, Vi, de m'infantiliser devant mon pire ennemi !* Traîtresse.

– Il me pourrit la vie !

– En voulant faire plaisir à une petite fille ? raille-t-il, goguenard.

Encore une fois, ils échangent un sourire complice, comme si le simple fait d'être tous les deux parents leur permettait de parler un langage que les moldus ne peuvent pas comprendre…

– Arrête, Vi, ne te fais pas avoir par son air angélique, c'est un crétin. Est-ce que je dois te rappeler qu'il a flingué Gibson à son arrivée ? Qui oublie encore de serrer le frein à main d'un camion de déménagement ?

Montgomery lève les yeux au ciel.

– Tu ne veux pas passer à autre chose ? Je t'ai remboursé les frais du garagiste.

– Monsieur était fauché, ça a pris un million d'années !

– LILY ! s'offense ma sœur en voyant que la dispute dégénère.

Est-ce que je devrais le prendre en pitié parce qu'il n'a pas un rond ? Je ne roule pas sur l'or non plus, et pourtant, comme un Lannister, j'honore toujours mes dettes ! L'achat de ce taudis qui me sert de maison m'a mise sur la paille, et je réalise personnellement les travaux nécessaires pour le retaper depuis maintenant trois ans. Je fais tout seule, en m'appuyant sur mon petit salaire de serveuse, quand cet incapable a pu profiter de l'héritage de sa tante sans même avoir à lever le petit doigt !

– Lily, reprend Vi d'une voix plus calme en constatant que je ne vais certainement pas m'excuser pour mes propos. Je sais que cette voiture, c'est ta vie. Elle t'a permis de prouver aux parents que tu pouvais te débrouiller seule et que tu étais devenue une adulte, mais tu vaux mieux que ça.

Soudain, l'expression de Celui-dont-on-ne-doit-pas-prononcer-le-nom change. Je peux riposter face à son innocence feinte, jouer avec sa colère ou sa repartie, mais ce qui me décontenance vraiment, c'est l'éclat de pitié qui brille dans ses yeux bleus.

Je n'ai pas besoin qu'on me plaigne, certainement pas comme une petite fille qui a mis toute sa reconnaissance dans une simple voiture.

– Je suis crevée, soufflé-je, exaspérée. Et je ne risque pas de me rendormir avec cette lumière aveuglante !

Vi ne pipe mot et me laisse redescendre en pression. Montgomery, lui, pousse un soupir d'exaspération qui ranime immédiatement ma fureur.

– Je vais l'éteindre pour cette nuit, annonce-t-il cependant. Je me lèverai plus tôt demain matin pour l'allumer avant que Mia ne sorte. D'ici là, je réfléchirai à une solution.

– C’est très gentil de ta part, Monty, s’empresse d’accepter Vi en me tirant par le bras. Lily et moi te sommes très reconnaissantes.

Je n’ai pas le temps d’approuver – ou mieux, de la contredire – pour rappeler à l’odieux voisin que c’est le strict minimum… Dois-je vraiment le supplier de me laisser dormir ? Comment vivent les gens à LA pour que ma sœur en face des tonnes ainsi ?

Bien trop heureuse de voir la dispute désamorcée, Vi me tracte de toutes ses forces jusqu’à la maison, si bien que je me contente de fusiller l’autre abruti du regard. Pour toute réponse, il m’adresse un signe de main poli, comme si rien ne s’était passé.

Je le déteste !

– Tu étais obligée de faire un scandale ? me souffle Vi une fois sur le perron.

– On voit que ce n’est pas toi qui as été réveillée par cette horreur, marmonné-je.

Je ne précise pas si je parle de l’immonde Père Noël ou de son propriétaire.

– Écoute, je sais que tu veux prouver que tu es forte, indépendante, et que tu sais gérer le moindre obstacle seule, mais inutile d’agresser les voisins pour défendre ton territoire. Tu vas finir par devenir la terreur de la ville.

Abandonnant sa posture de combat, ma sœur aînée me pousse gentiment vers ma chambre, mais me prend dans ses bras juste devant la porte. Je me laisse aller dans cette étreinte réconfortante.

Lorsqu'elle se redresse, elle pose sur moi un regard maternel et dégage tendrement les mèches de cheveux qui me masquent le visage.

– Un jour, tu comprendras qu'il y a une sacrée marge entre jouer à la demoiselle en détresse et se mettre le monde entier à dos pour prouver ce dont on est capable. D'ici là…

– Pitié, ne me dis pas qu'il va falloir que j'aille m'excuser ! Il l'avait…

– Tais-toi et va dormir !

Avec un sourire mutin, elle me pince l'oreille pour la défier de la contredire.

CHAPITRE 11

LILY

Peu importe le mépris que je ressens envers l'Abominable Homme d'En Face ou les fêtes de fin d'année, je n'ai pas droit de dépouiller Mia du beau Noël qu'elle mérite. Hier soir, je me suis montrée bête et méchante. Maintenant pleinement reposée, j'enrage de constater qu'en partant d'une situation où j'étais pleinement dans mon droit de râler, je deviens la mégère qui prive un enfant de la magie de Noël. Désormais, c'est à moi de m'excuser auprès du Diable en personne… La poisse !

– Ma parole, Lil'Pancake ! Qu'est-ce qui t'arrive aujourd'hui ?

– Hein ?

Je bats des cils, tirée de mes pensées par une Martha qui ne sait plus par quel bout me prendre. Depuis le début de la journée, je m'emmêle les pinceaux dans les commandes et enchaîne les bourdes, trop absorbée par les événements de cette nuit.

– Regarde donc ce que tu es en train d'infliger à ce pauvre burger !

Effectivement, je verse du miel sur la viande au lieu d'une pointe de moutarde.

– Le sucré-salé, ça fait fureur chez les hipsters, brodé-je sur le tas. Tu vas faire le buzz !

– Tu as assez débité de balivernes pour le reste du mois, fiche-moi le camp avant que tout le menu ne finisse aux ordures !

Martha claque la langue devant mon grand n'importe quoi, me confisque ma spatule, puis m'éjecte de mon poste d'un coup de hanche bien senti. Je décolle dans un éclat de rire.

– Tout de suite, la violence ! l'accusé-je avec malice.

– Si tu veux de la violence, ma petite chérie, tu vas en avoir…

Elle amorce un mouvement dans ma direction tout en brandissant son ustensile. J'agite aussitôt les mains devant moi en signe de capitulation.

– Tout doux, Martha, je vais faire plus attention, promis.

– Je ne suis pas en colère après toi, Lily. Mais tu n'as pas la tête à ce que tu fais et à ce rythme, tu vas finir par te blesser. Pourquoi tu ne prendrais pas ta journée pour régler ce qui te turlupine au lieu de saccager mon resto ?

Question rhétorique ! Avant même que je n'aie le temps de protester, je me retrouve sur le trottoir, emmitouflée dans mon snood, une poche en papier à la main car je n'ai pas eu l'occasion de prendre ma pause du midi, après le coup de feu. Martha est aussi inflexible que les montagnes qui nous encerclent, mais jamais elle ne laisserait quelqu'un partir de son restaurant l'estomac vide.

– Si j'avais su qu'il suffisait de ça pour obtenir un jour de congé… plaisanté-je en me fourrant des frites dans la bouche.

Je rentre chez moi à pied, ayant de nouveau laissé Gibson à ma sœur, et ralentis le pas devant l'objet du litige nocturne. Le vieux bonhomme rouge ne brille pas, il fait encore jour, mais son sourire narquois me donne envie de lui plonger un couteau dans les entrailles pour qu'il se dégonfle à tout jamais. C'est plutôt jouissif de m'imaginer capable de commettre un tel acte de vandalisme… Malheureusement, les soupçons convergeraient forcément vers moi et je me ferais canarder par des voisins furieux de voir leur chère fête de Noël compromise.

Alors que je m'attarde sur la voiture du voisin garée dans l'allée, l'idée d'aller lui présenter dès maintenant des excuses m'effleure, même si je n'ai encore rien préparé. Ma lâcheté reprend toutefois le dessus. Tête basse, je trottine jusqu'à mon porche avec pour nouvel objectif de me cacher sous ma couette afin de chercher sur Internet des articles de blog du type « L'art de s'excuser pour les nuls ».

Dans la précipitation, mon pied cogne un colis déposé devant ma porte d'entrée.

Aucune adresse dessus, juste un petit mot avec mon prénom griffonné en lettres manuscrites. C'est lui. Je le sais, j'en suis sûre, c'est lui !

Le niveau de ma curiosité avoisine celui de ma culpabilité. Si ce paquet est la réponse du Yankee à mes frasques nocturnes, son contenu mérite d'être dévoilé. Mais ce faisant, ne risqué-je pas de tomber dans ce piège qu'il me tend ? De perdre la face ? Quoi qu'il en soit, je refuse qu'il me voie tergiverser, il est capable de m'espionner depuis la fenêtre de sa cuisine !

Avec une dignité feinte, je me penche, prends le paquet et rentre à l'intérieur pour déposer l'offrande sur la table du salon. Alors, sans même me dévêtir, je commence à fixer longuement l'objet encore non identifié.

Je suis en train de griffer le scotch du bout des ongles quand la porte d'entrée claque derrière moi.

– Cette journée en amoureux m'a sérieusement remonté le moral ! s'exclame Vi, visiblement sur un nuage de bien-être.

Emmett ne lui répond pas. Du moins, pas avec des mots. Aux gloussements de ma sœur, je devine qu'il savoure l'instant à sa façon et qu'elle n'y voit aucun inconvénient. J'émets alors un grommellement inintelligible pour signaler ma présence.

– Tu n'es pas au boulot ? s'étonne Vi.

– J'ai fini plus tôt.

Intriguée par mon comportement, elle s'approche de moi et avise à son tour la boîte en carton :

– C'est la commande d'Emmett ? Elle est déjà arrivée ?

– Non. Si j'en crois l'étiquette, c'est pour moi. Je pense que le voisin s'est adonné au dépôt sauvage devant ma porte.

Vi porte une main à sa bouche pour étouffer une exclamation.

– Qu'est-ce que c'est ? Tu l'as déjà ouvert ? Dis-moi tout, je veux savoir !

Son débit s'apparente à celui d'une mitraillette. Après tout, qui peut résister à l'appel d'un cadeau mystère ? Cédant à son insistance, j'attrape un couteau dans la cuisine et déballe le carton. À l'intérieur, nous découvrons des rideaux occultants de très bonne qualité, protégés par une poche plastique. D'un bleu nuit joliment dégradé vers des teintes plus claires, ils sont brodés de fils d'or de manière à imiter un ciel étoilé.

Je les adore. Je le déteste.

Un petit mot accompagne le tout :

Lily,

Ils ne remplaceront pas les vraies étoiles, mais si ça peut nous aider à trouver un terrain d'entente pendant les fêtes, alors je suis prêt à t'en acheter un nouveau modèle chaque jour.

M.

Une bordée de jurons inaltérés franchit à mon insu le seuil de mes lèvres.

– Petit con !

– Tu ne vas quand même pas recommencer ! me rabroue Vi.

– C'est toi qui lui as dit ?

– De quoi ?

– Pour les étoiles ! Tu as vendu la mèche ?

– Mais non ! Je te signale que je suis partie avec toi cette nuit…

Emmett s'éclaircit la voix derrière nous.

– Il se pourrait que j'aie croisé Monty à la supérette, ce matin… Nous avons parlé de toi, Lily, et… hum, de fil en aiguille…

Je chiffonne l'emballage jusqu'à en faire une boule compacte, avec laquelle je bombarde mon beau-frère.

– Balance ! Tu crois qu'il écrit ma biographie ou quoi ?

– Allez, Lily, intervient Vi avant que ça ne dégénère. Tu peux quand même avouer que c'est super gentil. Tu pourrais même aller le remercier ?

Je la fusille du regard. Elle m'a déjà envoyé m'excuser, maintenant il faut que j'ajoute des remerciements à la liste ! Est-ce que ma sœur veut m'achever pour récupérer cette fichue baraque en ruines ?

– Je me fiche que ce soit gentil ! protesté-je faiblement. Je ne veux pas qu'il le soit, sinon comment pourrais-je continuer à être furieuse après lui ?

Emmett pouffe de rire avant de rétorquer :

– Je suis sûr que tu sauras trouver des tas d'autres choses à faire avec lui !

Je ne prends même pas la peine de lever les yeux au ciel. Ni une ni deux, je lui arrache le trousseau de clés de Gibson et choisis la fuite. Je quitte cette maisonnée de traîtres et remonte l'allée.

De nouveau devant ce fichu jardin et leur maudit Père Noël, j'hésite. Partir faire un tour en voiture ne me semble pas constituer l'option la plus raisonnable… Je suis trop sur les nerfs.

– Bonjour, madame Fiona ! chantonne Mia.

La silhouette de la gamine se dessine dans le jardin alors qu'elle agite les bras dans ma direction. Ses mains gantées sont encore pleines de neige, et ses joues, rosies par le froid mordant de cette fin d'après-midi. Elle regarde prudemment la route, mais n'ose pas avancer, respectant sûrement les ordres de son père.

J'hésite un instant, puis choisis d'abdiquer, du moins provisoirement. Cette puce n'a pas demandé à avoir Celui-dont-on-ne-doit-pas-prononcer-le-nom pour géniteur, je dois me montrer conciliante. Et adulte, au passage. Je traverse donc la route et me rapproche d'elle avec un sourire attendri.

– Bonjour, petit chat !

– Comment tu vas bien ? me demande-t-elle, un sourire extatique plaqué sur les lèvres.

La formule m'amuse. Que répondre à ça ?

– Topitop, l'escalope !

Elle bat des mains, ravie.

– Cooool ! Et tu sais ce qu'il y a d'autre de trop cool ? Le Père Noël dans le jardin de Monty !

Nom d'un petit pétard mouillé… Il l'a soudoyée pour me dire ça ou quoi ? Alors que mon sourire peine à ne pas se transformer en grimace, Montgomery nous rejoint d'un pas souple. Pour surveiller sa progéniture ou pour savourer sa victoire ? Allez savoir ! Les mains dans les poches de son duffle-coat déboutonné, il attend de capter mon attention pour me saluer d'un hochement de tête aimable sans avoir à couper la parole à sa fille. Son attitude n'est ni soumise ni hostile, il semble ainsi me signifier que la balle est dans mon camp.

– T'as vu comme il brille ? reprend Mia. Tu crois qu'on peut le voir depuis la lune ? J'aime trop les rennes devant son traîneau aussi. Mon préféré, c'est Rudolph ! Il est pas comme les autres, alors il a besoin d'encore plus de câlins !

La source de ce moulin à paroles ne semble pas près de se tarir. À chaque seconde qui s'écoule, je meurs un peu plus de l'intérieur. Le regard scrutateur de Montgomery me met au supplice et semble m'intimer tacitement à faire le second pas, maintenant que lui m'a tendu le rameau d'olivier. La façon dont les rayons du soleil jouent dans ses cheveux châtains me trouble sans que je puisse me l'expliquer. Pourtant, je ne m'y attarde pas tant ses yeux m'hypnotisent. Ils semblent me dire qu'il attendra le temps qu'il faudra.

Ne sachant que faire d'autre, je hausse les sourcils d'un air interrogateur, comme pour m'enquérir de ce qui le pousse à réagir ainsi. Il me répond d'un clin d'œil et je ne peux m'empêcher de souffler, amusée. Est-il vraiment en train de jouer avec moi alors que la nuit précédente, j'étais à deux doigts de l'éborgner ?

À mon tour de me cacher derrière Mia pour justifier mes actes. Afin de me sortir de l'engrenage infernal de cette histoire sans paroles, je brise le contact visuel en baissant la tête en direction de la fillette.

– Et toi ? poursuit celle-ci. C'est quand que tu la décores, ta maison ?

Percevant mon malaise face à la question qui fâche, Monty attrape sa gamine sous les aisselles et, d'une pirouette habile, la propulse sur ses épaules pour arrêter son débit de paroles.

– Allez, Mia. Tu as dit bonjour et c'est très bien. Mais Lily a sûrement du pain sur la planche, alors on va vite rentrer se mettre au chaud avec un bon chocolat et des gâteaux.

– Attends, soufflé-je, la bouche enfouie dans les plis de mon écharpe.

Avec sa fille haut perchée, il marque une pause et m'observe patiemment.

– Oui ?

Du pied droit, je tasse la neige tandis que je détourne le regard.

– Je… euuuh… Je voulais m'excuser. Pour t'avoir hurlé dessus.

Je ne vois pas sa réaction, mais le silence qui suit mon aveu me paraît très long. Même Mia ne moufte plus. Lorsque j'entends enfin un soupir, je relève les yeux vers lui, et ne distingue que de la lassitude dans ses traits tirés par la fatigue.

– Je suppose que ça ne m'aurait pas tué non plus de t'en parler avant d'installer tout ça devant ta fenêtre.

Je déglutis, les démons de la culpabilité revenant à la charge dans mon esprit. Devant ce père aux multiples responsabilités, je me fais vraiment l'effet d'une enfant capricieuse. Il était beaucoup plus simple de le détester quand il n'était qu'un hipster saccageur de voitures !

– J'y suis allée trop fort et je n'en suis pas fière, conclus-je.

J'ai l'impression d'avoir du piment dans la bouche tant ces mots me brûlent. Non que je sois de mauvaise foi, mais c'est dur pour moi de lui laisser une ouverture. Il n'y a pas que l'accrochage de Gibson entre nous… Même s'il ne le sait pas. Ça, je n'en parle jamais. Ni à lui, ni à Vi, ni à personne. C'est une blessure qui ne parvient pas à se refermer.

Mia en profite pour s'incruster dans la conversation :

– Vous vous êtes encore disputés ?

Montgomery et moi répondons respectivement « non » et « oui ». Ma gêne redouble.

– On a eu un petit différend la nuit derrière, entame son père. Quand les lutins du Père Noël se sont garés dans son allée pour venir m'aider à décorer le jardin.

Un sourire m'échappe malgré moi.

– Ils n'ont pas été sages, les lutins ? demande la fillette en se tordant le cou pour m'apercevoir.

– Bien sûr que si, mais je ne connaissais pas leurs intentions hier soir. Ils ont d'ailleurs été très généreux, il suffit de regarder ton jardin.

Je déglutis, et cette fois, je lève les yeux jusqu'à croiser le regard de Montgomery. Je veux lui prouver ma sincérité lorsque j'enchaîne :

– Ils m'ont déposé un cadeau à moi aussi d'ailleurs, et… Je voulais demander à ton père de les remercier pour moi. Je tâcherai d'en faire bon usage.

Mia fronce le nez, un peu perdue, mais son père m'a parfaitement comprise. Il me fait savoir d'un simple hochement de tête que l'incident est réglé de son côté.

Est-ce le début d'une trêve ?

CHAPITRE 12

MONTGOMERY

– Debout, le Grand Ours ! C'est l'heure !

Alors que je peine à ouvrir un œil, Mia me fait savoir qu'elle a fini sa nuit en grimpant dans mon lit pour sauter à califourchon sur mon ventre.

– L'heure de quoi ? bougonné-je, encore ensommeillé.

– L'heure de manger ! J'ai faim !

– Ça peut encore attendre une heure ou deux, non ?

Je rabats la couette sur ma tête et fais basculer ma fille sur le côté. Je l'entends s'échouer sur le matelas dans un rire cristallin.

– Moi, j'ai faim maintenant ! reprend-elle de plus belle.

Sans pitié, elle abat ses petits poings sur mon épaule jusqu'à ce que je grogne de nouveau.

– Allez, debouuut ! scande-t-elle en s'acharnant désespérément. Debout debout debouuut ! Si tu te lèves pas, c'est toi que je vais manger.

Les bras enroulés autour de mon cou pour mieux me coincer, elle tente de me mordre les oreilles. La diablesse !

Je cède de mauvais gré, et me traîne d'un pas lourd à travers la maison. Mia est dans une forme olympique, et en un temps record, elle enfile une salopette en jean doublée de moumoute, par-dessus un pull de laine arc-en-ciel à col roulé. On va de nouveau pouvoir la repérer à trois kilomètres à la ronde ! De mon côté, je sors de la maison avec des épis sur la tête et la barbe en broussaille.

Mia sautille à côté de moi, emmitouflée dans son anorak, pendant que je verrouille la porte d'entrée. Ses longs cheveux s'échappent d'un bonnet à oreilles de renard qui peine à contenir leur volume.

– On y va ? me presse-t-elle, la mine suppliante.

– Yup ! En route, mauvaise troupe !

Dans un « ouiii » bien trop perçant pour l'oreille humaine, Mia dévale l'allée et se cramponne à la poignée de sa portière, avant de pousser un cri de pure surprise.

– Hiiiiii ! Elle l'a fait ! Princesse Fiona a décoré son jardin !

– Je croyais que tu n'aimais pas les princesses ? noté-je en la rejoignant.

– Je les déteste, sauf celle-là ! Parce que les oiseaux, ils explosent quand elle chante, et qu'elle mange des vers de terre dégoûtants !

Je pouffe dans mon écharpe. Heureusement que la petite ogresse d'en face n'entend pas la description de ma fille !

Lorsque j'arrive à la hauteur de Mia, ma mâchoire se décroche presque. Qu'est-il arrivé au jardin des Mackenzie ?!

– On refait Halloween ? m'exclamé-je.

– On peut aller voir de plus près ? s'impatiente Mia en me tirant le bras. Sitoplé ! J'ai envie de les caresser !

Ma voisine a, de toute évidence, décidé de prendre les fêtes de Noël à contre-pied. Ma fille ne s'extasie pas devant les rennes du Père Noël, mais devant trois dragons qui gardent férocement le terrain de Dame Lily.

Que doit-on en conclure ? Lily Mackenzie accepte-t-elle pour la première fois en trois ans de se prêter au jeu des décorations du quartier ou est-ce un signe de protestation ? Ou plus simplement, est-ce que Princesse Fiona a simplement voulu faire plaisir à mon adorable puce ?

– Donne-moi la main pour traverser, dis-je à Mia en me saisissant de sa moufle alors qu'elle partait déjà vers la clôture d'en face.

Ma fille pousse des couinements ravis en patinant sur la chaussée. Elle ne doit son équilibre qu'à la manière dont je la soulève de moitié.

Arrivée sur place, elle s'approche de l'installation tout en levant le nez vers les trois bêtes gargantuesques qui se dressent au-dessus d'un cageot à légumes, converti en berceau de fortune. Grâce à un jeu de leds, les gorges du dragon à deux têtes s'illuminent de bas en haut et laissent échapper de la fumée de leurs gueules entre deux salves de grognements.

– C'est encore mieux que des dinosaures ! clame Mia en les contournant pour admirer leurs ailes.

Chaque dragon gonflable arbore son nom sur une petite pancarte. « Gaspard » pour le vert, « Melchior » pour le violet et « Balthazar » pour le rouge et noir. Ils incarnent les Rois Mages !

– Ils ont même un bébé ! s'exclame Mia en piétinant la pelouse recouverte de neige afin de voir le poupon de plus près.

Intrigué, je jette un coup d'œil dans le berceau de fortune. Ils gardent un petit humain, mais je note que Lily lui a ajouté une barbe grossière en fibre de noix de coco, imitant à la perfection la couleur de la mienne. Pour accentuer la ressemblance, ma voisine a habillé la poupée d'une chemise écossaise et d'un bonnet noir rapiécé.

Aucun doute n'est permis : mon Mini-Moi a été offert en pâture aux dragons de *Game of Thrones*. Un simple *Dracarys* et je finis en méchoui.

Si je ne peux que saluer son immense talent, la menace ne fait aucun doute.

CHAPITRE 13

LILY

– C’est quoi encore, ce délire, Lily ?

Les bras croisés, Viviane tambourine sur ses coudes, les yeux plissés.

– Vous vouliez tous que je décore le chalet, non ?

J’écarte les mains de manière spectaculaire. Je suis prête pour mon *one-woman-show* :

– Tadaaam, c’est fait !

Après mon improvisation nocturne, j’arbore le sourire fier d’un artiste devant sa dernière création. Ma sœur, elle, paraît beaucoup plus sceptique. Elle étudie une énième fois mes trois nouveaux animaux de compagnie avant de secouer la tête.

– Tu ne peux pas laisser ça comme ça, tu vas terroriser les gamins du quartier.

– Argh, bien sûr ! Où avais-je la tête ?

Je rentre précipitamment, cambriole les affaires de la maisonnée dans le vestibule, et trottine dehors pour poser des bonnets rouges et blancs à grelot sur le crâne de mes trois amours.

– Quelle mauvaise foi, me maudit Vi en levant les yeux au ciel.

– Oh, relax ! commenté-je d'une voix malicieuse. Je n'ai pas mis de faux sang, ça va le faire !

– Serena est déjà venue se plaindre, et il n'est même pas encore midi !

– Je suis chez moi. Elle n'a qu'à changer de trottoir ou fermer les yeux quand elle passe par là. Elle ne chipotait pas autant à Halloween, quand Grayson a installé une famille de squelettes sur sa pelouse !

Vu sa moue, mon argument fait mouche.

– Faut dire que Serena et lui sont tous deux beaux gosses et fraîchement divorcés, concède-t-elle. Ça doit aider à trouver un terrain d'entente.

– Bref, Gaspard, Melchior et Balthazar resteront là où ils sont. Ils ont le droit d'exister eux aussi. À bas les rennes, vive les dragons ! Je n'en reviens pas de me faire engueuler pour avoir cédé à vos pataquès de fin d'année. Je mériterais plutôt une médaille, si tu veux mon avis. Ou au moins, un câlin. Ça serait le minimum syndical !

Malheureusement pour moi, Viviane est du genre tenace, elle aussi, quand elle s'y met :

– On en parle, du poupon avec du poil au menton ?

– Hmmm ? l'ignoré-je, innocemment.

Je ne suis pas disposée à rapatrier mes mignons avant que Mia n'ait eu l'occasion de me dire ce qu'elle en pense ! Après tout, cette crèche déjantée, c'est pour elle. Elle a un trop haut niveau d'adorabilité pour que je la contamine avec la rancœur sans faille que je voue à son voleur de géniteur, dégommeur de voiture honorée, chérie et aimée, dans la richesse comme dans la pauvreté.

Je vais laisser Vi et le voisinage mariner dans le jus de leurs traditions étriquées, ça leur fera les coussinets ! Et puis, il est temps pour moi d'aller bosser. Je suis de service du soir.

Pour l'occasion, j'arbore des collants noirs avec un imprimé de plumes dorées. Aujourd'hui, je suis un ange, une idée qui fait bien rire Taylor quand je débarque dans sa cuisine.

– Tu peux essayer de jouer les innocentes, mais Martha m'a raconté tes exploits, rit-il. Je ne sais pas ce que je préfère : le miel sur le burger, la chantilly sur les frites ou le ketchup en guise de nappage à la fraise sur la glace du petit Tommy… Et dire que j'ai raté ça !

Je pourrais riposter, mais la bave du crapaud n'atteint pas la blanche colombe que je suis. Le bas de mon uniforme virevolte quand je tourne les talons pour passer de l'autre côté du comptoir. Je n'ai pas de temps à perdre avec les mécréants, quand bien même je les apprécie autant que mon Taylor.

– Tu n'as pas d'ailes dans le dos, constate-t-il. Je suis déçu.

Sans même lui accorder un regard, je brandis le poing dans les airs et le gratifie d'un majeur éloquent. En toute amitié. Mais pour mon plus grand malheur, c'est forcément à cet instant précis que Martha déboule de la réserve.

– Range-moi ça, Lily la Tigresse, ou je te le coupe pour le servir dans un pain à hot-dog ! Il y a des enfants ici…

D'un signe discret, ma patronne désigne les nouveaux clients qui viennent de faire leur entrée. Celui-dont-on-ne-doit-pas-prononcer-le-nom tient par la main sa progéniture, emmitouflée dans son anorak jaune. Dès que Mia m'aperçoit, elle lâche la main de son père et court à ma rencontre :

LILY ! Un câlin ! réclame-t-elle en tendant ses petits bras vers moi.

J'agite ma lavette sale devant moi pour me protéger de cette attaque surprise.

– En quel honneur, malheureuse ? protesté-je vainement.

La gamine ne se décourage pas et me bloque le passage avec férocité, les bras et les jambes écartés comme une étoile de mer. Me voilà coincée entre le comptoir et une crotte haute comme trois pommes. Je cherche désespérément son père du regard. Loin de voler à ma rescousse, l'Affreux Voisin m'adresse un grand sourire, me laissant incrédule. N'a-t-il pas vu l'hommage que je lui ai dédié dans mon jardin ?

– C'est top-moumoute, ce que t'as fait avec les dragons et le petit Jésus qu'a une barbe comme Monty ! reprend Mia.

Bon, apparemment, l'allusion était suffisamment claire. Même la fillette a fait le lien. Son père la rejoint, sourcil levé.

– D'ailleurs, au sujet de ce fameux petit Jésus… Toute ressemblance avec des personnes existantes ou ayant existé serait purement fortuite, je suppose ? vérifie-t-il avec un humour bon enfant.

– Absolument ! lancé-je en feignant la certitude absolue.

Dédaignant la lavette que j'agite toujours entre nous, Mia brandit une enveloppe au format A4.

– C'est un cadeau pour te remercier d'avoir décoré ta maison ! affirme-t-elle.

Une enveloppe scellée. Je vais donc avoir besoin de mes deux mains pour en découvrir le contenu.

– Je vais te tenir ça, me nargue Montgomery en s'emparant du torchon humide.

Après l'agréable surprise des rideaux, je suis trop curieuse pour me rebiffer. Je décachette le rabat sur-le-champ et sens mon cœur se gonfler dans ma poitrine en voyant trois dragons déployer leurs ailes asymétriques sur une feuille à aquarelle. Sans ce détail, on les confondrait volontiers avec des grenouilles. Une dame bâton chevauche celui du milieu, avec des cheveux roux, une couronne de reine et un essaim de petits cœurs roses au-dessus de la tête.

– C'est moi qui l'a fait ! Toute seule, comme une grande ! Parce que je t'aime tout plein trop fort, Princesse Fiona, m'explique Mia avec son honnêteté d'enfant.

Ooooooh… Comment résister à cette bouille ?

– Viens là, petite fripouille, cédé-je en la serrant de bon cœur contre moi.

CHAPITRE 14

MONTGOMERY

– Dis-moi à quoi tu réfléchis ou je ne te parle plus jamais !

Voilà une menace franche et vigoureuse ! Qui a bien pu apprendre à cette petite à user ainsi du chantage affectif ? Kenza et moi aurions-nous engendré une sociopathe ?

Voyant que l'offensive brutale ne rencontre pas de franc succès puisque je me contente de lever un sourcil à son attention, Mia entreprend de me grimper sur les genoux avec une moue suppliante.

Attendri, je l'aide à se hisser, et la tourne dans la direction que je fixais, c'est-à-dire le jardin de Lily Mackenzie, qu'on entrevoit à travers la fenêtre de la cuisine lorsqu'on est assis autour de la table à manger.

– Je réfléchissais aux dragons de Noël, expliqué-je.

– Bah quoi, les dragons ? Ils sont super chouettes !

– Je voulais faire un truc marrant avec eux.

– Tu peux pas y toucher, ils sont pas à toi ! me rabroue-t-elle.

C'est pas faux.

Je me mordille l'intérieur de la joue pour ne pas rire devant le sérieux de ma gamine. Néanmoins, comme prévu, mon silence attise sa curiosité.

– Mais sinon, Monty, tu penses à quoi ?

– Je ne sais pas, justement. J'y réfléchissais. Les dragons, ils ont peur de quoi ? Des souris ?

– C'est pas des éfélants ! Et puis les dragons, ça a peur de rien. Ils sont champions du monde de karaté !

Mia me fait une petite démo de ses propres talents en la matière, manquant de me crever un œil au passage.

– Dans *Shrek*, même que le dragon, c'est une fille ! se délecte-t-elle entre deux moulinets de bras.

Personnellement, j'ai une nette préférence pour *Fast and Furious*… Il faut vraiment que je commence un marathon des classiques de son enfance pour que je cesse de pédaler dans la semoule.

– À la fin, elle se marie avec un âne et ils ont plein de bébés. C'est comme des sirènes, moitié gens et moitié poissons, mais en plus mieux !

– Avec un âne ?!

Ma surprise me trahit et Mia ne me loupe pas :

– Tu te souviens pas ?

Heureusement pour moi, une idée miraculeuse me vient, me permettant d'esquiver l'œil inquisiteur de ma fille.

– Il y a aussi un âne dans la vieille crèche de tante Addie, au grenier, percuté-je à haute voix. Oh là là, Mia, c'est toi la meilleure !

Je l'emprisonne entre mes pattes d'ours et couvre ses joues de bisous.

– Je vais marier un des dragons de Lily à l'âne du petit Jésus ! Tu m'aides à lui faire la surprise ?

Les yeux de Mia s'écarquillent de malice.

– OH OUIII !

Dans le grenier, je récupère des vieilleries que j'ai laissées de côté lors de l'aménagement de la maison, et parmi elles, l'âne miraculeux. Je redescends ainsi notre fameux fiancé et le présente à Mia qui patientait sagement dans le salon.

– C'est lui, le marié ? vérifie-t-elle, les yeux brillants.

– Tout à fait ! Il te plaît ?

– Ouiii ! Je peux le prendre dans mes bras ?

J'hésite. Haut de quatre-vingts centimètres, oreilles comprises, il a été moulé dans de la résine et peint à la main. Sans être imposant, il fait tout de même un certain poids.

– Il est lourd, Mia, déploré-je. Il vaut mieux que je m'en occupe. Tu penses qu'il fera l'affaire ?

– Bien sûr ! Et puis dans *Shrek* aussi, l'âne, il est plus petit que la dragonne.

Pourtant, son excitation se teinte d'indécision. Les sourcils froncés, les lèvres pincées en une moue ultra-concentrée, elle le détaille sous tous les angles.

– Attends, il manque un truc ! s'exclame-t-elle enfin.

Elle file dans ma chambre où je l'entends fouiller dans mon placard. Je crains le pire… mais ne l'arrête pas, trop heureux de la voir montrer autant d'enthousiasme ! Elle revient avec une cravate qu'elle me demande de nouer autour du cou du futur marié.

– Voilà, il est parfait ! se réjouit-elle.

– Et pour sa promise, on fait quoi ?

Elle ferme ses petits poings sur son front et plisse les yeux.

– Mmmm…

– Un voile de mariée ? suggéré-je.

– Tatie Addie, elle en a laissé un au grenier, tu crois ?

– Pas que je sache… On n'a qu'à prendre un drap blanc !

Pas besoin d'en dire plus pour qu'elle fende l'air jusqu'à la buanderie.

Une fois le matériel préparé, l'élaboration de notre plan nous prend la soirée. J'éteins les lumières du séjour, du Père Noël gonflable et de son traîneau pour assurer notre discrétion, puis Mia guette les mouvements de notre cible à travers la fenêtre de la cuisine, se baissant au moindre mouvement de branche de peur d'être repérée.

– Elle ne m'a pas vue, chuchote-t-elle quand je la retrouve, ventre au sol, alors que notre voisine sort récupérer son courrier. Je suis mieux qu'un ninja !

– Et qu'est-ce que ça mange, les ninjas ? demandé-je, amusé.

Ma fille s'empresse de mettre un doigt sur sa bouche avec un « Chuuuuut » plus bruyant que moi.

– Attention, papa !

Elle se redresse vers la fenêtre, vérifiant que Lily ne m'a pas entendu malgré la route, l'allée et les murs de la maison qui nous séparent. Ma fille me tourne le dos, si bien qu'elle n'aperçoit pas les larmes d'émotion qui me montent aux yeux.

« Papa »

Le premier « papa »…

– C'est bon, elle a pas vu ! soupire Mia, soulagée. Tu peux faire des nuggets ?

La gorge serrée à trop vouloir contenir les vagues de joie qui se soulèvent dans mon cœur, je me contente de hocher la tête. Est-ce que de simples nuggets suffiront à marquer l'événement qui vient de se dérouler dans cette cuisine ? J'aurais voulu lui offrir un repas quatre étoiles pour célébrer cette étape clé dans notre relation, une étoile pour chacune des lettres de ce mot incroyable.

Puisque Mia nous impose de squatter la moquette pour les manger, de peur qu'on soit trop visibles depuis nos chaises, cette soirée restera forcément mémorable, quoi qu'il en soit, qu'il s'agisse de nuggets ou de saumon fumé !

Quand enfin, les lumières s'éteignent dans la chambre de Lily, plongeant ses dragons dans l'obscurité, je tends son manteau à ma fille.

– Tu es prête à conquérir le monde, Mulan ?

– Oui oui oui ! se réjouit-elle. On est les meilleurs de l'univers tout entier, on craint rien !

Une fois emmitouflés de la tête aux pieds, nous traversons la rue à pas de loup. Je porte l'âne sous un bras et tiens la main de Mia de l'autre.

Dès que nous arrivons dans le jardin voisin, elle me lâche pour aller chercher la mariée et la parer de son voile, avant de faire pivoter l'âne à côté d'elle jusqu'à trouver la position idéale par rapport à sa chère et tendre moitié.

– Tu veux un coup de main ? murmuré-je.

– Chhhhhut, me rabroue-t-elle encore plus bas.

Elle m'indique de faire le guet pendant qu'elle se concentre sur sa mission. Le tout lui prend bien une vingtaine de minutes, mais elle finalise son œuvre avec un sourire jusqu'aux oreilles.

Lily Mackenzie aura donc la surprise, demain matin, de découvrir son dragon uni à notre âne. Muni d'une pancarte couverte de petits cœurs roses et d'un bouquet de fleurs en plastique, Melchior est prêt à passer le flambeau.

Les hostilités sont ouvertes.

CHAPITRE 15

LILY

Je profite de mes jours *off* pour faire des travaux dans le chalet. Ce mercredi, c'est ponçage de parquet dans la salle à manger. Avec mes lunettes de protection et mon masque à particules, je dois être la femme la plus sexy de l'année, mais qu'importe. Ici, à part la famille, personne ne me voit et il vaut mieux dégringoler de l'échelle du glamour plutôt que de faire de mes poumons la prochaine usine à bois.

Après plusieurs heures à patauger dans la poussière, l'écran de mon portable s'illumine sur une table couverte de plans d'aménagement. La photo de mon père m'annonce un appel visio. N'ayant pas eu beaucoup de nouvelles de mes parents depuis le rapatriement de Viviane & Co, je décroche avec empressement.

Le visage de mon paternel envahit alors mon écran et me fait immédiatement grimacer d'horreur.

– Oh oh oh, ma chère fille !

Il porte un bonnet rouge, assorti à sa barbe blanche naturelle. Quand on m'aborde en jouant au Père Noël un 23 novembre, il ne faut pas s'attendre à la moindre coopération de ma part. Pourtant, la manière dont il agite son grelot m'amuse et c'est avec un sourire que je riposte :

– Faux numéro, désolée !

– NON, NE RACCROCHE PAS, MA PAUPIETTE ! proteste-t-il, comme s'il croyait vraiment à mon pitoyable jeu d'actrice.

– Très bien, très bien, mais arrête de crier ! ris-je.

J'enlève finalement mon attirail pour faciliter notre échange.

– Tu appelles pour une raison précise ? m'enquiers-je d'une voix plus calme. Je suis au milieu d'un chantier, là !

Je tourne le téléphone pour lui montrer où j'en suis avec mon parquet. Pour toute réaction, il glousse dans le micro.

– C'était quoi, ça ? haussé-je un sourcil en braquant de nouveau la caméra sur moi.

– Un dindon, voyons ! On peut compter sur ta présence à notre table, ce jeudi ? Ta sœur a déjà répondu et elle a aussi précisé que tu ne travaillais pas. Thanskgiving sans toi, ça gâcherait tout…

– Évidemment que je serai là, papa ! Pour qui tu me prends ?

Je ne suis pas contre les rassemblements familiaux. Juste anti-Noël. Décidément, même auprès de ma famille, j'ai acquis une réputation d'ourse mal léchée… Il va falloir que je travaille pour remédier à tout ça.

Dès que je raccroche avec mon père, l'irruption de Tic et Tac – mes ados de neveux – dans ma zone de travaux me fournit l'excuse idéale pour ne pas rallumer immédiatement la ponceuse. Leurs messes basses et l'air narquois qu'ils ont plaqué sur leurs visages copiés-collés attisent immanquablement ma curiosité ! Néanmoins, je dois faire l'effort de leur accorder la présomption d'innocence. Après tout, ils sont de mon sang et on vit en démocratie.

– Vous êtes venus m'aider, les garçons ? minaudé-je.

Avery hausse un sourcil railleur :

– Nous ne sommes pas des elfes de maison !

La prochaine fois, je prends des munitions pour tirer à vue sur ces deux-là ! Étant la seule adulte dans la salle, je me dois toutefois de rester neutre et courtoise.

– Vous avez besoin de quelque chose ?

– Pas spécialement. On voulait juste être là quand…

– Si jamais, en passant, t'as un ou deux billets en trop dans ton porte-monnaie, on dit pas non, ose Avery en coupant sans vergogne la parole à son compère.

J'ignore l'opportuniste de service pour mieux concentrer mon attention sur le maillon faible.

– Quand quoi ? relevé-je.

– T'as retouché tes trois volailles dehors, la nuit dernière ?

– Qu'est-ce qu'ils ont, mes dragons ? m'offusqué-je. Ne me dites pas que Serena les a dégonflés ?

– Je confirme : je veux être là quand tu les verras, rit Sean, plié en deux.

Je commence déjà à retirer mes gants quand les talons de Viviane claquent à travers le rez-de-chaussée. Elle se fraie un passage entre ses deux fils et s'incruste aussitôt dans la conversation.

– Je ne pense pas que Serena ait assez d'humour pour faire ça.

Il faut que j'en aie le cœur net. J'ignore donc les sourires goguenards de ma famille et me précipite vers la porte d'entrée.

– Mais qu'est-ce que c'est que ce bin's ?!

CHAPITRE 16

MONTGOMERY

– Tu crois qu'on l'a manquée ? redoute Mia, perchée sur une pile de coussins sous la fenêtre du séjour.

– Impossible, on a fait le guet toute la journée.

Mia n'a pas décollé d'ici depuis son petit déjeuner. Heureusement, son perchoir lui donne une aussi bonne vue sur la maison de la voisine que sur les dessins animés que je lui ai lancés sur la télévision du salon.

– J'ai envie de jouer dehors, annonce-t-elle en fin de compte. On fait un bonhomme de neige ?

Trop heureux de voir ma fille décrocher de l'écran, je l'aide à enfiler son manteau et la rejoins avec entrain devant la maison pour entamer une réalisation des plus hasardeuses, qui trouvera sa place entre notre Père Noël gonflable et l'attelage aux multiples rennes.

Alors que Mia est en train de chercher une branche pour faire les bras de son nouvel ami, je perçois du mouvement de l'autre côté de la rue. Ça me vaut de placer le nez en carotte au niveau de la bouche. Suivant mon regard, Mia lâche un petit « oh » ravi. Viviane et ses fils font leur grand retour. Mieux encore : ils progressent dans le sillage de Lily qui remonte la piste jusqu'au lieu du crime.

– On peut traverser ? me demande Mia avec extase devant l'expression horrifiée de Lily.

J'écarquille les yeux.

– Hors de question !

Lily rôde si rapidement autour de notre mise en scène que je ne parviens plus à déchiffrer l'expression de son visage. Mia aurait-elle l'instinct de survie d'un lemming ?

– Bon, alors ! tonne le volcan. Qui a fait ça ?

Les jumeaux s'empressent de lever les mains au ciel afin de prouver leur innocence :

– C'est pas nous, j'te jure ! On l'a vu ce midi, quand on est sortis retrouver nos potes !

Contrariée de ne pas pouvoir se mêler au débat, Mia s'éloigne de moi, un reflet diabolique dans ses petits yeux bruns. Elle saute alors dans la neige, agite les bras, puis entame un air qui m'est désormais familier… La séance de rattrapage de la saga *Shrek* aura été payante pour moi, c'est la mélodie grâce à laquelle Fiona fait exploser les oiseaux dans le premier opus.

– La lalaaa ♫ La lalaaa ♫ La la laaa, lali lalaaa !

Ma fille chantonne assez juste pour rendre le thème reconnaissable, mais suffisamment faux pour m'abîmer les tympans. Toutes les têtes convergent vers nous. Forcément. L'indice est si grand.

La mâchoire de Lily se décroche de sidération. Dois-je commencer à rédiger nos épitaphes dans la neige ?

Mia fait une pause, tout sourire, puis porte le poing devant ses lèvres pour imiter le son d'une trompette :

– Tu tututuuu ! Il était une fois, au royaume de Fort Fort Lointain, trois dragons fort fort grincheux.

Je tire subrepticement sur sa capuche et grince entre mes dents :

– Mia…

Lily me cherche derrière Mia et nos regards s'accrochent. À travers cette connexion subtile, je sens un courant électrique passer entre nous. Je veux la voir réagir, je veux la voir crier ou rire, mais je suis finalement bien trop amusé par ce jeu dans lequel Mia m'a entraîné pour baisser la tête. Au contraire, je lui adresse un rictus moqueur.

Ma réaction doit la décontenancer, car elle tente de dissimuler son amusement dans les plis de son écharpe. Mia profite de notre échange pour poursuivre son histoire :

– Arrive un âne avec de trèèèèès grandes oreilles… Euh ?

Malgré toute son énergie, ma fille n'a que quatre ans, et l'imagination lui fait un peu défaut. Je sens donc que c'est à moi d'entrer en jeu pour défendre notre art.

– Fâché d'entendre Balthazar et Gaspard se moquer de Melchior, l'âne lui offre un bouquet de fleurs et entame une cour des plus assidues. Après quelques échecs et incompréhensions, leur amour éclate au grand jour. Hier soir, en toute intimité, en la présence de leurs amis les plus proches, l'âne et le dragon…

– Ils se sont mariés ! termine Mia dans un sursaut.

Mon Mini-Moi s'avance alors devant la famille Mackenzie et s'incline, fière de son improvisation. Et en heureux père, enchanté par cette assurance qu'elle dégage, je la suis et me fends à mon tour d'une révérence.

En me redressant, je n'ai d'yeux que pour Lily, au point que tout s'efface autour de nous. Les voix de Viviane et des enfants semblent étouffées par la neige et le décor se floute en un instant. Malgré la distance qui nous sépare, je guette un geste, un sourire, une parole de sa part. Quand enfin, ses yeux s'accrochent aux miens, mon cœur s'emballe légèrement. Je mets le phénomène sous le coup du stress et m'en convaincs d'autant plus facilement qu'en la voyant éclater de rire devant notre représentation, ses battements s'apaisent déjà.

CHAPITRE 17

LILY

Princesse Fiona, Shrek, l'âne, le dragon… Nom d'un petit mouton emmêlé !

Sur l'instant, je trouve Mia limite plus flippante que la gamine de *L'Exorciste* qui tourne la tête à 180 degrés. Cette façon qu'elle a de revendiquer son méfait en toute subtilité est grandiose !

Le mois dernier, j'aurais fait passer un sale quart d'heure à Montgomery pour s'être introduit dans mon jardin et avoir touché à mes affaires… Pourtant, là, je ris. J'essaie d'ignorer le regard sûrement narquois de mon voisin sur moi, mais plus je tente de me concentrer sur les autres personnes présentes, plus ses yeux brûlent ma peau.

Prenant mon courage à deux mains, je l'affronte avec détermination et sens mon cœur battre plus fort dans ma poitrine alors que son visage s'illumine.

– C'est moi qui ai eu l'idée ! fanfaronne finalement Mia. Ça te plaît ?

Puis-je réellement dénigrer le travail d'une gamine de quatre ans ?

– C'est carrément bien vu, cette histoire de princesse dragon ! m'exclamé-je, radieuse.

– Ah oui ? Tu trouves ?

La gamine a des étoiles dans les yeux, comme si mon approbation était le plus beau des cadeaux. Cette réaction me laisse pantoise. Après tout, nous ne sommes pas si proches que ça et je suis en guerre ouverte avec son père. En bref, je ne suis pas un modèle, alors pourquoi ai-je l'impression que mon avis est si important pour elle ?

Profitant de l'accalmie, Avery fait le malin :

– Moi, je trouve que la dragonne ressemble trop à tante Lily ! Prête à dézinguer tout ce qui bouge ! Faut vraiment être un âne pour vouloir t'épouser…

Viviane glapit à ma place, se précipite dans le dos de son fils pour le pousser à évacuer. Pas de chance, je sais où il habite. Il est fait comme un rat. Sean prend le relais, aussi suicidaire que son frère :

– Mais du coup, c'est qui, l'âne ?

Son regard alterne avec insistance entre Celui-dont-on-ne-doit-pas-prononcer-le-nom et moi, afin de concrétiser cet odieux sous-entendu.

Probablement rouge pivoine, je cache mon visage en me baissant pour glaner une double poignée de neige. Dès que je me redresse, je mitraille mes traîtres de neveux.

– Bataille de neige ! s'exclame alors Mia en traversant la route, suivie de son père.

Mia, c'est le boss final de la mignonnerie. Son rire est si communicatif que nous nous esclaffons tous les uns à la suite des autres en prenant des munitions pour le combat à venir. Viviane défend tant bien que mal sa progéniture tandis que les Peterson rejoignent mon camp contre la riposte coordonnée des insolents.

Le combat est sanglant avec en tête de lisse une Mia audacieuse qui n'hésite pas à fureter dans les jambes des adolescents pour les faire basculer au sol.

Pendant que Vi joue aux arbitres, retenant les coups de ses fils contre la petite, j'attends à quelques mètres avec Montgomery.

Lorsqu'il remarque que je lève les yeux sur lui, il m'adresse un clin d'œil complice. Son sourire reflète celui que j'échoue à dissimuler dans mon écharpe. Je ne sais plus sur quel pied danser. J'aime ses petites touches d'humour, son sens de la repartie et l'innocence qu'a révélée Mia chez lui. Il était toujours si sérieux, presque sombre, comme accablé par le poids du monde… Par ailleurs, sa passivité me rendait dingue, parce que ça me faisait passer pour la méchante de service. À le détester seule alors qu'il ne réagissait pas, j'étais la Lily grincheuse et rancunière contre le pauvre petit nouveau que je ne faisais pas l'effort d'intégrer.

C'est troublant comme revirement. À mesure que je vois son répondant, je me blâme davantage pour la mesquinerie dont j'ai pu faire preuve en l'abreuvant de reproches.

– ATTENTION ! s'écrie soudain Montgomery en se jetant sur moi.

Ses bras entourent alors ma taille et mes pieds décollent du sol. Il nous fait basculer quelques mètres plus loin et me cache la vue sur le reste de ma famille. Le temps se suspend tandis que je cherche à raccrocher le wagon des événements. Une salve de boules de neige mitraille l'endroit où je me tenais, avant de bifurquer vers le dos du voisin. Par réflexe, mes mains se sont posées sur son torse quand il m'a saisie.

Quand je prends conscience de ce qui est en train de se passer, moi dans les bras protecteurs de mon ennemi juré, mon esprit cafouille et au lieu de le repousser, mes doigts s'attardent là où ils se sont posés. Par son manteau entrouvert, je sens la douceur de son pull en laine ainsi que la chaleur diffusée par son corps. Mes joues se parent, elles aussi, d'une douce incandescence pendant que Montgomery continue de faire rempart contre la neige. Une de ses mains remonte de mes reins vers ma nuque pour assurer ma sécurité. Je ne peux m'empêcher de déglutir, le visage blotti au creux de son épaule.

Confuse, je bredouille finalement quelques excuses avant de me dégager de son étreinte.

La tension n'échappe pas à notre public. Avery ouvre la bouche pour prendre la parole et Sean lève un doigt comme à l'école, mais je les fais taire tous les deux en leur balançant une boule de neige à chacun. Mieux vaut prévenir que guérir.

Mia, cependant, n'a pas dit son dernier mot.

– On vise pas mon papa ! contrattaque-t-elle en tentant de leur écraser les pieds.

Pendant qu'Avery et Sean dansent la gigue pour éviter les représailles, Viviane nous rejoint.

– Et si on hissait le drapeau blanc à l'intérieur ? propose-t-elle à Montgomery. Vous nous avez offert un tableau unique en son genre, on peut bien fournir l'apéro pour le vernissage !

– On ne voudrait pas s'imposer…

Montgomery hésite. Une part de moi a envie de protester : mon ennemi juré sous mon toit, c'est trop pour moi ! Pourtant, est-ce réellement encore un ennemi ? Mon traître de corps, lui, semble prétendre le contraire. J'ai presque envie de voir jusqu'où ce jeu peut nous mener…

Pour renchérir à la proposition de ma sœur, Mia vient triturer le bas de mon manteau. Elle pose sur moi un regard plein d'espoir :

– Tu vas me montrer ton château en vrai de vrai ?

– Je ne sais pas, éludé-je en me tapotant la joue de l'index. Je n'ai pas le temps pour les visites, tu sais. Après ce mariage grandiose, j'ai une revanche à prendre !

– Au foyer, Miss Julia, elle répétait qu'on réfléchit mieux le ventre plein, proteste-t-elle. Je serai sage, promis ! Je toucherai à rien sans te demander avant !

Quel foyer ?

Impossible de m'attarder sur cette question, Mia s'accroche tant à moi que je ne serais pas étonnée de la voir repartir avec le rembourrage de mon anorak dans ses petits poings serrés.

– Et ton papa, il va être sage aussi, ou il va tout casser comme il sait si bien le faire ?

À cette mention, Montgomery frémit.

– Je vais le surveiller pour pas qu'il fasse de bêtises ! intercède Mia.

– Très bien, mais tu vas devoir rentrer te coucher tôt. Après tout, demain, c'est Thanksgiving !

Mia fourre immédiatement une moufle dans ma main, l'autre dans celle de son père. Quelque chose enfle en moi. Quelque chose de chaud et pétillant. C'est inattendu, je ne sais comment l'interpréter ni quoi en faire, mais c'est là. Et ça fait du bien.

CHAPITRE 18

LILY

Thanksgiving est sans doute la fête préférée de maman, non seulement parce que papa reste avec elle toute la journée pour l'aider en cuisine, mais aussi parce que cette fête annonce la décoration de la maison. Tout y passe ! De la couronne de fleurs jaunes, oranges et rouges sur la porte d'entrée aux guirlandes de dindons en papier sur les murs du rez-de-chaussée. Dans la salle à manger surchargée de meubles anciens et d'ouvrages crochetés par ma mère, des bougeoirs éclairent des mélanges de feuilles mortes et de pommes de pin. Malgré les délicieux effluves qui nous parviennent de la cuisine, je perçois l'odeur âcre des cigares de mon père et le parfum de rose de ma mère qui imprègnent les lieux depuis la nuit des temps.

La passion de ma mère ne se restreint d'ailleurs pas à l'intérieur de la maison… Dès que nous sommes arrivés, nous avons été happés par la beauté du jardin, surplombé par un bel entrelacs de guirlandes électriques, même si je reste terrifiée par sa collection de nains de jardin. Ils m'ont toujours terrorisée et, aujourd'hui encore, je suis incapable de regarder *Blanche Neige* jusqu'au bout à cause d'eux ! Pourtant, cette année, leur vue a fait naître chez moi une brillante idée de surenchère dans la guerre des décorations de Noël.

Chers Peterson, préparez-vous, j'ai enrôlé tous mes colocataires dans ma revanche diabolique…

Malgré le froid glacial qui règne à l'extérieur, nous commençons à suffoquer dans la maison de mes parents. Entre le feu de cheminée, le four qui a fonctionné toute la journée à plein régime et les sept personnes réunies dans la salle à manger exiguë, l'air devient étouffant. La phase n° 1 de mon plan peut donc débuter ! Même s'il reste encore de la farce et des patates douces dans mon assiette, je me lève, les joues rouges.

– Excusez-moi. Il faut que j'aille m'aérer. Il fait une chaleur infernale ici.

– Ne traîne pas trop, ma chérie, rechigne maman. Je vais bientôt sortir la tarte à la citrouille !

– Cinq minutes, seulement ! promets-je.

J'enclenche le chronomètre et m'échappe dans le jardin. Une belle brochette d'une quinzaine de nains de jardin m'attend, tous avec un sourire bien flippant. Je m'approche d'eux et en prends un sous chaque bras.

Alors que je marche vers la voiture, je fais l'effort de me pencher en passant devant les fenêtres de la cuisine, afin de ne pas être vue. C'est donc avec une démarche de crabe, les jambes écartées pour contrebalancer le poids des bestiaux, que je crapahute jusqu'au coffre. J'y enferme mes deux premières victimes, mais pas le temps de refaire un aller-retour. Je consulte ma montre : 7 minutes 53. Il est grand temps de passer le relais pour ne pas éveiller les soupçons.

– Ah, te revoilà ! se réjouit papa lorsque je me rassois à côté de lui. Tu reprendras bien un peu de dinde !

Je me tapote le ventre sans grand enthousiasme.

– C'est que j'ai déjà sacrément mangé…

Trop tard, c'est dans mon assiette.

Je donne des coups de pied discrets dans les chaussures de Vi qui mange en face de moi, puis m'éclaircis la voix pour lui faire comprendre que c'est son tour d'aller kidnapper des innocents. Malgré son engagement à notre arrivée, elle m'ignore royalement et continue de bavarder avec maman comme si de rien n'était.

– Tu as resservi Vi, aussi ? rusé-je, sans remords ni regrets. Regarde, elle vient de finir son dernier morceau.

Cette fois, c'est maman qui lui sert une large cuillerée de purée. Vi est devenue fine comme une brindille à cause du stress des derniers mois, et maman ne parle que de la remplumer depuis qu'elle est arrivée en ville.

– Maman, NON ! Je n’ai plus faim. Si j’avale encore une miette, je vais éclater.

– Trop tard ! Quand c’est dans ton assiette, il faut le manger.

– Mais…

– Il n’y a pas de mais qui tienne. Déguste-moi ça ou je t’en ajoute une troisième part !

Vi remue sur sa chaise comme une enfant que l’on gronde, se résigne, puis se lève.

– Très bien ! Par contre, il faut vraiment que j’aille aux toilettes. Si je ne libère pas un peu de place, je vais mourir.

En son absence, la conversation s’oriente vers la scolarité des jumeaux. En bons petits-enfants, les deux adolescents jouent les chérubins et cherchent à obtenir des félicitations, et probablement un billet en récompense pour leurs bonnes notes. De mon côté, je guette le retour de ma sœur. Je reste étonnée qu’elle ait accepté de jouer le jeu, Vi a toujours été la plus sage de nous deux…

– Lily ! entends-je alors chuchoter depuis le couloir. Lily !

Profitant de l’attention détournée de mes parents, je me lève rapidement et rejoins Vi dans l’entrée. Elle a dû sortir sans son manteau. Le nez rouge, elle se frotte les mains tout en soufflant dessus à intervalles réguliers.

– Ils sont trop colorés, ces fichus nains. On risque de se faire cramer quand les parents nous diront au revoir à la voiture.

– Il y a un plaid sous le siège du passager.

– Nickel ! Je fais passer la consigne à Emmett. Mais je persiste à croire qu'on aurait mieux fait de demander à maman de te les prêter !

– Où est le fun là-dedans ? riposté-je. Et puis, tu sais très bien qu'elle m'aurait dit non. Elle aime ces Gremlins plus que nous deux réunies.

Sur ce constat indéniable, nous retournons nous attabler avec le reste de la famille. Vi s'arrête près de sa moitié pour l'embrasser et lui glisser quelques mots d'amour à l'oreille. Un tic nerveux agite la joue d'Emmett… Il ferait un terrible joueur de poker !

Néanmoins, il se jette à son tour dans le grand bain alors que nous transvasons péniblement nos desserts de nos cuillères à nos estomacs trop pleins.

– Les garçons, venez m'aider à sortir les poubelles. C'est le moins qu'on puisse faire pour remercier vos grands-parents de ce merveilleux repas.

Sans éveiller la curiosité de ces derniers, les trois hommes quittent à leur tour la table dans un bruyant concert. Pour détourner l'attention, Vi se renseigne auprès de papa sur les entreprises locales susceptibles d'embaucher. Même s'il a du mal à feindre l'optimisme, papa refuse de la décourager et lui énumère quelques pistes à exploiter.

Quand un bruit suspect s'élève à l'extérieur, suivi d'un cri de douleur étouffé, Vi s'écrie joyeusement :

– Vous connaissez la dernière ? Celui-dont-on-ne-doit-pas-prononcer-le-nom est venu prendre l'apéro chez Lily, hier !

– Montgomery Peterson ? Vraiment ? Mais c'est merveilleux ! s'enthousiasme maman.

Tandis qu'elle rougit de ravissement, papa frappe dans ses mains. Autant dire que le remue-ménage dans le jardin est déjà loin derrière nous !

Je veille néanmoins à défendre ma réputation :

– Pas la peine de vous faire des films, c'est Viviane qui l'a invité. D'ailleurs, sœurette, relevé-je en me tournant vers elle. Tranquille la vie, d'inviter le diable sous mon toit sans même me demander mon avis ?

– Ce n'est pas toi qui cries sur tous les toits qu'on se les gèle trop en Alaska et que tu te verrais bien vivre avec Lucifer sur des charbons ardents ? argue Viviane. Bah voilà ! De rien, surtout !

– Comment ça ? s'exclame la commère de la ville. Un câlin crapuleux entre deux portes ?

– MAMAN !

Malgré mes protestations, je repense à cet instant où Montgomery m'a prise dans ses bras pour me protéger. J'ai encore plus chaud, tout à coup !

– Ça ne va pas te tuer d'avouer que tu as passé un bon moment, hier soir ! enchérit ma sœur. Cette guerre contre Monty a assez duré, tu ne trouves pas ?

– Dis-toi que celle qui s'annonce entre toi et moi sera pire encore…

– Tu ne peux pas. C'est Thanksgiving, le jour du grand pardon ! me contre-t-elle, la bouche en cœur.

Alors que le trio en charge du kidnapping des derniers nains de jardin revient autour de la table, Avery demande à son père :

– Ça va être comme ça entre elles pendant encore longtemps ? Elles n'ont déjà pas arrêté du trajet !

Emmett lutte pour garder son sérieux.

– Que voulez-vous ? Certaines personnes ont du mal à admettre qu'elles ont pu avoir tort.

– HEY !! Je t'entends, tu sais ! dis-je, tapant du poing sur la table. On peut changer de sujet ? On a bu un verre de vin, TOUS ENSEMBLE, et grignoté quelques crackers… La belle affaire !

– Et sa petite fille, elle était là aussi ? demande mon père. Tout le monde en ville ne parle que de ça. Où était-elle pendant ce temps ? Chez sa maman ?

– Mais enfin ! objecte Vi. Ça ne nous regarde pas !

– Ne rabroue pas ton père comme ça, Viviane ! proteste ma mère. Chacun en ville se pose la question, après tout.

– Eh bien tout le monde devrait s'occuper de ses affaires, conclus-je en terminant ma dernière bouchée de tarte.

La fin du dîner dérive vers d'autres sujets plus joyeux comme la prise de fonction du Père Curiosité Mal Placée au marché de Noël de Skagway.

Après le repas, ma mère me confie un *doggybag* de dinde que j'ai pour ordre de remettre à Taylor. Tous les ans, nous l'invitons à se joindre à nous pour qu'il ne reste pas seul, ses parents refusant toujours fermement de le voir. Néanmoins, cette année, il a de nouveau préféré ruminer sa solitude.

– Vous avez encore fait à manger pour un régiment ? demandé-je en avisant le plat encore à moitié plein.

– On ne retiendra jamais la leçon, ma chérie. À nos âges, c'est trop tard pour changer. Pourquoi tu demandes ça ? Tu veux d'autres restes ?

– Pour une certaine petite fille. D'après ce que j'entends au *diner*, son père est aussi mauvais cuisinier que voisin.

Maman et Vi me rabrouent vertement pendant que papa ressort quelques Tupperware du frigo. Au final, il me tend deux sacs en papier supplémentaires au lieu d'un.

– Un pour la petite et un pour Montgomery ! annonce-t-il. Et c'est toi qui te charges de la livraison.

CHAPITRE 19

MONTGOMERY

Notre Thanksgiving n'a pas été à la hauteur de mes attentes. Entre l'apéritif à base de Cheetos, les nuggets à cuisson variée, un puits de purée encerclant une sauce grumeleuse, des légumes fadasses et une tarte aux noix de pécan surgelée, c'était la concurrence de la médiocrité. On est loin des festins de chez Martha, et je n'ai pas vu l'énorme sourire que j'espérais sur le visage de ma fille.

Malgré tout, j'ai apprécié cette soirée, parce que Mia était avec moi, alors j'ai fait de mon mieux, même si j'ai l'impression que ce n'est jamais assez.

Au moment de la border dans son lit, je me confonds en excuses.

– Désolé, ma chérie. Je te promets que je serai au top l'année prochaine. Mais là, entre les papiers pour l'assistante sociale, l'école et tout le reste, j'ai zappé les tutos pour apprendre à cuisiner une vraie dinde.

La tête posée sur son oreiller, elle serre son chat contre elle. Cette peluche ne la quitte plus depuis son arrivée à Skagway, bien qu'elle soit assez classique dans son genre. Sous sa fourrure d'un joli bleu cendré, elle affiche un museau et un ventre blancs comme neige. Enfin, un large sourire bienveillant s'étire sous sa truffe d'un rose pastel.

– C'est pas grave. À la cantine, c'est pas toujours très bon non plus. Au moins, on est ensemble. J'ai un papa, un doudou et une chambre rien qu'à moi. J'ai de la chance, quand même !

Elle se frotte les yeux avec un bout de couette, puis reprend :

– Dis... Pourquoi tu parles jamais de maman ? Vous êtes fâchés ?

Nous y voilà. Une brûlure me déchire la poitrine.

– Oui et non, confessé-je, des trémolos dans la voix. C'est compliqué.

– Tu m'en parleras bientôt ?

– Si c'est que tu veux, oui, bientôt.

J'ai peur de la briser encore plus que nous ne l'avons déjà fait en l'abandonnant. Pourtant, je l'embrasse sur cette promesse, et je constate qu'elle ferme les yeux, apaisée. Un jour, je devrai lui avouer toute la vérité. Je ne peux pas y échapper, quand bien même je voudrais mettre un voile sur ce passé.

Au moment d'éteindre les lampes du salon pour aller me coucher, j'entends des pas crisser dans la neige sur mon perron. Ils sont suivis par trois coups discrets qui me font vite ouvrir la porte avant que le nouvel arrivant ne réveille Mia.

Engoncée dans un bonnet et une écharpe bien épaisse, ma voisine est à peine reconnaissable. C'est pourtant bien Lily Mackenzie qui se tient devant ma porte, presque grelottante. De l'autre côté de la rue, j'aperçois le reste de sa famille qui nous dévore du regard. Lily allonge brusquement le bras, dévoilant deux sacs en papier qui se balancent entre nous.

– Mes parents détestent le gaspillage.

Une odeur de sauce s'échappe de ce présent qui me semble justement tombé du ciel après mon repas raté de Thanksgiving.

– Ils nous ont gavés jusqu'aux yeux, insiste Lily. Tu nous rendrais service en nous en débarrassant. Comme le *diner* de Martha est fermé jusqu'à lundi, Viviane s'est dit que ça pourrait vous intéresser.

– Merci… Euh… c'est gentil.

Je m'empare des sacs avec prudence, attendant un revers de fortune qui n'arrive pas. En réalité, Lily ne me regarde même pas, et dès que je l'ai débarrassée, elle fait demi-tour, sans un mot de plus. Malheureusement pour moi, aucune boule de neige ne la menace cette fois et j'ignore comment la convaincre de prolonger l'instant.

Finalement, Lily s'immobilise en bas des marches, puis me jette un regard en coin. J'ai l'impression qu'elle cherche à tout prix à m'éviter, mais je refuse de la laisser faire.

– Lily ? lancé-je à la volée.

– Hum ?

Je m'approche d'elle et lui prends la main pour la ramener délicatement à moi. Je veux briser la glace, voir ses pommettes rosir comme chaque fois que je parviens à la déstabiliser.

Luttant contre un désir étrange qui s'est éveillé au contact de sa peau, je me cantonne à une petite phrase de circonstance :

– Joyeux Thanksgiving à toi et à toute ta famille.

À mon grand soulagement, elle ne retire pas sa main de la mienne, mais semble tout aussi déboussolée que lors de mon sauvetage anti-boules de neige. Je galère à la regarder dans les yeux, mon attention dérive systématiquement vers ses lèvres pleines et la façon dont la lumière de la lune sublime l'éclat de son gloss cerise. Elle ne cherche plus à se dérober à mon contact et me fait face, le menton relevé avec dignité. Je donnerais tout pour connaître le fond de ses pensées.

– Je suppose que je peux faire un effort pour enterrer la hache de guerre, avoue-t-elle, mais sache que tout ça reste difficile.

Qu'est-ce que ce « tout ça » désigne ? Notre nouvelle entente ou la tension qui naît entre nous ?

Peu importe le nombre de remparts qu'elle érigera, je veux y faire face. Aujourd'hui, je veux apprendre à la connaître, quitte à verser de l'huile sur le feu.

– Dis-moi, tu me détestes à ce point à cause de ta voiture ?

Son menton plonge sur le côté tant elle peine à m'affronter.

– Je ne te déteste pas... Enfin, pas vraiment. Pas à cause de Gibson, en tout cas...

Je m'approche encore d'elle, parce qu'elle a tellement baissé le ton que je peine à l'entendre. Nos corps se frôlent. Je sens la chaleur de son souffle sur mon visage à chaque expiration tandis que son parfum fruité me titille les narines. Il m'entête presque, d'autant que ses yeux baissés et ses joues rougies la rendent à la fois fragile et terriblement inaccessible. Pressant gentiment sa main dans la mienne, je lui montre que je suis là pour elle. Je veux qu'elle s'ouvre à moi, je veux savoir. Peut-être que si j'identifie enfin la nature du mur qu'elle a érigé entre nous, je pourrais le briser sans qu'elle puisse jamais le rebâtir. À cet instant, j'en ai terriblement envie.

– Qu'est-ce que j'ai fait de pire qu'emboutir ta voiture adorée ? chuchoté-je malicieusement.

Si je souhaitais détendre l'atmosphère, l'éclat de douleur qui déforme ses traits l'espace d'une seconde me fait comprendre que je m'y suis mal pris. C'est comme si je sentais le cœur de Lily se serrer à mes mots, parce que le mien y répond en écho. Elle recule d'un pas et lâche ma main. Un geste anodin qui me serre pourtant la gorge comme jamais. Je ne peux plus déglutir, ma trachée est verrouillée, et le froid semble redoubler d'intensité en moi.

La distance que Lily remet ainsi entre nous me paraît infranchissable. Ça ressemble à une valse à trois temps : nous hésitons, je m'avance d'un pas, elle recule de deux.

– Je suis navrée, Montgomery, mais je ne suis pas encore prête à en parler.

Elle confirme par là même mes craintes. Je respecte sa décision, c'est son droit. Toutefois, je comprends que tant que ce secret ne sera pas surmonté, je ne pourrai pas me rapprocher d'elle, et j'étouffe à cette seule perspective.

Que m'arrive-t-il ces derniers temps ? Je devrais ne penser qu'à Mia, seulement à Mia et à mon nouveau rôle de père. Je suis déjà suffisamment maladroit avec ma fille pour ne pas essayer de jouer plusieurs cartes en même temps. Pourtant, en cet instant, je ne pense ni à ma fille ni à mes responsabilités, je ne vois que cette voisine vulnérable sous mon perron. Et les sensations qu'elle éveille en moi.

– Si à l'avenir te vient l'envie de franchir ce fossé entre nous, ma porte reste grande ouverte. Je suis même prêt à construire un pont-levis pour t'y aider. L'issue de ce conflit sanglant est aujourd'hui entre tes mains.

Elle semble surprise par mon invitation. Je me trouve moi-même un peu audacieux, mais Dieu que ça fait du bien de ne pas jouer les pères modèles, pour une fois, et de retrouver ma légèreté. J'ai seulement vingt-sept ans, mais avec le poids des responsabilités, je me fais parfois l'effet d'en avoir quarante.

– Je… je ne suis pas d'un naturel méchant, au fond, tu sais ?

– Prouve-le, suggéré-je avec un sourire en coin.

Je commence à avoir vraiment très froid, alors même s'il m'en coûte, c'est moi qui fais l'effort de la quitter. Je recule de quelques pas et retourne vers la porte d'entrée. Incapable d'y résister, je jette un dernier coup d'œil dans sa direction. Elle reste figée, de toute évidente interdite face au défi que je lui lance.

Néanmoins, je ne doute pas que dès que Lily aura repris ses esprits, sa réponse dépassera mes attentes.

CHAPITRE 20

MONTGOMERY

L'ennui, lorsqu'on est parent célibataire, c'est que la moindre course prend des airs de déménagement. Ainsi, pour convaincre Mia de se préparer pour m'accompagner à la supérette, c'est le branle-bas de combat. Elle me fait bien comprendre qu'elle n'en a pas envie. Je ne fais apparemment pas le poids face à la nouvelle saison de *My Little Pony*.

Les doigts serrés autour de sa moufle, je la traîne à moitié derrière moi pendant qu'elle vocifère et me maudit.

Plus tu râles et plus on perd de temps ! lui fais-je remarquer.

– Je veux pas y aller ! Arrête ! Laisse-moi !

Plantant les talons dans la neige, elle se cambre en arrière tout en essayant de me faire lâcher prise de sa main libre. À ce rythme, elle aura de la chance si elle voit de nouveaux épisodes avant 2034 ! Je suis tenté de rétorquer que si on faisait toujours ce qu'on voulait dans la vie, il n'y aurait pas autant de gens sous anxiolytiques, mais cette repartie semblerait peut-être un peu violente aux yeux du voisinage.

Alors que je bataille pour ouvrir la portière, elle cesse subitement de se débattre.

– Attends, il est où le Père Noël ? s'exclame-t-elle.

Je me retourne immédiatement et ne tombe que sur du vide. Avec sa taille XXL, mon Père Noël gonflable brille par son absence.

– Qu'est-ce qu'il s'est passé ? soufflé-je.

Profitant de ma confusion, Mia se dégage et trotte en direction du traîneau et de Rudolf qui semblent sains et saufs, vus d'ici. Je lui emboîte le pas et retrouve notre cher Père Noël, toujours bien vivant... enfin, gonflé. C'est juste qu'il gît allongé dans la neige, emmailloté dans un réseau de guirlandes multicolores. La plus imposante est tenue fermement par un nain de jardin. Ses pairs ont d'ailleurs cerné la victime, brandissant des pancartes de protestation.

– Qu'est-ce qui est écrit, papa ? demande Mia en s'approchant de l'armée de lutins en furie.

« On veut un job à l'année, y'en a marre de la précarité »

« Au charbon, mauvais patron »

« Trop fainéant pour trouver un slogan »

« Tout ce qui est grand est méchant »

« Le Père Noël a mangé tous les chocolats. Cette année, faudra boulotter du chihuahua »

« On ne sait plus quoi écrire tellement c'est de pire en pire ! »

Au fur et à mesure que je lis à voix haute, j'ai de plus en plus de mal à retenir mon rire. Enchevêtrés dans des branches de sapin, dans des guirlandes ou des étoiles, les nains de jardin sont customisés à souhait pour passer pour les elfes du Père Noël, apparemment pas si sympa que ça.

– Je crois que les lutins en ont marre de faire tout le boulot à la place du Père Noël, lui qui reste tranquillement assis dans son traîneau à siroter du lait de poule !

– C'est Lily qui a fait ça ?

– Sûrement, oui. C'est sa vengeance pour le mariage âne-dragon.

– Faut qu'on contrattaque !

– Et j'ai déjà ma petite idée…

Mon sourire se fait diabolique.

– … mais je ne la partagerai avec toi que quand on rentrera à la maison.

– Alors je ne râle plus et on fait vite comme l'éclair !

En voiture, Mia fait danser son chat entre ses bras levés au lieu de bougonner et je peux faire mes courses dans le calme. Enfin, il faut tout de même que je surveille ma chipie de fille qui achèterait tout le rayon confiserie si je la laissais faire !

Comme je patiente à la caisse, mon attention erre jusqu'à un panneau de liège. Je m'attarde sur une offre d'emploi de la supérette et arrache un des bouts de papier sur lesquels est griffonné le numéro de téléphone à contacter. Ce n'est qu'un job à mi-temps, mais ce serait déjà ça de pris en attendant le retour des bateaux de croisière. Je suis agent de quai au départ, mais depuis l'éboulement, la fréquentation de Skagway par des touristes du monde entier est tombée au tiers de la normale. Autant de personnes que nous n'avons plus besoin d'accompagner au quotidien, qu'il s'agisse de veiller à la sécurité de leur circulation entre les différents engins de manutention ou de les guider vers les structures adéquates en ville en fonction de leurs besoins. Dernier arrivé dans la boîte, j'ai été le premier sorti lorsqu'il a fallu réduire drastiquement les effectifs.

Derrière moi, une main manucurée se tend également vers l'annonce. Je reconnais aussitôt Viviane, enveloppée dans un manteau cintré d'une grande élégance.

– Ah Monty, bonjour ! me salue-t-elle gaiement. Tu cherches du boulot, toi aussi ?

– Eh oui, tant que les docks ne tourneront pas à plein régime, je suis condamné au chômage technique…

Viviane me sourit d'un air compatissant, mais s'agrippe à son bout de papier comme si sa vie en dépendait. Comme moi, somme toute. Viviane a l'avantage d'être une fille du pays, elle s'attirera forcément davantage de sympathie ici que moi, le Yankee qui peine à s'intégrer depuis trois ans.

– Je ne sais pas encore si je vais me présenter, précise-t-elle cependant. Mon père m'en a parlé hier au dîner, mais j'hésite. J'ai beaucoup de mal à tourner la page après l'échec de *Baby Bloom*, ma boutique de fleurs.

Elle secoue la tête pour chasser ses souvenirs, puis me tend la main :

– En tout cas, si je postule, je suis prête pour la compétition ! rit-elle.

Je lui rends sa poignée avec vigueur et bienveillance. Même si je remercie ma voisine pour la sympathie qu'elle me témoigne depuis son arrivée, je suis prêt à donner tout ce que j'ai en entretien pour décrocher ce job et offrir une tonne de bonbons à Mia !

– Que le ou la meilleure gagne, alors !

CHAPITRE 21

LILY

Nous sommes dimanche, et pourtant, je me lève aux premières lueurs du jour, trop impatiente de découvrir la vengeance des Peterson ! À pas de velours, je traverse le rez-de-chaussée, enfile de quoi me tenir au chaud, puis pars en excursion en territoire ennemi.

Le Père Noël s'est libéré de ses entraves, mais on lui a lesté les jambes de manière à ce qu'il reste assis par terre. Rudolph a renversé son traîneau et retient en otage mon armée de lutins, coincée en dessous. Les Peterson ont emberlificoté des guirlandes lumineuses autour des montants pour mettre en valeur les barreaux de leur cage improvisée. Une pancarte annonce « Azkaban, la prison des méchants ». Avec ces loupiotes supplémentaires, le jardin des Peterson ressemble de plus en plus à un casino de Las Vegas !

Immédiatement inspirée, je décroche une guirlande et commence à museler Rudolph, le gardien de prison.

– Au temps pour la liberté d'expression ! se moque une voix dans mon dos.

Je sursaute violemment dans un cri de frayeur. Derrière moi, Montgomery fait quelques pas dans la neige. Je ne me suis pas encore remise de notre discussion, le soir de Thanksgiving, et oscille à présent entre l'embarras et l'envie de faire comme si rien ne s'était passé.

Tous mes organes descendent d'un étage lorsqu'il se rapproche de moi pour défendre son renne.

– Je… Euh… P… personne n'aime les balances, bredouillé-je, prise de court. J'étais sur le point de libérer mes lutins et j'avais peur que ton renne me dénonce…

– Tu ressembles à une mafieuse quand tu parles comme ça, remarque-t-il en se grattant la barbe.

– Alors peut-être que tu devrais t'enfuir avant que ne me vienne l'envie de te couler les pieds dans le ciment. Avec le chalet en travaux, j'ai largement de quoi faire !

Nous nous mettons à rire en chœur, mais cette effervescence s'évapore bien vite dans la brume matinale. Est-ce que nous pouvons simplement plaisanter ensemble en ignorant les trois années de guerre froide que nous venons de vivre ?

Abandonnant ma mission initiale, je me décale de quelques pas pour mettre fin à cette proximité avec mon ancien ennemi. Je ne peux plus le haïr à présent, mais ce trouble qu'il éveille en moi me fait tourner la tête. Le phénomène semble s'amplifier à chacune de nos rencontres. Mes jambes flageolent et je prétends flatter l'encolure de Rudolph pour pouvoir m'appuyer sur lui sans paraître suspecte.

– À propos de l'autre jour... entamé-je en m'appliquant à ne pas regarder le voisin en face.

Je ne finis pas ma phrase. Je viens d'apercevoir une silhouette masculine sur le trottoir derrière nous et c'est déjà assez gênant comme ça sans que je déballe tout devant témoin.

– Eh ! Lily, Monty ! nous hèle le passant en agitant la main par-dessus sa tête pour attirer notre attention. C'est Lloyd du *Skagway News*. Comment ça va, tous les deux ? Tout le monde ne parle plus que de vos décorations en ville !

Notre visiteur porte de grosses lunettes fumées pour se protéger de la réverbération du soleil sur la neige. Son nez épaté, sa calvitie et son léger embonpoint auraient pu en faire une cible de moqueries partout ailleurs, mais à Skagway, sa jovialité et son intégrité lui valent plus d'un ami fidèle.

Profitant de la diversion, j'abandonne le renne et son maître pour rejoindre le journaliste.

– Ne me dis pas que Serena en fait encore tout un scandale ?

– Oh, tu la connais, entame Lloyd. Elle ronchonne, mais en l'occurrence, elle est bien la seule. Tu savais que depuis que vous avez commencé à vous amuser avec votre Père Noël et vos dragons, les commerces en haut de la rue connaissent une recrudescence de leur fréquentation ?

– On ne s'amuse pas, rétorqué-je. On se fait la guerre !

Le pauvre homme n'arrive pas à savoir si je suis sérieuse ou non.

– Comment c'est possible ? le questionne Montgomery en arrivant derrière moi.

– Comme vous en rajoutez des couches quasiment tous les jours, les gens modifient leurs itinéraires de promenade pour passer devant chez vous dans l'espoir d'assister à un nouvel épisode. Vous n'avez pas remarqué les passants qui s'arrêtent pour prendre des photos ?

– Je travaille, on est maintenant cinq à la maison et j'ai un chalet en chantier, plaidé-je. Tu comprendras que je n'ai pas trop l'occasion de passer la journée à la fenêtre pour voir qui défile dans la rue.

– Certes… Mais le mouvement prend de l'ampleur et le grand patron voudrait que je fasse un article dessus.

– Sur des décorations de Noël ? s'étonne mon voisin, le sourcil arqué.

Oui. Enfin… Plutôt un article sur le pourquoi du comment. La ville entière sait que vous ne pouvez pas vous encadrer et voilà que les rumeurs affirment que ça chante et que ça rit par chez vous. Vous organisez des batailles de boules de neige, parlez ensemble de bon matin…

Pas besoin d'entrer davantage dans les détails. Il écarte les bras dans notre direction pour nous faire comprendre qu'il nous a pris sur le fait.

Je grimace. Lloyd n'est pas dans le métier pour rien, il pressent vite que Montgomery est le maillon faible et c'est lui qu'il parvient à convaincre de répondre à ses questions tandis que je reste en retrait. J'ajoute un commentaire de-ci de-là pour que ça ne paraisse pas trop suspect, alors qu'en vérité, je profite de l'aubaine pour entendre ce que mon voisin a à dire sur le sujet… et sur moi.

Mon rcgard s'attarde sur les différentes expressions qui illuminent son visage au fil de son récit, puis sur ses lèvres qui remuent avec entrain. Mon bas-ventre se contracte davantage à chaque minute qui passe, parcouru de frissons et d'une chaleur que j'avais presque oubliée depuis Spencer. Si seulement il n'y avait eu que l'histoire de Gibson entre Montgomery et moi…

– Au départ, c'était plutôt une guerre de tranchées, conclut mon voisin. Mais au final, c'est devenu un jeu. Après tout ça, le quartier n'a plus qu'à espérer que les hostilités ne reprendront pas une fois les fêtes terminées, mais nous ne promettons rien !

Montgomery ponctue sa dernière phrase d'un clin d'œil à mon attention et je sens mes joues chauffer.

– Et toi, Lily ? poursuit Lloyd, ignorant mon trouble. Un petit mot pour la fin ?

Je regarde dans toutes les directions, à la recherche d'une pirouette pour éviter le sujet.

– Comme dirait Rudolph ce matin : mmMmM Hmm MmMmm ! plaisanté-je en désignant le renne muselé.

Si ma remarque déclenche quelques rires, je peine à les suivre dans leur bonne humeur. J'ai conscience de tout ce que Montgomery aurait pu dire de moi dans cet article : un portrait qui n'aurait pas été flatteur, bien que véridique.

Lloyd clique sur la pointe de son stylo avant de le ranger dans sa sacoche avec le calepin sur lequel il a pris des notes pour son article. Je comprends que je ne suis pas au bout de mes peines lorsqu'il troque ses outils de papeterie contre un Reflex à mono-objectif.

– Vous pourriez prendre la pose dans vos deux jardins pour illustrer l'article ? Je n'arrive pas à choisir entre les lutins emprisonnés et les dragons gonflables !

Je lève les yeux au ciel, prête à décliner l'invitation, mais Montgomery me coupe l'herbe sous le pied avec son joyeux « Avec plaisir ! ». Est-ce qu'il se plie aux caprices de Lloyd pour se venger de moi ? Personne ne met tant d'entrain face à un journaliste !

Pressée d'en finir, je me campe près de Rudolph et fais signe au voisin de s'installer de l'autre côté. Le renne sera ainsi parfaitement encadré pour entrer dans la postérité. Montgomery n'en fait toutefois qu'à sa tête et vient taquiner le même flanc que moi.

– Lily, tu peux te tourner vers moi, s'il te plaît ? indique Lloyd, l'œil collé à la lunette de son appareil. Et toi, Monty, tu pourrais te décaler d'un poil vers Lily ? Il y a un espace vide entre vous, ça ne rendrait pas bien sur la photo.

Je prends les devants, glisse une main sur les reins de Montgomery pour lui entourer la taille et le ramène vers moi.

– Tu ne pourras pas dire que je n'œuvre pas pour combler le fossé entre nous, lui soufflé-je avec malice.

Le visage de Montgomery se fait radieux et il passe à son tour le bras autour de mes épaules.

– Est-ce une invitation ? sourit-il.

– Ne m'oblige pas à répondre à ça ! le contré-je en gloussant maladroitement, le cœur affolé.

Lloyd interrompt nos confidences en exigeant un sourire, puis nous demande de renouveler l'expérience de l'autre côté de la chaussée où Montgomery et moi nous accroupissons devant mon trio draconique.

Dès que le journaliste reprend sa route, Montgomery se tourne vers moi et sa main effleure la mienne. Je suis debout devant lui, et c'est tout mon corps qui me trahit. Je lutte pour ne pas reculer sur-le-champ alors que mon cerveau me hurle de le faire. Mon cœur, lui, m'exhorte à m'imprégner de sa présence, à me noyer dans ses bras, à l'abri du monde. Montgomery se penche légèrement vers moi et je me surprends à imaginer sa bouche effleurer la commissure de mes lèvres. Alors qu'un brasier s'éveille en moi, Montgomery s'éloigne brusquement avec un sourire malicieux.

– Je te laisse réfléchir à notre récente réconciliation, annonce-t-il en traversant déjà la rue.

Pétrifiée de m'être ainsi fait couper les ailes, je bats des paupières pendant un long moment, puis rentre au chalet, complètement déconfite. Le brasier couve encore dans mes entrailles alors même que je lui ordonne d'aller voir ailleurs si j'y suis.

CHAPITRE 22

MONTGOMERY

– Papa, regarde ! s'écrie Mia en désignant la pile de courrier que j'ai déposée sur la table basse en rentrant du parc avec elle. On est dans le journal !

Délaissant la vaisselle que j'essuyais au bord de l'évier, je m'assieds par terre à ses côtés et avise la photo de Lily et moi devant la maison. Nous faisons la une sous le titre : « De coquard en cocasse, comment une guerre de voisinage finit en source d'amusement pour tout un quartier. »

– Tu peux me lire ce qui est écrit ?

Je m'exécute avec grand plaisir.

– C'est trop bien, quand même, ce que le monsieur dit sur toi et Princesse Fiona. Est-ce qu'on est célèbres dans le monde entier maintenant ? demande Mia en plissant les yeux sur l'article.

– Non, ma chérie. Juste à Skagway, ris-je.

– Zut alors… Je voulais que Miss Julia le voie.

– Si ça te tient vraiment à cœur, on pourrait lui en envoyer un par la poste.

Je le lui propose, mais en réalité, mon cœur prend un coup chaque fois que ses paroles me rappellent qu'il y a tout un pan de sa vie que je ne connaîtrai jamais. Je crois bien être jaloux de cette Miss Julia qui semble avoir joué un rôle prépondérant dans son quotidien.

– Si on fait ça, faudra ajouter une photo de nous deux ! Faut qu'elle voie que t'es un gentil papa.

– Et toi, tu es une petite fille beaucoup trop mignonne ! m'exclamé-je en la prenant dans mes bras.

– Arrêêête ! se débat-elle en gloussant. Tu m'écrases, Papa Ours !

Nous chahutons quelques instants, puis Mia revient vers le journal et colle son nez sur les photos pour nous dévisager, Lily et moi. Elle plante un doigt décidé sur un espace devant nous.

– Je peux me dessiner là, avec mes feutres ? Pour faire comme si je suis dans le journal moi aussi ?

– Bien sûr, gloussé-je, prévoyant d'ores et déjà de me procurer un autre exemplaire en ville.

Un exemplaire rien que pour moi…

– Comme ça, à l'école, les copains, ils vont me demander un nonotographe !

– Tout ce que tu voudras, ma chérie… mais après la douche !

Sur cette proclamation, je me hâte de l'attraper sous les aisselles pour la faire voler dans les airs et atterrir sur mes épaules. Mia rit et crie de ravissement sur le chemin de la salle de bains.

Le soir, au moment du coucher, ma fille me demande de lui relire l'article et couine de bonheur dès que le journaliste cite son prénom. Installée dans son lit à mes côtés, elle s'endort sur mon épaule. Je profite de l'accalmie pour observer sa jolie frimousse, le rythme de sa respiration qui soulève légèrement la couette à intervalles réguliers. Je la remonte sur ses épaules, affublé d'un sourire très certainement niais. Je me mets à l'aise pour prolonger la magie de l'instant, et en quelques minutes, je sombre à mon tour.

Les journées sont si intenses ces dernières semaines que je pourrais m'endormir sur un paillasson. Avant Mia, je me levais plusieurs fois dans la nuit, même parfois pour fumer une cigarette… Toutes les excuses étaient bonnes pour éviter les rêves un peu trop lourds. Depuis son retour, je fais mes nuits d'une traite et j'ai considérablement réduit ma consommation de clopes. Quels progrès !

Pourtant, je suis réveillé par une sensation de picotement dans la gorge. Je remue, puis interromps tout mouvement quand Mia grogne dans son sommeil. J'avise son réveil : deux heures trente-quatre. Une alarme stridente résonne alors dans la maison, tirant brutalement ma fille du sommeil. Une odeur âcre envahit mes narines. Une odeur de… brûlé !

– Non non-non-NON-NOOON ! m'écrié-je en sortant précipitamment du lit.

Je cours vers la porte de la chambre que j'ouvre avec violence.

– PAPA, appelle Mia en hurlant pour couvrir le son de l'alarme incendie.

Je ne lui réponds pas, glacé d'effroi devant la fumée qui envahit notre salon. Des étincelles crépitent au niveau du compteur électrique… Pas de temps à perdre !

Je me retourne et fonce sur ma fille pour l'enrouler dans sa couette.

– Papa, proteste Mia en commençant à geindre. Papa, qu'est-ce qu'il se passe ?

– On doit sortir, ma chérie. Tout de suite !

Mon cœur cogne fort contre ma poitrine alors que je traverse sans difficulté le couloir jusqu'à l'entrée.

Une fois dehors, Mia laisse libre cours à ses larmes.

– Chuuut, tenté-je de l'apaiser, malheureusement sans succès.

Elle ne comprend pas ce qui se passe et je n'ai pas les mots pour le lui expliquer. Si elle n'avait pas été là, je serais probablement en train d'essayer de maîtriser ce début d'incendie, mais il m'est impossible de la laisser une seule seconde.

– Papa, pleure-t-elle. J'ai peur…

J'aimerais pouvoir la rassurer, mais je suis dans un état second alors que les premières flammes s'échappent du toit de la bâtisse. Je n'ai même pas mon portable sur moi pour alerter les pompiers.

J'ai vraiment tout foiré. Encore une fois.

CHAPITRE 23

LILY

– Les margaritas, c'est la vie ! scande Viviane en brandissant le poing vers la boule à facettes du bar.

Les gens autour de nous applaudissent comme si elle avait résolu le grand mystère du Big Bang. Je suis leur exemple et ricane avec la grâce d'une hyène asthmatique.

Ce soir, adieu les maris et les enfants – enfin, surtout pour Vi –, c'est soirée entre filles ! L'alcool aidant, nous avons rapidement atterri sur la piste de danse où nos robes ultracourtes au décolleté plongeant ont déjà fait leur effet…

Malheureusement, Vi commence à tanguer, et je comprends que nous ne sommes plus en état de refaire le monde. J'abandonne donc nos verres sur le comptoir pendant que ma sœur fait ses adieux au barman, puis je la traîne derrière moi.

Dehors, bien que notre trajectoire soit un brin aléatoire, le froid m'aide à recouvrer mes esprits. Heureusement, nous sommes venues à pied !

– Faudra faire ça plus souvent, me répète Vi pour la dixième fois en deux minutes. Y'en a marre d'être la mère et l'épouse parfaite.

– Je suis plus que parfaite ! Euh non… plus que partante, pardon !

Vi s'appuie complètement sur moi pour descendre la rue qui mène à la maison, et manque à plusieurs reprises de me faire perdre mon équilibre déjà très précaire. Après un dernier virage, nous avons enfin notre destination en ligne de mire. *À moi le lit bien chaud !*

– Je dors avec toi, ce soir, m'annonce Vi. Je réessayerai le mariage demain matin.

Je m'apprête à lui faire remarquer que le soleil va bientôt se lever et donc qu'on est déjà un peu le matin, mais une grosse tache sombre dans le jardin des Peterson détourne mon attention. Plissant les paupières, je tente de décrypter la scène à la faible lumière des lampadaires. Ainsi, la bouse de bison dans la neige devient un dos et le marshmallow rose géant, une couette…

– Qu'est-ce qui s'passe chez le yéti ? articulé-je d'une voix traînante.

– C'est pas de la fumée qu'on voit là-bas par-derrière ?

Vi pointe un doigt oscillant vers la toiture.

– On devrait aller vérifier, poursuit-elle. Peut-être que le Père Noël, il est en train de se rouler un joint et j'en veux !

Elle m'entraîne de l'autre côté de la rue où les pleurs de Mia commencent à nous parvenir. C'est elle, le marshmallow. Les bras serrés autour d'elle, Montgomery fixe sa maison sans vraiment la voir, et soudain, je comprends. Cet éclair de lucidité me tord le ventre. J'en lâche ma sœur qui s'écroule, tête la première dans une congère.

– LILY ! hurle-t-elle en crachant de la neige.

Je l'ignore et me précipite sur mon voisin qui ne nous a pas encore remarquées malgré le boucan que fait ma sœur.

– Est-ce que tu as appelé les pompiers ? demandé-je.

Mia pleure et hurle dans les bras de son père, mais celui-ci ne réagit pas. Je lui agrippe l'épaule pour le secouer. Son sursaut nous déstabilise tous les deux.

– Montgomery, reprends-je plus calmement, soudain complètement dégrisée, alors qu'il pose un regard vide sur moi. Les pompiers ?

– Les pompiers ? répète-t-il d'une voix atone. Non… Mon portable… PUTAIN ! Il y a le feu chez moi et je ne peux même pas appeler les pompiers.

Son cri de rage me fait reculer, mais il se reprend immédiatement et serre davantage sa fille grelottante contre lui, collant sa joue contre la sienne pour la réchauffer. Je comprends qu'il n'y a à cet instant que Mia qui compte…

Je prends les choses en main et dégaine mon smartphone pour contacter la caserne de Skagway. Je me redresse et avise la bâtisse. Le feu n'est encore qu'une épaisse fumée et il y a des chances qu'ils arrivent à temps pour sauver les murs. Mon cœur se serre malgré tout. Ce n'est pas n'importe quelle bâtisse qui flambe. C'est celle d'Addie…

– Papaaaa, se lamente Mia en passant les bras autour de son cou. Faut sauver la maison, s'il te plaît !

Les yeux de Montgomery sont de nouveau perdus dans le vague. Il fixe l'incendie sans ébaucher le moindre geste.

Après avoir raccroché avec les pompiers, je retourne aider ma sœur à se relever. Les cris de Mia sont venus la dégriser à son tour, mais elle peine tout de même à trouver l'équilibre sur l'allée glissante des Peterson.

– Il est en état de choc, expliqué-je à Vi. Je vais essayer de le ramener à la raison, mais il faut qu'on éloigne Mia du spectacle.

– On doit d'abord lui trouver des vêtements chauds, proteste ma sœur. Il est en pyjama par – 20 °C. Veille sur eux, je reviens !

Elle fait demi-tour et rentre à la maison d'une démarche encore chancelante que je surveille de loin. Lorsqu'elle referme la porte derrière elle, je m'agenouille près du père et de sa fille et pose une main prudente sur l'épaule de Montgomery. Cette fois, aucune réaction. Alors, je le secoue un peu plus franchement. Toujours rien.

– Les pompiers arrivent, précisé-je d'une voix douce et rassurante. Ils seront là en un claquement de doigts. Ça va aller, vous verrez.

Montgomery cligne plusieurs fois des paupières, comme s'il s'extirpait d'un long cauchemar, puis il reporte son attention sur Mia qui se débat dans sa couette et continue d'implorer à l'aide.

– Ma belle, commencé-je en lui caressant les cheveux, tu vas aller te réchauffer chez moi, avec Viviane et les jumeaux, pendant que ton papa et moi, on reste ici pour surveiller, d'accord ?

– NAN ! s'époumone-t-elle entre deux reniflements, les joues inondées de larmes. Je reste avec papa ! Et je surveille la maison !

Montgomery écarte sa frange afin de déposer un baiser sur son front.

– Il fait très froid dehors, Mia. On risque de gêner les pompiers, en plus.

Au même instant, les sirènes se font entendre en haut de la rue et les flashs rouges des gyrophares ne tardent pas à nous éclairer.

Entre les alarmes rugissantes, le craquement du bois qui lâche, les vitres qui explosent au loin et les ordres aboyés par Sam, le capitaine de compagnie, l'incendie devient plus concret pour Mia. Elle peine à gérer sa panique.

Elle remonte la couette par-dessus sa tête pour s'isoler du monde. Les mains de Montgomery tremblent autour d'elle tandis qu'il fait de son mieux pour répondre aux questions des pompiers sur l'origine du feu.

Vi revient avec l'écharpe, la parka et les bottes d'Emmett. Montgomery me confie alors Mia, le temps de se couvrir.

– Je veux bien aller dans ton château, finalement, cède-t-elle d'une voix blanche.

Je consulte du regard son père qui hoche la tête tout en remontant la fermeture Éclair du manteau.

– Vi va t'emmener, acquiescé-je. Elle va même te montrer ma chambre, si tu veux.

– Et on pourra préparer ensemble du bon chocolat chaud pour ton papa, renchérit ma sœur. Il viendra te rejoindre quand les pompiers auront fini de sauver ta maison.

La gamine accepte de passer dans les bras de Vi et la suit péniblement en lui tenant la main. Au fur et à mesure qu'elles s'éloignent ensemble, le teint de Montgomery se fait plus cendreux. Il règne un chaos absolu dans le jardin. Les pompiers se dispersent autour de nous et réduisent la neige en une infâme névasse. Entre les cris dans la radio et les voisins qui viennent proposer leur aide, je ne sais plus où donner de la tête, mais je dois me concentrer sur mon ancien ennemi.

– Eh, reste avec moi, l'encouragé-je en posant une paume sur sa joue glacée.

Il enfouit le visage dans ses mains, repoussant la mienne par la même occasion. Loin de m'avouer vaincue, je m'accroupis devant lui et écarte doucement ses doigts pour le ramener sur terre. Cette bulle dans laquelle il cherche à se réfugier ne le protégera pas du désastre.

– Regarde-moi, Montgomery. Je suis là.

Nos regards se croisent enfin. Le blanc de ses yeux a viré au rouge écarlate, sans doute à cause des larmes, du choc et de la fumée. Le bleu glacier de ses iris n'en ressort que davantage et je reste un court instant hypnotisée par ce contraste saisissant. Quand il cherche encore une fois à se dérober, je m'empare des pans de son écharpe pour l'en empêcher.

– Dis-moi quelque chose, je t'en prie.

– Tu ne comprends pas… chuchote-t-il.

Je dois tendre l'oreille pour percevoir ses mots.

Dans le brouhaha ambiant, Martha fend la foule pour nous rejoindre. Un pompier stagiaire tente de l'en empêcher, mais elle force le passage.

– J'ai entendu les sirènes, dit-elle, essoufflée. Mon Dieu, quel gâchis…

Les paumes de Montgomery glissent le long de ses joues et se réunissent devant sa bouche. Il reste un moment dans cette position.

– Vous ne comprenez pas ! insiste-t-il en martelant chaque syllabe. C'est bien plus grave qu'un foutu incendie. J'ai perdu mon job à cause de l'éboulement. Si je perds aussi la maison, on va me reprendre la garde de Mia ! J'ai un contrôle des services sociaux à J + 30 ! Je suis foutu ! C'est pas possible que ça arrive maintenant !

Un silence accueille sa crise de rage. Bien évidemment, je me posais des questions sur l'arrivée de Mia. Comme tous les habitants de Skagway, d'ailleurs. Même si j'avais compris qu'il venait d'en retrouver la garde, je n'imaginais pas que leur lien était si fragile, pas en constatant avec quel sérieux Montgomery joue son rôle de père.

– La maison d'Addie est toujours debout, lui rappelé-je, la gorge serrée. On est revêches en Alaska. Elle va résister, et toi aussi.

Même si je n'exclus pas la possibilité qu'il soit en train de dramatiser sous le coup de l'émotion, je sais qu'il n'est pas l'heure de le contredire. Je dois avant tout le rassurer.

– Quoi qu'il advienne, Mia ne bougera pas d'ici, précise Martha. Compte sur moi pour rameuter du monde afin de la garder parmi nous !

– Ça va aller, répété-je en serrant les mains de Montgomery dans les miennes.

Martha s'écarte et me laisse me repositionner bien droite, devant un Montgomery encore hagard. Je fixe ses yeux bleus qui me dévisagent avec intensité. Il semble chercher en moi la solution miracle, et à cet instant, j'aimerais tant la lui donner. Ses doigts s'agrippent à moi et, étrangement, un sentiment de sérénité m'envahit, comme si l'idée qu'il tient à moi comme à une bouée de secours me donnait de l'importance, un rôle à jouer, un rôle qu'étonnamment, je veux endosser plus que tout autre.

– Vous resterez à Skagway tous les deux, tu n'as pas le choix, conclus-je.

Montgomery me rapproche alors de lui. Ses bras entourent mon corps dans une étreinte qui me laisse chancelante. Blottis l'un contre l'autre, nous ne disons plus rien. Son parfum me parvient, mêlé à l'odeur de brûlé, et me fait tourner la tête. Je m'accroche à son manteau, cherche à réduire le peu d'espacc qu'il reste encore entre nous. Pour le réconforter ou pour laisser les picotements qui m'envahissent se répandre dans ma chair ?

Heureusement, une fois n'est pas coutume : Martha s'abstient de tout commentaire.

CHAPITRE 24

MONTGOMERY

Cette nuit n'est malheureusement pas la pire de mon existence, le visage de Kenza me hante alors que je voudrais simplement m'apitoyer sur mon sort. En revanche, je peux dire que cet incendie demeurera à jamais dans le top 5 de mes plus gros flops.

– Monsieur Peterson ?

J'entends le capitaine des pompiers m'appeler, mais je suis bien incapable de l'écouter. L'information semble se perdre quelque part entre mes oreilles et mon cerveau. Je m'accroche à l'étreinte de Lily comme si ma vie en dépendait, elle est mon ancre dans la tempête.

Son odeur florale mélangée à de l'alcool bon marché m'éloigne du chaos de la fumée. Ses petits poings se serrent contre mon dos et me donnent la sensation d'être plus fort que je ne le suis en réalité.

– Monsieur Peterson ?

Le capitaine pose la main sur mon épaule, je tressaille. Lily remue dans mes bras, mais je refuse de la laisser partir. J'ai trop besoin d'elle.

– Monsieur Peterson ? S'il vous plaît, j'ai à vous parler.

Lily tourne la tête vers le pompier, me contraignant à imiter son exemple. Je tangue un peu sur mes pieds, me frotte les yeux, le regard flou.

– Ça va aller, monsieur Peterson ?

Je viens de perdre le peu de contrôle que j'avais encore sur la situation. Sur ma vie. Sur cette seconde chance accordée par les services sociaux. Toutes ces pensées s'entremêlent au point que ça bouillonne en moi. Je voudrais hurler ma rage à la face de ce monde qui s'acharne à me pousser dans la fosse alors que je me suis tant débattu pour m'en extraire, mais les personnes qui m'entourent présentement ne sont pas responsables et cet homme cherche simplement à m'aider.

Ainsi, je ravale ma bile et force un sourire poli.

– Je… Oui. Ça va aller, bégayé-je.

Il fronce les sourcils, mais ne relève pas mon air hagard.

– Comme je vous disais, on a évité le pire. Alors, respirez un grand coup et je vous fais un topo, OK ?

Il me demande de le suivre jusqu'à un camion sur le marchepied métallique duquel il m'invite à m'asseoir. Un autre pompier nous rejoint, une Thermos à la main, et m'offre un café. La tasse me brûle les doigts, restés sans gants pendant presqu'une heure maintenant.

– Vous y êtes allé un peu fort sur les décorations de Noël. L'installation d'Addie date de Mathusalem, il aurait fallu la remettre aux normes avant de vous la jouer Las Vegas.

Lily se mordille la lèvre à la droite du capitaine, dansant d'un pied sur l'autre. A-t-elle froid ? Je devrais probablement écouter les explications de mon interlocuteur, mais à cet instant, je ne vois que ses tremblements. Je voudrais lui donner de quoi se couvrir, mais je n'ai que la parka d'Emmett sur le dos.

– Je suis désolé, conclut l'homme, bien que je n'aie pas écouté la moitié de son discours.

– Quelle est l'étendue des dégâts ? murmuré-je, sans savoir si je souhaite réellement entendre cette vérité que je réclame.

– C'est la bonne nouvelle. Comme je vous le disais, on a évité le pire. Après une enquête préliminaire, je peux vous dire que la surcharge liée à vos décos a créé un court-circuit au niveau du disjoncteur. Honnêtement, vous avez eu de la chance. Ça couvait depuis plusieurs jours et les gaines des fils électriques avaient déjà commencé à fondre. Ça pouvait flamber n'importe où, n'importe quand. Il y a des dégâts dus aux flammes et à la neige carbonique dans le couloir et sur la façade arrière. La buanderie a pris cher et il faudra vérifier votre terrasse quand vous y verrez plus clair.

Il y aura peut-être quelques planches à remplacer par mesure de précaution. Rien de bien méchant pour les travaux, par contre, toute votre installation est à revoir avant de songer à réemménager.

Dans ma bouche, le café a un goût d'amertume. Factures, assurance, expertise, relogement, nettoyage, travaux de rénovation, retards… C'est donc à ça que va ressembler le premier Noël de Mia avec son papa ? Les services sociaux ne vont pas me louper.

– Vous savez où aller en attendant ? reprend le capitaine en voyant que je ne réagis pas.

Je hoche la tête, puis la secoue. Rien n'est clair à cet instant, mais je trouverai bien un hôtel, pour Mia. Il faut que je réagisse pour elle. Prendre soin d'elle, c'est ma priorité, malgré les épreuves. C'est ça, une famille, non ?

– Grayson a de la place dans son *bed & breakfast*, intervient Serena, accrochée au bras de son partenaire. Tu peux y rester autant que tu veux avec la petite. On ne te facturera pas, hein, chéri ?

Je suis plus que surpris par la générosité de son offre dans une enclave où chaque dollar compte. J'ai eu si peu d'échanges avec elle par le passé, trop occupé que j'étais à batailler contre mon surnom de Yankee, au point d'en oublier de faire véritablement connaissance avec mes voisins.

Le fameux Grayson approuve sa proposition et me tapote l'épaule à plusieurs reprises comme s'il flattait l'encolure de son poulain.

– Allez, courage, mon gars. Tu n'es pas seul ! Tout Skagway est avec toi sur ce coup-là.

Je lui adresse un sourire sincère, véritablement touché par cet élan de solidarité.

Pendant que je réfléchis à ce que je peux faire dans les prochaines heures pour améliorer notre situation, je remarque que Lily s'entretient avec l'équipe d'intervention, et serre aussi des mains pour remercier les voisins. Malgré ses yeux rouges et ses pieds gelés, elle taquine et distribue des bourrades. Elle est dans son élément, ici. Elle, c'est une fille du pays. Je l'envie. J'aurais donné n'importe quoi pour avoir au moins Addie à mes côtés, ce soir, pour me soutenir, mais il n'y a que moi et cet hiver implacable.

Les portières se mettent finalement à claquer autour de moi. Le capitaine m'invite à descendre du véhicule.

– Je vous souhaite malgré tout une bonne nuit, monsieur Peterson. Prenez soin de vous.

Une fois les secouristes repartis, je me tourne vers la maison, cherche à mesurer l'étendue des dégâts, mais le soleil n'est pas encore levé. Je sors de mes pensées lorsque Martha claque les doigts sous mon nez.

– Si, pour une raison ou une autre, le *bed & breakfast* ne te convient pas, tu es le bienvenu chez moi, Monty, m'invite-t-elle. Mia me connaît, ça lui fera peut-être moins peur. Je vous mijoterai de bons petits plats à l'œil !

Je soupire, peu enclin à quitter la maison, même si à cette heure, il n'y a plus rien à faire. Je voudrais pouvoir me mettre au travail, tenter de réparer les choses, et garder l'espoir que d'ici Noël, Mia retrouve sa chambre. Malheureusement, le mieux que je puisse envisager pour l'instant, c'est retourner me coucher et évaluer la situation plus clairement après quelques heures de sommeil.

– Je rentre, moi aussi, nous apprend Lily en piétinant sur place. Je suis gelée jusqu'à la moelle.

– OK… je… Merci pour le coup de main.

Étrangement, je me sens déçu. Elle ne me doit rien, mais après tous ces événements, la perspective de m'éloigner d'elle me serre le cœur. Lily n'a pas à se sentir concernée par mon sort ou même par celui de Mia. Ce n'est pas parce que je me sens inexorablement attiré par elle que je dois en oublier la haine qu'elle me témoigne depuis trois ans.

Devant mon manque de réaction, Lily roule ses beaux yeux verts et laisse échapper un profond soupir :

– Allez, on se bouge ! Mia doit crever d'inquiétude. Elle a besoin de son papa.

Elle saisit mon bras et adresse un signe de tête à nos voisins.

– C'était très généreux de votre part à tous de proposer des solutions, mais la question était réglée depuis le départ. Je vis juste en face, ça sera plus pratique pour surveiller l'évolution des travaux.

Je ne masque pas mon sourire quand elle resserre sa prise autour de mon poignet et me tire derrière elle. Je salue Martha, Serena et Grayson, mais mes pensées anticipent déjà la cohabitation qui m'attend.

Soudain, je ne pense plus à la maison d'Addie, plus à Mia, plus à l'incendie. Je ne pense qu'à Lily, et à la proximité que nous promet ce séjour…

CHAPITRE 25

LILY

J'aurais pu danser, jeter à la face de Montgomery que c'est bien fait, lui demander quel goût il a, ce retour de karma, mais mon cœur n'est plus sur cette longueur d'onde à présent. J'ai le sang chaud et je suis rancunière au-delà du raisonnable, je ne peux le nier, mais aujourd'hui, je dois aussi le reconnaître, Montgomery ne cristallise plus ma haine.

Mon voisin incarne… autre chose. Un désir encore inexplicable. Ces derniers temps, nous en avons trop dit, trop fait. Impossible de faire machine arrière.

À peine le pied posé dans le vestibule, les pleurs de Mia me parviennent depuis le séjour. Je me défais de mon barda, puis l'invite à me suivre pour rejoindre les autres. Emmett prépare du chocolat chaud dans la cuisine, l'odeur me réconforte dès que je m'installe sur l'accoudoir du fauteuil dans lequel Sean est vautré. Avery, lui, n'est pas en vue.

Est-ce qu'il a vraiment réussi à rester au pays des rêves avec ce remue-ménage ?

Montgomery s'anime franchement à la seconde où son regard se pose sur la couette rose guimauve qui encombre le canapé. Viviane lui cède la place en silence et Mia sort enfin de son cocon pour se jeter dans les bras de son père.

– Je veux rentrer à la maison, se lamente-t-elle d'une voix brisée.

– Pas tout de suite.

– Et pourquoi pas ?

Il déglutit avec difficulté.

– Elle est un peu cassée, il va falloir la réparer avant d'y retourner.

– Mais c'est notre maison à nous ! Avec ma chambre, mon lit, mes affaires ! Je veux rentrer.

Elle enfouit le nez dans le cou de son père et ses pleurs deviennent des cris lorsqu'elle comprend que ses griefs ne s'arrêteront pas en si bon chemin.

– Et mon doudou ! Il est dans la machine à laver. Faut aller le chercher, sinon il va se noyer !

– J'irai voir demain, ma chérie. Quand il fera jour, j'irai récupérer des vêtements, des jouets et ton doudou. Je suis sûr qu'il va bien, je lui ai appris à construire un bateau avec mes chaussettes.

L'image qui me vient, davantage que celle d'un chaton noyé dans les bulles de savon, c'est celle d'un chaton rôti dans les flammes de l'incendie. Sam n'a-t-il pas évoqué un carnage dans la buanderie ?

Le tonnerre gronde dans l'escalier. Avery déboule dans le salon, les bras chargés de peluches. Un ours brun, un dalmatien, un bébé Yoda et un Salamèche que j'intercepte discrètement. Pas la peine de pousser le vice en présentant à Mia un Pokémon qui a le feu au cul.

– Y'a pas de chat, déplore Mia. J'en veux pas ! C'est pas mes doudous à moi.

Loin de s'avouer vaincu, Avery pose Yoda et Baloo sur la table basse et file en cuisine où il bataille pour rabattre les oreilles du dalmatien en triangles à l'aide de bouts de ficelle, afin d'imiter celles d'un chat. De son côté, Sean file dans le garde-manger et plonge la main derrière les détergents pour récupérer un des lapins en chocolat que Vi et moi avions cachés. Ces horribles gnomes nous avaient donc déjà démasquées ! Sean défait le papier doré en aluminium et croque sa tête à pleines dents. Il tend ensuite le collier à grelots à son jumeau, qui le noue autour du cou du chat-chien.

Fier de sa création, Avery repart tenter sa chance auprès de la petite Mia.

– C'est pas ton doudou, c'est vrai, concède-t-il. Du moins, pas encore ! Mais si tu l'adoptes, ça peut changer. Moi, je suis trop grand pour m'en occuper et il m'a dit qu'il préférait les petites filles. Il paraît que vous faites de meilleurs câlins.

Attendrie par la scène, Vi vient poser la joue sur mon épaule.

– J'étais prête à les dévorer pour avoir débusqué notre planque secrète, mais là… Je suis la plus fière des mamans.

– Il y a encore deux ou trois trucs à sauver chez ces ventres sur pattes, approuvé-je. On va peut-être les garder, finalement.

Ma sœur rit avec moi avant de se redresser. Complètement dégrisée par les événements de cette nuit, elle a désormais de gros cernes qui se dessinent sous les yeux, accentués par le mascara qui a commencé à couler.

– Je vais préparer la chambre pendant que mon cher et tendre fait le service, souffle-t-elle. Monty et Mia seront heureux de se coucher dans des draps propres !

– Quelle chambre ?

– La chambre d'amis, bien sûr. Emmett et moi, on prendra le clic-clac du futur bureau, ça fera largement l'affaire.

– Hors de question ! protesté-je. Installons-les dans la mienne. Pourquoi déloger deux personnes quand une seule suffit ? Et puis, on évitera que la petite ne fasse des galipettes dans l'escalier.

Vi dépose un baiser affectueux sur ma joue.

– J'aime beaucoup la nouvelle Lily !

Je la chasse d'une pichenette sur le nez.

– Détrompe-toi ! Je ne les accueille pas parce que je me ramollis, mais parce que je ne laisse jamais les autres dans la détresse. Je l'ai fait pour vous, je peux le faire pour eux. Je ne suis plus à ça près.

Qui tenté-je de convaincre actuellement ? Aurais-je eu ce geste pour n'importe quel autre voisin, ou le regard transperçant de Montgomery sur moi ne constituerait-il pas une des raisons qui me poussent à vouloir veiller sur lui et sur sa fille ?

– Et puis… poursuis-je en bégayant presque.

Je grimace au souvenir du topo des pompiers. Je n'ai pas pu m'empêcher de remuer dans tous les sens en entendant que le sinistre était dû aux décorations de Noël.

– Et puis quoi ? insiste Vi.

– Et puis, je culpabilise. Je n'ai rien fait pour calmer le jeu avec cette stupide crèche à dragons et le reste, déploré-je. Quelque part, c'est comme si j'avais fourni l'allumette !

Mia a finalement accepté le chat mutant et lui cherche un prénom avec l'aide des garçons. Montgomery, lui, s'éclipse pour lui apporter un mug de chocolat chaud, puis vient m'en offrir un. Le naturel avec lequel il évolue dans mon espace me déconcerte, à vrai dire. Je n'y vois rien de choquant, alors que je devrais être en train de sauter au plafond de le voir ici, chez moi. Je l'imagine faire irruption dans la salle de bains tandis que je l'occupe encore, les jumeaux ayant cassé le verrou en chahutant un soir. Comment Montgomery réagira-t-il devant ma tête du matin ? Comment moi réagirai-je s'il s'empare de la même cuillère que moi dans le tiroir à couverts au moment de dresser la table ? Y aura-t-il des silences embarrassants lors de nos soirées jeux de société ? Le rouge me monte inexorablement aux joues maintenant que je prends conscience de l'importance de ma décision. En acceptant de les héberger, je m'expose à tout un lot de répercussions possibles.

Fébrile, j'accepte la tasse d'une main légèrement tremblante. Pourquoi ai-je soudain la sensation de voir Montgomery emplir un espace vide de mon chalet dont j'ignorais jusqu'alors l'existence ? Loin d'être une invasion, cela ressemble presque à une évidence. Je ne comprends pas comment je peux ressentir une pointe d'excitation en anticipant le tournant que va prendre ma vie durant ces prochaines semaines.

Vi s'éclipse finalement pour aller changer les draps de mon lit.

– Merci pour tout ce que vous faites, me souffle Montgomery.

Je me redresse, avise son bras qui touche presque le mien. Une chaleur intense m'envahit, et elle n'est pas due à la cheminée.

– Ne me remercie pas. Je ne le fais ni par obligation, ni par charité ou par pitié. Je…

Si le regard de Montgomery me déstabilise, je sens le silence qui nous a soudain entourés. Derrière lui, les jumeaux et leur père nous dévisagent, scrutateurs. Je comprends que j'étais sur le point d'en révéler beaucoup trop, surtout en public.

Il est grand temps pour moi de me rabattre en coulisse !

– Je devrais aller me coucher, je n'arrive plus à aligner mes mots, louvoyé-je.

Tandis que les enfants reprennent leur discussion et entament un vote à mains levées pour donner différents prénoms à leurs peluches, Montgomery se redresse avec moi. Sans un mot, il pose ses doigts sur ma hanche, un contact ferme, mais qui me fait l'effet d'une caresse, comme si mon corps le réclamait depuis des heures, puis il m'entraîne à l'écart dans le couloir.

Nous sommes désormais seuls, et je sais que je ne peux pas me dérober à cette discussion. Est-ce que je le veux seulement ? Cette façon intense qu'il a de plonger en moi d'un simple regard… Ses yeux sont d'un bleu si limpide et profond, comme un lagon. Ils font renaître dans mon cœur une pulsion folle qui m'ébranle complètement et me fait perdre mes moyens.

– Finis ta phrase, ordonne-t-il d'une voix rauque.

Je déglutis. Pas seulement parce qu'il me demande de mettre mes émotions à nu, mais aussi parce que même s'il ne me touche plus, tout mon corps vibre sous son regard.

– Je le fais parce que c'est toi, chuchoté-je du bout des lèvres.

Mon aveu lui tire un sourire malicieux. Les joues me brûlent. Le bas de mon ventre se consume, alors que le bout de ses doigts vient caresser ma joue… Le feu est en moi, à présent.

– Moi ? chuchote-t-il. Et quel effet je te fais, Lily ?

Je halète alors que sa main descend vers ma gorge. Je n'ai plus les pensées claires et je sais que je n'arriverai plus à formuler une pensée cohérente. Au contraire, j'ai les jambes qui flageolent et, après mon cerveau, c'est mon corps qui menace de me lâcher.

– Tu sais… tenté-je en baissant les yeux.

Ma gorge se serre. Ces sensations sont encore trop inédites pour moi pour que je parvienne à mettre des mots dessus, alors comment lui expliquer ce que je ressens ?

Montgomery attend quelques secondes que je poursuive, mais, constatant que je ne le ferai pas, il remonte les doigts jusqu'à mon menton pour m'inciter à le regarder.

Je suis de nouveau submergée par son expression. Malgré les épreuves qu'il a traversées aujourd'hui et ses traits tirés, il dégage une force brute et une assurance qui me submergent.

– Je sais que je veux en découvrir plus encore, complète-t-il alors.

Devant cette promesse, j'oublie mes déceptions passées, mes vœux de célibat depuis la trahison de Spencer. Qu'entend-il réellement par « plus encore » ?

Suis-je prête pour une nouvelle étape ? Je le voudrais tellement.

– Je vais avoir besoin de ton aide, Montgomery.

Je dois m'esquiver avant de me liquéfier. Cet échange est trop intense, trop bouleversant. Je ne sais pas comment le gérer, comment réagir.

Par ailleurs, Mia n'a pas encore séché ses larmes dans le salon, ma sœur est dans ma chambre, à quelques mètres, en train de changer les draps. Nous ne devons pas aller plus loin.

Pas le bon endroit. Pas le bon moment. Est-ce notre mantra ?

– Je m'y emploierai avec plaisir, me répond Montgomery, indifférent à toutes ces objections que je formule en silence.

Sans plus de cérémonie, il se penche vers moi. Nos lèvres s'effleurent d'abord. Il se fige, son front contre le mien, et guette ma réaction. Le café et le chocolat de nos souffles respectifs se mêlent avec gourmandise. Je ne veux pas reculer.

– Et plus encore… répète Montgomery en m'enserrant par la taille pour m'embrasser à pleine bouche.

Mon cœur ne bat plus la chamade ; il a sauté hors de ma poitrine, j'en suis convaincue. Me hissant sur la pointe des pieds pour compenser mon mètre cinquante-cinq, je lui rends son baiser avec passion.

CHAPITRE 26

MONTGOMERY

Je suis allongé dans le lit de Lily aux côtés de Mia. Les rideaux brodés d'or que j'ai offerts à ma voisine pendent devant ses fenêtres et m'empêchent temporairement de trop penser à ce qui s'est passé de l'autre côté.

Après l'incendie, le chagrin et l'inquiétude de Mia m'ont tenu éveillé une partie de la nuit. Enfin, sans parler de ce baiser échangé avec Lily… J'ai agi sur un coup de tête, mais pour être honnête, je ne regrette rien. J'en aurais même voulu davantage. Est-ce la naissance de sentiments réels ou simplement le besoin d'évacuer toute la tension générée par les récents événements ? Je n'ai pas eu le temps de creuser la question, Mia m'a appelé à grands cris dans le salon pour valider le baptême de son doudou intérimaire.

Il est déjà presque onze heures et une rude journée m'attend. À moi la paperasse pour débloquer les indemnisations, faire établir des devis et entamer les réparations ! Derrière la porte de la chambre, j'entends Lily et sa sœur chuchoter alors qu'elles vaquent à leurs occupations, bientôt rejointes par Emmett et les jumeaux qui se chamaillent.

Les yeux de Mia s'agitent sous ses paupières closes. Ses petits doigts potelés se referment autour du museau de Miaouaf, son doudou de secours. Finalement, elle se tourne et émerge de son sommeil avec difficulté.

– Où c'est qu'on est ? demande-t-elle en frictionnant son visage froissé.

– Chez Lily. Tu te souviens ? Il y a eu un petit souci à la maison, la nuit dernière.

Pourvu qu'elle n'exige pas d'y retourner aujourd'hui… Une moue sur les lèvres et le menton tremblotant, elle annonce une météo morose, avec risques d'averses de larmes intermittentes.

Mon estomac grogne comme s'il cherchait à interrompre la crise.

– Y'a plein de monstres féroces là-dedans ! s'exclame-t-elle.

C'est alors que le sien imite mon exemple et rugit à tout-va.

– Et il y a quoi dans celui-là ? Un troupeau de mini-monstres ? l'interrogé-je en chatouillant ses côtes.

Elle se trémousse, éclate de rire, puis déserte le matelas pour se mettre à l'abri. Je la suis, et c'est partiellement requinqués que nous rejoignons la famille Mackenzie dans la cuisine.

Viviane, en train de préparer le café, nous salue avec un enthousiasme démesuré. Lily, elle, ne décroche pas un mot. Les cheveux en pétard, la ceinture de peignoir de travers, elle fixe le vide avec intensité.

– Ça ira mieux après un café ! m'apprend Viviane devant mon air étonné.

– Tatie ressemble toujours à Flash de *Zootopie* le matin, précise Avery, encouragé par le rire moqueur de son jumeau. Doucement, pas trop vite !

– Si vous continuez à vous moquer de moi, je vous jette tous dehors, marmonne la principale intéressée. Sauf Mia. Parce qu'elle est gentille, contrairement à vous.

Ma fille se précipite dans ses jambes pour lui faire un câlin. Lily lui ébouriffe alors les cheveux avec une affection évidente.

– Comment ça va, mon petit chat ? s'enquiert-elle. Tu as bien dormi ?

– Oui ! Ton lit, il est super grand et trop confortable. Je l'adore !

– Tant mieux s'il te plaît. Est-ce que tu as faim ?

– Ouiii !

Pendant que Lily se redresse pour lui servir un verre de jus d'orange, je prépare quelques tartines de beurre pour Mia.

– Excusez-moi, les amis, nous avertit Viviane. J'ai un garagiste à harceler !

Son portable à la main, elle part avec sa tasse de café vers l'étage. Alors que je me rends compte qu'après le départ de Viviane et la migration de Mia et des jumeaux vers la salle à manger, personne ne fait attention à nous, j'en profite pour laisser traîner une main sur la hanche de Lily.

Immédiatement, ses yeux rencontrent les miens et j'y lis le même désir ardent qu'hier.

– Tu dois t'y connaître plus que moi en travaux, vu le boulot que tu abats dans ce chalet… affirmé-je. Ça te dirait de venir avec moi évaluer les dégâts tout à l'heure ?

Innocemment, j'effectue une rotation avec mes doigts, caressant sa peau douce. Elle frémit et ferme les yeux.

– Hummm, soupire-t-elle.

– C'est un oui ? la taquiné-je en trempant mes lèvres dans une tasse de café que je tiens de l'autre main.

– Assurément.

Son sourire confiant gonfle non seulement mon cœur, mais il attise surtout mon besoin de la sentir contre moi. Je pose mon mug, avise les enfants qui pourraient revenir à tout moment, et décide de nous éloigner. Je saisis la main de Lily et la traîne derrière moi jusque dans sa chambre.

– Mais tu me fais quoi, là ? glousse-t-elle, alors que je referme la porte derrière elle et la plaque contre le battant.

– J'ai besoin de vérifier quelque chose, soufflé-je.

– Si tu me sors une pick-up line dégoulinante du style « vérifier si tes lèvres ont le même goût qu'hier », je te jure que je me mets à crier !

Je retiens difficilement mon rire, mais me penche quand même vers sa bouche.

– Alors, je ne dirai rien, soufflé-je avant de passer à l'acte.

Ses mains remontent le long de mon dos tandis que les miennes la cueillent au creux des reins. Je suis à la fois contrarié par les couches de vêtements qui nous séparent et heureux à la perspective de ces « premières fois » que nous allons expérimenter ensemble.

– Tu es sûr de pouvoir tout gérer ? souffle-t-elle en s'arrachant à mes lèvres à contrecœur.

– Comment ça, tout ?

– Ta fille, la maison, la paperasse, les travaux… Moi ?

– Je veux essayer, affirmé-je.

Cette réponse est la pure vérité, et de toute évidence, la seule chose dont Lily avait besoin pour se laisser aller dans mes bras.

CHAPITRE 27

LILY

Sur le seuil de chez Montgomery, j'hésite un instant. J'ai encore du mal à démêler l'évolution de mes sentiments à son égard et j'ai la sensation de franchir un point de non-retour en me pointant comme ça chez lui. Tandis qu'il déverrouille la serrure de la porte d'entrée, le dos tourné, je grimace à n'en plus finir, en proie à mes propres démons.

– C'est ouvert. Je t'en prie, m'invite-t-il.

Il règne un calme surréaliste à l'intérieur. La demeure d'Addie ressemble soudain à une maison hantée, vidée de sa substance en même temps que de ses habitants. Je m'applique toutefois à ne rien laisser transparaître sur mon visage pour ne pas rajouter à la peine que doit ressentir Montgomery face au carnage.

L'électricité étant coupée pour des raisons évidentes, j'ai emporté une lampe torche pour pouvoir examiner chaque recoin des pièces touchées par l'incendie. Alors que je l'allume d'un cliquettement, je fais instinctivement face à Montgomery.

– Ça va ? Tu tiens le coup ? vérifié-je.

Il s'empare de ma main libre.

– Tu es là. Alors ça va, souffle-t-il.

Nous échangeons un sourire maladroit, puis revenons à notre sujet de préoccupation. Comme nous avait prévenus Sam, le sol des parties communes est dégueulasse, victime du passage des pompiers et de la neige carbonique. Dans le couloir, le rai de ma lampe capte de nombreuses particules en suspension dans l'air. L'odeur de brûlé est suffocante, au point que je romps le contact avec Montgomery pour me couvrir la bouche. Les chambres sont intactes, mais très vite, au fil de notre progression vers l'arrière de la maison, les murs se teintent de noir et de grandes plaques de plâtre gisent maintenant au sol. Même chose pour la porte du jardin qui laisse entrer le froid dans la maison. À chaque courant d'air, un torrent de détritus mêlés de neige virevolte entre la buanderie et le boudoir qu'Addie utilisait pour ses travaux de broderie.

– Je crois qu'il va falloir commencer par là… soupire Montgomery.

D'un pas décidé, il pénètre dans la première pièce dont il ne reste pas grand-chose à part du linge calciné et de l'électroménager à jamais hors d'usage. Il s'acharne sur le hublot explosé de la machine à laver, mais celui-ci refuse de céder complètement.

– Ce serait sûrement plus simple avec un pied-de-biche, suggéré-je de peur qu'il ne se blesse.

– Je m'en occupe. J'ai besoin de me défouler.

Il s'entête encore et encore jusqu'à obtenir gain de cause. Il farfouille alors dans les quelques lambeaux qui traînent encore dans le tambour et en extirpe un vieux chiffon puant, auquel se mêlent des bouts de plastique fondus.

– Et MERDE ! rage-t-il en se passant la main sur le visage.

– C'était quoi ?

– Le petit chat de Mia…

Mon cœur tombe dans ma poitrine. Je n'ose imaginer le moment où elle apprendra la nouvelle.

– C'est triste, mais elle se fera une raison. Vous êtes sains et saufs, c'est tout ce qui importe.

Je pose une main sur son épaule pour lui montrer que je suis là pour lui, que je le soutiendrai autant que possible. Tandis qu'il remue les débris dans les pièces endommagées, ouvertes elles aussi aux quatre vents avec leurs vitres explosées, j'effectue quelques vérifications de routine en faisant danser le faisceau de ma lampe torche et en tapotant de-ci de-là. Montgomery me rejoint tandis que je dresse une liste des choses à faire sur le comptoir de la cuisine, de la plus urgente à la moins importante.

– Tu as pu sauver quelque chose ? hésité-je.

– Non… Rien d'utile. Je t'en prie, dis-moi que tu as de bonnes nouvelles pour moi.

Il jette un coup d'œil par-dessus mon épaule en direction de la fameuse liste.

– Sam avait raison, affirmé-je. Le pire a été évité. Les fondations sont saines et même s'ils ne paient pas de mine dans l'immédiat, les murs pourront facilement être retapés. C'est la remise aux normes de l'électricité qui va coûter cher.

– À ton avis, c'est faisable à temps pour Noël ? grimace-t-il.

– Je vais t'aider dès aujourd'hui à bâcher la porte et les fenêtres pour éviter des dégâts supplémentaires. Pour le reste, j'aimerais te dire que oui, mais honnêtement, je ne sais pas…

En m'appuyant sur les différents points que j'ai pu relever, je lui explique les étapes à suivre prochainement.

– Tu aurais un artisan à me conseiller dans le coin ? Disponible tout de suite, de préférence.

Un seul nom me vient à l'esprit, celui d'un homme bourru qui a traversé le Pacifique pour émigrer de la Russie vers l'Alaska.

– Sergei Ivanovski, lancé-je dans un grand sourire qui se veut rassurant. Je ne sais pas où il en est dans son planning, mais franchement, je me porte garante pour lui ! Ce gars est un as dans son domaine. Si quelqu'un peut y arriver, c'est bien lui.

Montgomery me tend son smartphone qu'il a récupéré au passage dans sa chambre et j'y entre les coordonnées de l'électricien. Un grand ami de mon père. Mes doigts s'attardent sur les siens en lui rendant l'appareil, qu'il se hâte de ranger dans la poche de son manteau.

– Merci pour ton aide, chuchote-t-il en glissant son nez dans mon cou.

Bientôt, ses lèvres viennent taquiner ma peau jusque derrière mon oreille et je dois me mordre la lèvre pour ne pas gémir de plaisir face aux sensations que ses gestes éveillent en moi. Un grand frisson part du creux de mes reins pour chevaucher ma colonne vertébrale, avant d'exploser en un feu d'artifice au niveau de ma nuque. Bien que particulièrement intense, la réaction de mon corps face à mes sentiments naissants pour Montgomery s'éteint brutalement – comme si l'on avait poussé un bouton on/off – au moment où mes yeux se posent sur le réfrigérateur. Sur la porte, retenu par des aimants, se trouve un dessin de Mia, sur lequel elle s'est représentée entre son papa et celle que j'imagine être sa mère.

Je meurs d'envie d'interroger Montgomery, mais le timing me semble bien malvenu, au milieu des décombres. Aussi légitimes que soient mes questions, elles ne feraient que remuer le couteau dans la plaie. Je ne parviens pourtant plus à répondre à ses caresses tant le sujet m'obnubile.

– Tout va bien ? s'inquiète-t-il en s'écartant pour mieux me détailler.

– C'est juste que… Je pensais à un truc…

Voyant que je peine à formuler la suite, Montgomery m'entraîne vers le canapé où nous nous asseyons côte à côte.

– Tu peux te sentir libre de me parler, m'invite-t-il d'une voix douce.

D'un mouvement de la tête, je désigne le frigo.

– Sur le dessin de Mia… C'est sa maman ? hésité-je, le teint écarlate.

– C'est la manière dont elle se la représente, oui. Je n'ai plus de photos à lui montrer. En réalité, Kenza est brune, et pas blonde. Ses yeux sont pareils à ceux de Mia, et pas verts comme elle les a coloriés, et son teint est bien plus foncé.

À chaque mot, le doute m'assaille un peu plus. Montgomery se pare d'un air rêveur, un brin nostalgique. Je sens les coutures de mon cœur se défaire, repense à Spencer que je n'ai pas su satisfaire.

Dois-je m'en inquiéter ? cédé-je enfin.

Montgomery me caresse aussitôt la joue et rapproche son visage du mien. Les yeux dans les yeux, preuve de sa franchise, il répond à ma question on ne peut plus indiscrète avec bienveillance.

– Kenza ne fait plus partie de ma vie. Ni de celle de Mia. Je ne suis pas du genre à courir deux lièvres à la fois. Tu m'intéresses, Lily. Toi, et seulement toi.

– Pardon si j'ai mis les pieds dans le plat…

– Pas de problème, la question méritait d'être soulevée, me rassure-t-il. Et donc, toi, qu'est-ce que tu veux ?

N'y tenant plus, je le repousse au fond du canapé et le chevauche pour l'embrasser à pleine bouche, frottant mon ventre contre le sien pour libérer ce feu qui bouillonne en moi depuis des jours.

CHAPITRE 28

LILY

Ce soir, c'est Vi qui vient me récupérer après ma journée de travail, à la sortie du *diner*, au volant de mon cher Gibson. Alors que ma sœur s'arrête en double file pile devant moi, je me tapote les joues avec mes moufles pour me donner du courage. Sans attendre, je me glisse en coup de vent sur le siège du passager.

– Brrrr, je ne m'y ferai jamais, grelotté-je en plaquant mes mains sur les grilles de ventilation.

Elles me soufflent en plein visage un air chaud absolument divin.

– Alors, ta journée ? me sonde Vi tout en enclenchant le clignotant.

– Toi qui as fait les boutiques au centre-ville, tu sais bien que tout le monde ne parle que des Peterson…

Je m'affaisse sur mon siège et m'étire pour dérouler ma colonne vertébrale, ankylosée après des heures de service.

– Montgomery chez moi, quel scandale ! mimé-je en riant. Et toi, quoi de neuf ?

– Pas grand-chose. Mike a peut-être trouvé une voiture pour moi, il la fait amener de Juneau par ferry *via* Haynes, mais ça va prendre du temps avec le quai bloqué et la météo dégueulasse.

– C'est mieux que rien. C'est toi qui es allée chercher Mia à la sortie des classes, tout à l'heure ? Comment elle va ?

Quittant l'avenue principale, Vi navigue entre les petites rues. Le but du jeu ? Utiliser au maximum les routes déneigées sans tomber sur les gros engins de voirie qui pourraient nous bloquer de longues minutes.

– Nope. Monty a passé la journée au téléphone, et il m'a dit qu'il avait besoin de décompresser. J'espère que cette petite marche lui a fait du bien !

Vi désactive le clignotant et me jette de petits regards de travers, comme si elle attendait que je crache le morceau.

– Quoi ? demandé-je, innocemment.

Est-ce que j'ai rougi à la mention de Montgomery ?

– À toi de me dire ? J'ai croisé Sam. D'après lui, Monty et toi… c'était intense, le jour de l'incendie…

Ce soir-là, tel un phénix, Montgomery est rené de ses cendres. Anéanti, il s'est repris en main et sa prestance en est devenue imposante. Délicieusement imposante… Alors que je suis seule dans l'habitacle de la voiture avec ma sœur, je sens des mains masculines errer sur mes hanches et une bouche frôler la mienne avant de s'en emparer. En un réflexe étrange, j'effleure mes lèvres d'un index songeur.

– Où tu veux en venir, au juste ? me ressaisis-je avant d'éveiller davantage les soupçons de Vi.

– Nulle part, si ce n'est que si tu as besoin d'en parler, je suis là. Et ça restera entre nous, comme quand on était ados.

Vi a toujours de bonnes intentions à mon égard, il n'empêche que cette histoire est encore trop fraîche. Je ne saurais trouver les bons mots pour décrire ce que je vis avec Montgomery.

– Je vais éviter de relever les rumeurs que tu sous-entends. Ça serait accorder trop d'importance à ce ramassis de scones au riz.

Vi rit, mais je sais qu'elle n'est pas dupe. Heureusement, nous sommes parvenues à destination. Pendant que ma sœur serre le frein à main et éteint le moteur, je sors de la voiture. Du mouvement vers la maison des Peterson attire mon attention, suivi des cris de Mia qui pourraient réveiller les morts.

– On devrait aller voir, tu crois ? s'inquiète Vi.

Montgomery tente d'attraper la puce, se ravise, cherche un autre angle, abandonne encore. Il implore Mia de se calmer, mais la fillette est déchaînée. Elle balance coups de pied et coups de poing dans le Père Noël dégonflé, dans le traîneau et les reliques de son bien-aimé Rudolph. Les traits de la fillette sont méconnaissables.

– Je vous déteste ! Vous avez brûlé mon doudou ! braille-t-elle d'une voix où la fureur se dispute à un profond désespoir. J'ai joué avec vous, je vous ai fait des câlins et des bisous, et vous avez tout cassé !

Je confie mon sac à Vi et lui conseille de rentrer avant de traverser la rue.

– Besoin d'un coup de main ? proposé-je en faisant irruption auprès de Montgomery.

– Mia voulait voir son doudou, elle n'a pas lâché l'affaire. J'ai cru qu'elle allait se mettre à pleurer, mais elle est sortie en trombe pour massacrer les décos. Chaque fois que je fais mine de la ramener au chalet, elle s'en prend à moi.

Il marque une pause. Je note alors qu'effectivement, la petite n'a même pas son manteau et commence à trembler. Montgomery, lui, semble complètement dépassé par la réaction de sa fille.

– Noël, c'est TROP NUL ! enrage Mia. C'est pour les bébés !

Elle est passée aux boules de neige dans sa campagne de représailles. Les décorations se voient vite à moitié ensevelies sous les déferlantes.

– C'est pas juste ! braille-t-elle.

– Ce n'est pas plus mal, au fond, qu'elle dézingue des trucs déjà à terre plutôt que de retourner tout ça contre nous, assuré-je. Elle finira bien par se fatiguer.

– J'ai peur qu'elle finisse surtout par se blesser…

Il grimace, cherche de nouveau à attraper Mia, mais elle se faufile hors de ses bras. Désemparée, je comprends qu'il n'ose pas utiliser sa force pour l'arrêter. Sa fille s'éloigne de nous et reprend le combat plus vigoureusement.

– Qu'est-ce qu'il avait de si spécial pour la mettre dans cet état ? soulevé-je.

– C'est le premier cadeau que je lui ai fait à son arrivée à Skagway.

Alors là, forcément... Nous avons affaire à un doudou on ne peut plus symbolique.

Montgomery se ronge l'ongle du pouce à présent. Je lui presse la main pour lui rappeler ma présence à ses côtés et l'incite à retenter une approche. À deux, cette fois.

En voyant son père revenir à la charge, Mia s'empare de cadeaux factices qu'elle balance aussi loin que ses petits bras le lui permettent. Je m'interpose entre eux pour briser la spirale. La gamine hésite.

– Va-t'en, Lily !

Elle jette un énième cadeau, mais vise mal à dessein. Elle ne veut pas prendre le risque de faire mouche.

– Ils-ont-tout-gâ-ché !! assène-t-elle en multipliant les projectiles. Noël est an-nu-lé !

Depuis toujours, je fais savoir à Skagway combien je déteste ces fêtes de fin d'année. J'aurais dû me réjouir d'avoir enfin trouvé une alliée pour tout saccager. Mais entendre ces mêmes récriminations dans la bouche d'une fillette d'habitude si enjouée et volontaire que Mia... je ne sais pas...

Ça me dérange. Ça me donne l'irrémédiable envie de lui prouver qu'elle a tort.

Mais comment faire pour réenchanter Noël, quand on n'y a jamais cru ?

– Mia, tu dois arrêter. Tu vas finir par te blesser, insiste son père. Et puis il y a des décorations à Lily dans ce tas, regarde les lutins. Elle n'y est pour rien dans l'incendie, imagine si tu casses ses affaires ?

Assaillie par le doute, Mia suspend son geste. Moi, je frémis à l'idée qu'elle ait mutilé un des nains de jardin de ma mère. Je vais vraiment passer un sale quart d'heure, voire être définitivement rayée de son testament.

– Ce n'est pas grave, assuré-je tout de même. Je sais que ce doudou était important pour toi, mais l'essentiel aujourd'hui, c'est que ton papa et toi, vous alliez bien, non ? Il est toujours là, lui, il pourra t'offrir un autre doudou. Il va rester à tes côtés et t'en donnera encore des tas, tu verras.

J'interromps mon discours, car ce n'est pas avec une gamine de quatre ans que je vais pouvoir débattre de la valeur sentimentale que l'on confère à certains objets, en fonction du lien unique qui nous relie à la personne qui nous les offre. Malheureusement, je n'ai pas le manuel pour expliquer simplement la vie aux enfants.

– J'arrive, Mia, la prévient Montgomery. Ne me lance rien dessus. Rappelle-toi, on a déjà parlé de la ligne à ne pas franchir.

Il furète jusqu'à elle à pas feutrés. J'hésite à faire de même. Je crains qu'elle ne se sente acculée et surréagisse.

– Laisse-moi tranquille ! lance-t-elle. T'approche pas de moi !

Montgomery persévère. Arrivé à sa portée, il s'assied dans la neige et ouvre les bras. Il entonne une berceuse pour elle. Une comptine parlant d'un oisillon tombé du nid, qui cherche sa famille à grands cris.

– Tais-toi, je veux pas de chanson, d'abord !

Je ne reconnais pas cet air, mais certains vers se répètent et je les reprends avec lui tout en les rejoignant avec prudence pour ne pas braquer Mia. Montgomery lui raconte que l'oisillon rencontre en chemin plusieurs amis qui lui offrent des câlins et du grain. Sans insister, mon voisin reste les bras tendus, sans bouger. Une invitation, pas une obligation.

Je m'installe à proximité, les fesses dans la neige humide, et imite sa position. Vers la fin du morceau, l'oisillon cesse de pleurer et se met à pépier joyeusement avec ses nouveaux amis. Reconnaissant enfin la voix de leur petit, ses parents descendent des cieux pour le ramener à la maison. Mia cesse de gesticuler, comme si elle venait de basculer dans un monde parallèle, tel un Disney, où une chanson suffirait à tout changer.

Quelques secondes plus tard, elle s'effondre en pleurs dans les bras de son père. Je la serre par-derrière en un gros câlin sandwich.

– Nous t'aimons tous très fort, ma chérie, la console-t-il. Regarde cette rue, nous ne sommes plus seuls. Aujourd'hui, tous les voisins ont proposé de nous aider et en moins de temps qu'il n'en faut pour le dire, on retrouvera la maison. Les choses finiront par s'arranger, je te le promets. Mais il faut rentrer chez Lily, maintenant, d'accord ?

La fillette hoche la tête et accepte de se laisser porter par son père. Nous la ramenons enfin chez moi, où Viviane nous attend, un chocolat chaud à la main, qu'elle tend immédiatement à Mia pour la réchauffer.

Alors que son père l'installe dans le canapé et lui met un plaid autour des épaules, je reste en retrait aux côtés de ma sœur et les observe.

– C'est si dur de ne rien pouvoir faire, avoué-je dans un souffle. Tout aurait été plus simple si j'avais continué à le détester.

Les bras de Vi viennent immédiatement s'enrouler autour de mes épaules, et sa voix résonne dans mon oreille :

– Honnêtement, je pense que tu n'as jamais haï personne, chère sœur. Et surtout pas lui.

Par prudence, je préfère ne pas relever.

CHAPITRE 29

MONTGOMERY

Avoir vu Mia s'effondrer devant les décorations de Noël m'a fait comprendre qu'il me faut plus que jamais assurer dans mon rôle de père afin de lui offrir une vraie stabilité. Qu'importent les épreuves, je me dois d'être le socle, solide et inébranlable, sur lequel elle va bâtir son avenir.

Sur cette bonne résolution, je me lève encore plus tôt que d'habitude. J'ai fort à faire de l'autre côté de la rue. Je sors de la chambre sur la pointe des pieds pour ne pas déranger ma fille qui me paraît bien minuscule dans le grand lit de Lily. Malgré mes efforts, je ne suis pas le premier réveillé. Deux silhouettes se détachent autour de la table du salon, baignées dans l'aurore blafarde qui perce par la baie vitrée.

– Bonjour, tout le monde ! salué-je gaiement.

– Salut Monty ! Viens te joindre à nous, m'apostrophe Viviane. J'ai fait des pancakes.

Coiffée d'une queue-de-cheval, Lily me toise de haut en bas et hume l'arôme de son café, mine de rien, bien que ses joues rosissent sous mon regard. Je dois me mordre l'intérieur de la joue pour ne pas laisser paraître le sourire béat qui me titille les lèvres.

– Vous avez bien dormi ? demandé-je en prenant place autour de la table.

Dès que je suis assis, Viviane me répond en poussant le plat vers moi :

– Après les péripéties d'hier, je suis tombée comme une brique !

Davantage sur la réserve, Lily délaisse son repas pour se masser les tempes.

– J'ai eu ta comptine de l'oiseau en tête toute la nuit, j'ai cru que j'allais devenir folle…

– Je peux trouver encore plus agaçant pour t'aider à la chasser de ta mémoire…

– N'y pense même pas !

Sous la table, nos jambes se frôlent. Quand le pied de Lily descend lentement le long de mon mollet, je mords dans mon premier pancake pour camoufler mon trouble. Qu'est-ce que j'aimerais pouvoir balayer la table d'un grand revers de la main et l'attirer à moi pour m'imprégner à nouveau de son parfum aux notes de tête de violette et de myrtille ! Je voudrais sentir son cœur pulser dans les veines de son cou alors qu'elle se blottirait dans mes bras, mais nous ne sommes pas seuls.

– Tu devrais aller te chercher du café pendant qu'il y en a encore, me conseille Viviane. Une fois les jumeaux debout, ils vont tout siphonner en un éclair.

Je me redresse, contourne la table et en profite pour caresser discrètement la nuque de Lily en passant derrière elle. Un frisson lui remonte le long du dos. Tournant la tête vers moi, elle agite son mug sous mon nez.

– Tu pourrais me resservir pendant que tu y es ?

Son regard est aussi flamboyant que ses cheveux, presque incandescent. Je sens sa brûlure sur ma peau partout où il se pose, tellement plus intense que le café chaud que je verse dans nos tasses en cuisine. J'ai presque envie d'attraper le bac à glaçons dans le congélateur pour m'aider à résister à cette fièvre qui s'immisce en moi et me dévore avec langueur.

Mon salut apparaît toutefois sous une autre forme. Dans le couloir, des pas se rapprochent au petit trot. Je feins de ne pas les remarquer jusqu'à ce que… BAM ! Mia se greffe sur mes jambes en les ceignant de ses bras sans dire un mot.

– Ah ! J'ai été piqué par un moustique ! gémis-je en me grattant les cuisses.

Mia se décolle alors pour venir me tapoter le bras.

– C'est moi, papa !

Je lui ébouriffe les cheveux pour me venger, mais ça n'a pas l'effet escompté. Elle ne rit pas, ne proteste pas plus que ça. Je commence à m'inquiéter quand je remarque que son regard est vissé sur…

une peluche. Calé sur une étagère de la cuisine, un très joli chat tient entre ses pattes le gobelet de ma fille. Il porte d'ailleurs un costume de saison : bonnet et veste rouges bordés de blanc. Mia pointe un index dans la direction de son nouveau doudou – probablement offert par les habitants de cette maison –, puis se ravise dans la seconde. Elle récupère son gobelet le plus vivement possible et file s'attabler avec les deux suspectes sans émettre le moindre commentaire. Je lui emboîte le pas.

– Tu as faim ? lui demande Lily.

Dans un hochement de tête, Mia réquisitionne déjà le pot de pâte à tartiner. Tandis que j'en dévisse le couvercle, elle continue de jeter des coups d'œil rapides en arrière. Néanmoins, elle cesse son manège le temps d'étaler le chocolat-noisettes sur son pancake, avant de reprendre sa partie de Un-deux-trois-soleil avec la peluche dès qu'elle commence à manger.

– C'est quoi, ce chat à grandes pattes ? finit-elle par demander d'une voix craintive.

– Il a frappé cette nuit à la porte de Martha, il avait besoin d'aide pour trouver la bonne adresse, lui apprend Lily. Il était tout gelé, mais il avait une mission très importante à accomplir, alors il a bravé la tempête sans hésiter.

– Pourquoi il a des habits de Père Noël ? Il travaille pour lui ?

– Ce n'est pas impossible, commente Vi. Il a un joli petit museau de Lutin Félin.

Les épaules de Mia s'affaissent.

– Alors, je vais avoir des problèmes. J'ai cassé son traîneau, je sais que je vais être privée de cadeaux.

– Le Lutin lui a raconté l'accident de ton doudou, interviens-je. Le Père Noël a très bien compris que tu avais agi sous le coup du chagrin. Ça arrive et l'important, c'est de s'excuser sincèrement.

– C'est quoi, sa mission, s'il est pas là pour me donner la fessée ?

– Il te cherchait pour devenir ton ami, complète Lily. Il a entendu dire qu'avec une petite fille comme toi, on vivait de grandes aventures tous les jours. Et il s'ennuyait tellement au pôle Nord qu'il voulait te rencontrer. Tu penses que tu pourrais t'en occuper ?

– Je sais pas, grimace Mia en léchant sa cuillère.

J'ignore où Lily a dégoté ce nouveau doudou, mais je rêve de l'embrasser pour la remercier de sa prévenance… Bon, pour être honnête, ce n'est pas que pour ça !

– On a vraiment besoin de toi, ajoute Viviane. Il fait des bêtises. Il n'arrêtait pas de jouer avec la vaisselle avant ton arrivée, j'ai cru qu'il allait tout casser ! Ton doudou, il était sage comme une image. Je suis sûre que tu sauras très bien veiller sur celui-ci.

Mia fronce les sourcils comme pour peser le pour et le contre, puis capitule :

– D'accord.

Son ton est monocorde. Elle lutte pour rester détachée, sûrement par peur d'être à nouveau triste. En déposant son gobelet vide au bord de l'évier, elle soulève le doudou par les aisselles, l'admire sous toutes les coutures. D'une quarantaine de centimètres de haut, il a été crocheté dans une laine arc-en-ciel. En dehors de son museau et de ses bouts de pattes blancs, des couleurs vives se succèdent sur son corps filiforme, renforçant la joie qui émane de son sourire brodé. Mia lui plante un baiser sur la truffe.

– Faut qu'on parle, toi et moi ! lance-t-elle avant de s'éclipser avec lui aux toilettes.

Je pouffe de rire devant son air si sérieux. À la manière dont elle le presse contre son cœur, il est évident qu'elle l'a d'ores et déjà adopté. Par la porte restée entrouverte, je l'entends babiller, se présenter à son nouveau doudou et lui dicter quelques règles de savoir-vivre.

– Qui dois-je remercier pour cette surprise ? souris-je.

Viviane désigne Lily du menton, qui accuse à son tour sa sœur.

– Vi a trouvé le patron de cet Amineko. Il fait fureur sur le Web ! J'ai fourni le matériel et Martha s'est mise à l'œuvre avec ses doigts de fée.

– Je vous revaudrai ça.

– Pas la peine ! coupe Lily en me lançant une orange. Le sourire de Mia vaut tout l'or du monde. Finis donc de manger, tu vas avoir besoin de forces pour attaquer le chantier !

CHAPITRE 30

LILY

La chair de poule qui me couvre les bras n'a rien à voir avec les hivers sans fin en Alaska. J'observe Montgomery alors qu'il rattrape avec assurance l'orange que je lui lance. Est-il aussi frustré que moi par toutes ces sensations contraires ? Je dois m'empêcher d'exploser, rester neutre… Ouate de phoque ! Ce regard de braise m'enflamme alors qu'il décortique chaque partie de mon corps, analyse chaque parcelle de peau que j'ai laissée découverte… Quel enfer ! J'avale le reste de mon petit déjeuner en vitesse pour fuir les lieux le plus tôt possible. J'ai besoin de prendre du recul par rapport à tout ça !

Au volant de Gibson, ma conduite se révèle un tantinet agressive. Il y a trop de choses qui s'agitent en moi : des oui, des non et des peut-être. Arrivée au *Gold Nugget*, je m'efforce toujours de canaliser mon énergie. Je contourne le restaurant pour passer par la porte de service et je dois batailler pour préserver mon équilibre : il a fait si froid cette nuit que la neige a gelé, faisant du trottoir une véritable patinoire. Il va vite me falloir jeter du gros sel là-dessus si on veut avoir des clients dans la journée !

Accrochée à une gouttière pour m'éviter une pirouette malencontreuse, des éclats de voix me parviennent depuis les bennes à ordures.

– Je ne cherche pas à te forcer, mais j'en ai marre d'attendre et de me cacher. On est deux dans cette relation, et je pense que mon bien-être est tout aussi important que le tien. Tu peux le comprendre, non ?

– Tu ne cherches pas à me forcer ? Alors que tu me relances sans arrêt ?

– Je t'aime, Adrian. Je suis fatigué de devoir me contenter de miettes alors qu'on pourrait être heureux ensemble. Se voir cinq minutes entre deux portes, comme des voleurs, ce n'est pas l'amour dont je rêve !

Je grimace, le souffle suspendu. Si j'avance encore, je vais tomber comme un cheveu sur la soupe, au beau milieu d'une dispute entre Taylor et son petit ami. *Bonjour le malaise !*

Malgré tout, après le mal que j'ai eu à arriver jusqu'ici sans finir étalée par terre avec les os brisés, je ne suis pas plus tentée par l'idée de faire demi-tour pour passer par la grande porte. Je me cramponne donc un peu plus à la gouttière. Quitte à être coincée là, autant tendre l'oreille !

– Je t'aime aussi, Taylor, soupire Adrian avec défaitisme.

La pause qui s'ensuit est entrecoupée par le bruit de froissements de tissus, je suppose qu'ils se sont pris dans les bras. Cependant, ce répit n'est que de courte durée.

– Comment tu peux me demander de faire mon coming-out quand on voit comment s'est passé le tien ?

– J'étais seul à Juneau, et mes parents sont de vieux réacs. Toi, tu as une famille qui t'aime et tu sais que je suis là pour toi. Quoi qu'il se passe !

– Je n'ai pas ton courage, Taylor !

– Mon courage ? Je ne te demande pas de tout plaquer comme je l'ai fait à Juneau. Je t'encourage simplement à assumer qui tu es vraiment devant les personnes qui t'aiment !

– Tout paraît si simple quand tu le dis… En réalité, je suis au bord d'une falaise et toi, tu me demandes de sauter alors que je n'ai qu'un vieux parachute rapiécé et une chance sur deux de m'écraser en bas ! proteste Adrian. C'est de la folie !

Je risque un bref coup d'œil à l'angle du mur. Les deux jeunes hommes se font face, la tête baissée. Les traits de leurs visages sont tordus par leurs douleurs respectives, par leurs sentiments qui débordent autant que par leur peur de l'inconnu.

– Lily m'a proposé son aide, l'autre jour, reprend Taylor. Elle pourrait prendre la température avec tes parents lors d'un brunch, voir comment ils vivent les manifs LGBT, le mariage pour tous, ce genre de choses. Ça ne t'exposerait en rien.

Un silence suit cette proposition, mais je vois déjà Adrian secouer la tête, puis, dans un murmure :

– Honnêtement, Taylor, je ne sais pas…

– Bah justement ! Tu n'as pas envie de savoir ?

L'espoir transparaît dans la voix de mon collègue et me serre le cœur. L'idée que je sois mêlée à ça, même indirectement, me bouleverse, car il est possible que si Adrian accepte, je sois celle qui enterre définitivement l'avenir de leur couple…

– La vérité n'est pas toujours bonne à entendre, reprend Adrian, plus assuré. Et puis quand Lily Mackenzie entre en mode bulldozer, ça fait des dégâts. Elle nous jetterait sous un bus sans le vouloir… Non, on tourne en rond, là. Stop !

J'en reste bouche bée. Je vais déployer mes talents de bulldozer s'il y tient tant ! D'une démarche quasi militaire, je m'engage dans l'arrière-cour pour les rejoindre. Taylor et Adrian se tournent vers moi comme un seul homme. La seconde suivante, ma semelle dérape sur le sol gelé. Je mouline des bras et patine en criant avant de m'écraser contre la benne la plus proche dans un BLONG fort disgracieux.

– Qu'est-ce que je disais ? ironise Adrian en levant les yeux au ciel.

La puanteur qui émane des poubelles me fait froncer le nez. Taylor se précipite vers moi, sans perdre une seconde son équilibre, lui, et me tend une main amicale que j'accepte avec toute la dignité qu'il me reste. J'avance précautionneusement jusqu'au perron pour rejoindre l'insolent avec un peu moins de panache que prévu, mais toujours autant de mordant.

– Je ne vais pas prétendre ne pas avoir entendu la fin de votre conversation, commencé-je. Et je ne manquerai pas de revenir un jour sur ce qualificatif de « bulldozer » que tu m'as si gentiment attribué, Adrian.

Ce dernier ne fait même pas mine d'être désolé. Si je n'essayais pas de soutenir Taylor, je me serais bien chargée de l'étriper ! Non, mais qu'est-ce qu'il lui trouve ?!

– Pour le moment, je te dirais simplement qu'accepter la main tendue d'un ami ou d'un voisin ne tient qu'à toi. Sache qu'en restant au fond de ton placard, tu risques de passer à côté de ta vie. L'amour, c'est galère, mais il faut savoir se battre pour le défendre. Sinon, tu resteras seul. Si c'est la vie que tu choisis, assure-toi de ne pas avoir de regrets, et n'entraîne pas Taylor dans ce mensonge. Parce que, crois-moi, quand tu trouves la bonne personne, ça vaut la peine de le crier sur tous les toits, peu importe ce que les autres en pensent !

Les yeux écarquillés, Taylor me dévisage comme si j'avais perdu la raison.

– Tu t'es cogné la tête contre la benne ?

– Non, pourquoi ?

– Dois-je te rappeler ton discours après ta rupture avec Spencer ? Quoique non, c'était beaucoup trop violent et Adrian n'a pas besoin d'entendre ça à l'heure actuelle.

– Est-ce que tu peux arrêter de m'infantiliser ? soupire le concerné avec un sourire pourtant amusé.

Taylor l'ignore et m'observe avec attention.

– Et là, tout d'un coup, Lily Mackenzie nous sort les violons ? C'est bizarre.

Je hausse les épaules pour dissiper le malaise qui m'envahit. *Non, je n'ai pas pensé à Montgomery en prononçant ces mots !*

– Je ne me battais pas pour la bonne personne, esquivé-je. Spencer était un abruti ! Par contre, je crois très fort en vous, les gars, et je crois aussi en tes parents, Adrian. Je les connais depuis toute petite et je ne les ai jamais vus se comporter comme de sales homophobes.

Le petit ami de Taylor danse d'un pied sur l'autre, incapable de trancher. Il joue avec sa montre Gucci qui lui a sûrement coûté un mois de salaire et se mord la lèvre. Mon collègue et lui ne pourraient être plus différents… Taylor est authentique et bon vivant, Adrian a un aspect très superficiel et n'aime clairement pas parler pour ne rien dire. Aujourd'hui, je comprends que cette attitude fermée cache en réalité des blessures qui l'ont dominé pendant toutes ces années.

Je connais cet énergumène depuis le jardin d'enfants. Nous avions trop d'écart d'âge pour être amis, mais je l'ai vu grandir comme tous les habitants du village. Gamin, il jetait des pierres sur le pare-brise des voitures. Adolescent, il se cachait derrière l'estrade du stade pour fumer de l'herbe. Aujourd'hui, j'ai l'impression qu'il passe tout son temps libre à lustrer la carrosserie de la voiture que son père lui a offerte afin de l'exhiber au monde. Pour résumer, j'ai toujours pensé qu'Adrian Miller était un petit con… Jusqu'à aujourd'hui. Je comprends enfin la fragilité qu'a vue Taylor en lui, et moi, je me rends compte que j'en sais bien peu, finalement, sur mes voisins !

– C'est tout petit, Skagway, déplore Adrian. Mon coming-out ferait le tour de la ville en moins de vingt-quatre heures, c'est trop risqué. Je ne supporterais pas le regard des autres.

– Adrian… Est-ce que tu sais seulement avec qui tu vis ? Ici, ce n'est pas Juneau. Les gens sont super sympas avec moi. J'ai un appart, un job, des amis. Il y a bien quelques regards de travers, je ne vais pas te mentir, mais ils sont tellement rares comparés à ceux qui m'acceptent comme je suis, et je me sens tellement libre ! J'aimerais que tu connaisses ça, toi aussi.

Taylor prend son petit ami par la main dans un geste si tendre et intime que je me sens immédiatement de trop. Je m'éclipse à l'intérieur, en priant pour qu'ils trouvent enfin comment s'épanouir ensemble, loin de tout jugement.

CHAPITRE 31

MONTGOMERY

Le banquier consulte les documents que je lui ai apportés avec une lenteur exaspérante. Malgré le fait que mon avenir entier repose entre ses mains, vu son air morose, il pourrait aussi bien lire une vulgaire recette d'œufs brouillés.

– Tout y est, monsieur Stanford. Le montant de mes indemnités liées au chômage technique, mes charges mensuelles et mes recherches d'emploi pour faire évoluer ma situation. Il y a aussi l'acte notarié de ma tante Adélaïde qui souhaite se porter garante pour le prêt, ainsi que le meilleur devis que j'aie pu établir auprès de Sergei Ivanovski.

Mon interlocuteur se frotte le menton d'une main pensive tout en continuant d'éplucher les chiffres alignés devant lui.

– Tout le monde connaît Sergei par ici, réfléchit-il à voix haute. Il n'est pas du genre à se lancer dans un chantier qui pourrait ne pas aboutir. Et votre tante a également fait beaucoup pour notre communauté en son temps. Je suis donc plutôt favorable à votre demande. À quelques ajustements près.

De la pointe de son stylo-plume, il prolonge la période de prêt et hausse légèrement les intérêts.

– Voilà qui devrait couvrir la prise de risque.

On en revient donc à la même offre que celle obtenue de l'autre banque. Addie pensait que ses liens avec le conseiller joueraient à mon avantage… Quoi qu'il en soit, je refuse de m'avouer vaincu ! Chapardant un stylo dans le pot à crayons à ma droite, je griffonne mes propres chiffres, à mi-chemin entre la proposition initiale et la version corrigée par M. Stanford.

– Ma fille de quatre ans vient de me rejoindre en ville. Sa présence entraîne des frais supplémentaires dans mon budget. Je ne peux donc pas me permettre plus que ce que j'ai écrit là, mais si je trouve du travail dans les semaines à venir, je reviendrai frapper à votre porte pour réévaluer tout cela avec vous.

Les négociations se poursuivent et je ne lâche rien. Petit à petit, les questions du banquier se font plus personnelles. Pourquoi avoir choisi d'élever ma fille au fin fond de l'Alaska plutôt qu'à New York ? Pourquoi avoir tant tardé à rejoindre ma tante après la mort de son mari ? De là, nous échangeons quelques anecdotes sur Addie et je comprends combien l'isolement dans lequel je me suis plongé à mon arrivée à Skagway a pu me nuire. Ce sont les liens d'amitié qui font vivre le village et me tenir éloigné de chacun n'a entraîné que de la méfiance à mon égard, là où Addie m'avait préparé un terrain pourtant favorable à mon intégration…

M. Stanford valide ma demande à la fin de notre rendez-vous et me fait promettre de passer avec Mia au club de lecture pour tout-petits, fondé par sa femme. Alors que nous nous serrons la main, l'étau autour de mon cœur se relâche enfin.

Après un crochet par le magasin de bricolage, je rentre à la maison, remonté à bloc. Si j'ai pu obtenir ce fameux prêt, c'est aussi parce que je me suis engagé à me charger moi-même d'un maximum de travaux pour ne pas alourdir la facture. Première étape : le nettoyage. Armé de mes nouveaux outils, j'abats, j'arrache, je débarrasse. La machine à laver déformée par le brasier me donne beaucoup de fil à retordre, car je peine à débusquer de bonnes prises pour la caler sur le diable. Malgré tout, près de la boîte aux lettres, les encombrants s'amoncellent à vitesse grand V. Heureusement, Sergei m'a proposé de passer avec sa camionnette pour emporter tout ça à la déchetterie quand j'aurai fini.

Alors que j'y dépose une énième fournée de bouts de plâtre et de plinthes calcinées, une voiture s'arrête devant chez Lily. Mia me fait signe depuis son siège enfant sur la banquette arrière alors que Viviane me klaxonne joyeusement.

– Coucou, papa ! claironne ma fille en traversant en compagnie de notre voisine, son nouveau doudou à la main.

– Coucou, ma belle !

Son regard erre sur l'amas de déchets.

– Tu fais pousser des montagnes dans le jardin ?

Viviane rit avec moi avant de tenter de rattraper ma fille qui s'avance entre les débris.

– Qu'est-ce que tu veux, Mia ? demandé-je en la soulevant, alors qu'elle s'apprête à marcher sur un câble électrique.

– Faut que je t'aide, papa ! s'écrie-t-elle. C'est par où qu'on commence ?

Elle bat des pieds pour exiger de retrouver la terre ferme, puis feint de retrousser ses manches.

– Et si on laissait papa travailler et qu'on allait plutôt prendre le goûter ? propose Viviane quand je la relâche.

– J'ai pas faim, proteste-t-elle. Lena a apporté des gâteaux et on les a mangés pendant la récré !

Sur ces mots, elle se rue à l'intérieur de la maison. Je soupire, je vais de toute évidence devoir ralentir sur les travaux, mais je sais qu'il est impossible d'arrêter ma fille quand elle est aussi déterminée.

– Merci beaucoup de l'avoir ramenée, Viviane, capitulé-je. Je vais prendre le relais.

Ma voisine me sourit, attendrie, et hoche la tête. Quand je rejoins Mia, je la trouve debout sur un tabouret, en train de faire couler de l'eau sur une éponge. Refermant le robinet, elle saute à terre et trotte jusqu'au fond du couloir où elle entreprend de frotter le bas des vitres couvertes de suie.

– Oh hisse ! Oh hisse ! chantonne-t-elle à chaque flexion de ses petits bras.

J'ai peur qu'elle ne se blesse, mais à chaque fois que je tente de la dissuader, Mia décline. Je veille donc à ce qu'elle s'attelle à des tâches simples jusqu'à ce qu'elle soit suffisamment fatiguée pour céder.

– J'ai bien aimé, tu sais, ta chanson avec le bébé oiseau qu'est tombé de l'arbre, m'apprend-elle en sirotant une brique de jus de pomme. Tu crois que si je chante assez fort, ça aidera maman à nous retrouver ?

Interloqué, j'arrête de décoller les carreaux abîmés des murs de la buanderie. Ma fille a l'art de me poser ce genre de question quand je m'y attends le moins !

– Ce… ça ne marche pas comme ça pour les humains, regretté-je, le regard fuyant.

– Et pourquoi pas ?

– Parce que dans la vraie vie, ce n'est pas toujours l'oisillon qui tombe du nid. Parfois, ce sont les parents qui le quittent de leur plein gré.

Mon regard se perd dans le vague alors que j'expérimente à nouveau cette sensation d'oppression dans la poitrine.

Kenza... Où es-tu à cet instant même ? Que fais-tu ? Es-tu seulement encore en vie ?

– Parce que les humains, ils décident eux-mêmes de ce qu'ils disent, de ce qu'ils font, et d'où ils vont.

On ne peut pas les commander. Sinon, souvent, on devient méchant en faisant ça.

Mia fronce les sourcils. Je comprends qu'elle essaye d'assimiler ce que je dis, mais c'est sûrement trop vague pour une petite de quatre ans… Pour une enfant qui réclame simplement sa maman.

– T'as déjà essayé de chanter pour maman ? reprend-elle en secouant la tête.

– Non.

– Alors moi, je vais le faire. Y'a que comme ça qu'on peut savoir !

J'ai le cœur plus lourd que le marteau que je tiens tant je me sens impuissant. Pourtant, le timbre maladroit de Mia me réchauffe le cœur. Elle déborde tellement d'optimisme, de bonne humeur, que je n'ose la contredire. Je ne veux pas être celui qui fera couler ses larmes…

– Ah ! Tu vois, je te l'avais bien dit que ça venait de chez Monty ! tonne une voix sur le seuil de notre porte.

Parfait timing ! Je cache difficilement mon soupir de soulagement, avant de faire face à l'intrus qui s'avance d'un pas. Avec ses épaules carrées et sa musculature, on pourrait le confondre avec un joueur de football américain, mais ses vêtements tachés de cambouis et ses cheveux bruns au dégradé mi-long racontent une tout autre histoire.

– On s'est jamais vraiment présentés, commence-t-il avec un sourire franc. Moi, c'est Mike. J'habite trois maisons plus bas dans la rue.

– Ravi de pouvoir mettre un visage sur ton nom ! le salué-je en lui rendant sa poignée de main. Comment va Viviane, aujourd'hui ?

Aïe ! D'une poigne de fer, il s'applique à me broyer les articulations.

– Eh ! Martha m'a dit que t'étais un mec réglo, proteste-t-il. Joue pas à ça avec moi ! Si tu dis à Vi que je me planque ici, je t'enterre au milieu de ton bordel là-bas !

Derrière lui, le rire si communicatif de Joe, le fermier chez qui j'achète mon lait chaque semaine, s'élève alors que Mia intervient :

– C'est quoi un « bordel », papa ?

Je n'ai pas le temps de répondre que Joe s'empresse de détourner son attention en la prenant dans ses bras.

– Mais c'est que la Schtroumpfette est là aussi ! Viens faire un tour dans les airs, petite chipie.

Elle pépie alors qu'il la fait danser à travers le salon.

– Pardon pour le langage, reprend Mike. On est venus voir comment tu t'y prenais pour faire autant de raffut ! Ça fait tellement de temps que tu tapes et ponces qu'on a cru que tu t'étais évanoui d'épuisement. Nous voilà donc avec un petit remontant !

Avec un clin d'œil complice, il soulève un pack de bières qu'il tient à bout de bras.

– Et si tu arrives à masquer ma présence ici aux yeux de Vi, il se pourrait même que je vienne te filer un coup de pouce de temps en temps. Parce qu'à toi seul, tu y seras encore à Pâques ! Jamais vu un bazar pareil !

J'hésite à peine une seconde avant de céder à l'entrain de mes voisins. Pour une soirée, je m'accorde une pause. Je laisse la garde de Mia à Viviane et rejoins Joe et Mike chez moi pour un apéritif autour d'un paquet de Cheetos.

CHAPITRE 32

MONTGOMERY

Les jours défilent à une vitesse folle. Comme promis, Mike et Joe passent souvent me donner un coup de main. Leur chahut rythme d'ailleurs les travaux bien plus efficacement que les crachotements de la radio.

Aujourd'hui, Sergei a emporté mon barda à la déchetterie et on a enfin pu entamer la reconstruction du circuit électrique. Ainsi, quand je rentre au chalet ce soir, je suis exténué, perclus de courbatures que même une douche brûlante peine à repousser.

En entrebâillant la porte de la chambre de Lily, je trouve Mia endormie. Je vais donc à l'étage sur la pointe des pieds, priant pour ne pas tomber nez à nez avec Sean ou Avery qui ne manqueraient pas de sonner l'alerte générale pour le plaisir de semer la zizanie. Je frappe doucement sur le battant de la porte du bureau d'où un rai de lumière s'échappe. Après quelques secondes, Lily m'ouvre, en nuisette.

Son regard s'éclaire alors qu'elle agrippe le col de mon tee-shirt et me tire à l'intérieur sans préambule avant de refermer derrière nous.

– Enfin ! susurre-t-elle en verrouillant ses doigts sur ma nuque.

Avec une fougue que je ne cherche même pas à contenir, je m'empare de sa bouche. Mes mains ne savent où se poser, papillonnent de son dos à ses hanches, s'empêtrent dans les plis du tissu qui recouvre sa peau. Nos langues entament un ballet fiévreux et affamé. Nous basculons alors sur le clic-clac.

– Tu m'as manqué, souffle Lily, les lèvres gonflées de désir.

– Ne pas te voir de la journée, c'est de la torture !

Ma faim n'est pas rassasiée. Front contre front, tous deux étendus sur le flanc, je remonte la nuisette de Lily sur ses reins et effleure sa cuisse du bout des doigts. Elle me retire mon tee-shirt dans la foulée, avant de rabattre la couette sur nous. Elle laisse échapper un gémissement lorsque ce même doigt vient titiller son intimité par-dessus son sous-vêtement. Elle lève un regard implorant vers moi tout en resserrant les jambes, afin de briser les vagues qui partent à l'assaut de son corps entier.

– Tu ne veux pas ? m'inquiété-je de ce revirement.

Elle se plaque tout contre moi pour ne plus laisser le moindre espace libre entre nous.

– Tu n'imagines même pas à quel point j'en ai envie, avoue-t-elle. Cette clandestinité a le don de m'exciter, crois-moi !

Elle se mord la lèvre, les yeux baissés derrière ses boucles rousses.

– Je sens venir un « mais », deviné-je.

– Au final, on se connaît à peine, toi et moi. Je rêve de me laisser aller à cette alchimie que je sens entre nous, mais j'aimerais en apprendre davantage sur toi. Il n'y a pas si longtemps, je te haïssais. Il n'y a pas si longtemps, je me jurais de ne laisser personne s'approcher de mon cœur après les déceptions que j'ai subies. Aujourd'hui, j'ai besoin de savoir qui tu es, d'où tu viens, ce que tu espères, afin que rien ne puisse venir s'immiscer entre nous par la suite. Je rêve d'une belle histoire d'amour, pas d'un coup d'un soir.

Un épais silence s'installe entre nous. Je n'avais encore jamais discerné la complexité de ses sentiments. Ce qui se passe dans ma vie m'empêche de voir clair sur l'avenir. Malgré tout, je veux être celui qui lui donnera ce qu'elle attend.

– Je t'ai vexé ? reprend-elle, inquiète.

J'éprouve tant de mal à faire refluer la fougue qui s'est emparée de moi dès que je l'ai embrassée que je peine à me reconnecter à la réalité. Je n'avais pas saisi à quel point je la désirais avant qu'elle ne nous impose l'abstinence…

– Pas le moins du monde, lui assuré-je pourtant en déposant un sage baiser sur sa joue. Je veux apprendre à te connaître, moi aussi. Je n'ai pas grandi à Skagway, alors je n'ai aucun dossier sur toi. Tant que je suis avec toi, quoi que nous fassions ensemble – ou ne fassions pas –, ce sera toujours merveilleux.

Sans doute gênée par ma déclaration, Lily enfouit son visage sous la couette.

– Qu'est-ce que j'ai pu dire de si terrible pour que tu me fuies déjà ? la taquiné-je.

Le fil ténu de sa voix est étouffé par la ouate. Soulevant les draps, je plonge à sa suite dans les profondeurs du clic-clac pour mieux percevoir ses paroles. Ses yeux brillent dans l'obscurité et je ne peux m'empêcher de lui caresser tendrement la joue. Son souffle chaud vient s'enrouler autour de mes doigts. Très vite, elle s'en empare pour m'emprisonner la main et y déposer des baisers de plus en plus hésitants.

– Tu te trompes, me répond-elle enfin. Tu as quantité de dossiers sur moi, je ne t'ai pas loupé ces trois dernières années. C'est juste que ça m'embête, parce qu'au final, ils campent une fausse image de moi.

– Ne t'inquiète pas pour ça, on les remettra à jour ensemble.

Libérant ma main, je remue pour la prendre dans mes bras. Elle ne peut plus fuir ni trouver de fausses excuses pour me repousser.

– On a connu le pire, toi et moi, ajouté-je en butinant ses lèvres. Il ne reste plus que le meilleur à venir.

– Je ne demande qu'à te croire, relève-t-elle dans un murmure. Mais parfois, même avec la meilleure volonté du monde, les choses dérapent et on ne maîtrise plus rien…

Quelque part, Lily a raison. Kenza et moi, nous nous aimions tant… Et pourtant, ça a viré à un gâchis sans nom. À quoi bon se faire de belles promesses d'entrée de jeu ? Je préfère me cantonner au présent, lui montrer l'homme que je suis réellement et laisser l'avenir décider du reste.

Grisé par notre promiscuité, j'inspire le doux parfum du shampoing à la vanille de Lily et mêle mes jambes aux siennes. Nous discutons de tout et de rien pendant des heures, mais j'en veux toujours plus. Alors, avant de la quitter, je demande :

– Et si je t'invitais à un vrai rendez-vous demain soir ? Rien que nous deux, autour d'un dîner et d'un bon vin. Sans franginc ni gamine.

– J'en dis qu'il va nous falloir d'excellents alibis pour ne pas nous faire griller, répond-elle en se blottissant dans mes bras.

CHAPITRE 33

LILY

Après ma journée de travail, j'hésite longuement devant mon placard au moment de me changer. Monty n'en a pas démordu ; il refuse de me révéler où il compte m'emmener. Comment suis-je censée trouver la tenue idéale, maintenant ? Je ne suis pas devin ! Et malheureusement, afin d'être sûre de garder ce premier rendez-vous secret, impossible de demander conseil à ma sœur…

Faute de précisions, j'opte pour une tenue passe-partout : un pantalon noir skinny, un pull de laine beige ajusté, des bottines à talons, un maquillage soigné et les cheveux lissés. En faire davantage serait de toute façon suspect. Je ne dois pas oublier qu'aux yeux de ma famille, je repars au *Gold Nugget* pour aider Martha à dresser l'inventaire de fin d'année.

Dans le salon, les jumeaux font une partie de Uno avec leurs parents. Mia joue les arbitres et donne un gage à chaque gros mot entendu. Malheureusement pour ma famille, ils ne sont pas fair-play lorsqu'un « + 4 » leur tombe dessus… Avery se retrouve ainsi à parcourir la pièce à cloche-pied tout en caquetant sous les éclats de rire de l'assemblée.

Montgomery fait alors son apparition dans le couloir, juste derrière moi, vêtu d'un élégant pantalon noir et d'un pull à col V par-dessus une chemise amidonnée. Mon cœur se met aussitôt à battre si fort qu'il résonne jusque dans mes oreilles. *Il est canon !*

– Prêt pour ton entretien d'embauche ? lui demande Viviane.

– Absolument !

Il remonte jusqu'à moi en m'adressant un clin d'œil malicieux que je suis la seule à apercevoir.

– Je te dépose ? lui suggéré-je, en prenant mon manteau.

Constatant l'inattention générale sur notre cas, la partie de Uno ayant repris le dessus, nous ne prenons pas la peine de donner d'excuses supplémentaires. Cependant, alors que Montgomery passe innocemment la main derrière moi pour récupérer un bonnet, Viviane débarque dans le vestibule comme un diable bondissant hors de sa boîte.

– ATTENDEZ ! s'alarme-t-elle à grands cris. Ne partez pas comme ça ! Je vous attendais pour faire une grande annonce !

Dans le canapé, Sean couine d'horreur et en lâche toutes ses cartes.

– Me dis pas que t'es enceinte, m'man ?

Son père le bâillonne aussitôt d'une main ferme. Vi me prend par la main pour me tracter dans le salon et laisse un Montgomery complètement perdu suivre le mouvement.

– Tu ne devineras jamais ! me titille-t-elle, les yeux étincelant de fierté.

– Alors dis-le-nous directement, qu'on gagne du temps !

Loin de moi l'idée de gâcher le plaisir de ma sœur, mais sa petite réunion d'urgence ne pouvait plus mal tomber ! J'en ai la gorge nouée tant je dois retenir le flot de protestations qui me vient en tête.

– Non, ça ne serait pas drôle ! Allez, faites un effort !

Mia est la première à se lancer.

– T'as acheté des *Fluffy Charms !*

– Nope ! la contre-t-elle joyeusement. Enfin si, j'ai fait les courses, mais ce n'est pas de ça que je voulais parler. C'est quelque chose de bien plus grand !

– T'as acheté un poney ? reprend-elle, très sérieusement. Une sirène ? Un dragon ?

Sous les rires de mes neveux, je lance un regard de pure détresse à Montgomery. On va se faire sucrer notre premier rencard, à ce rythme.

– Mike t'a trouvé une voiture ? tenté-je.

Vi imite le son d'un buzzer pour réfuter ma proposition.

– Mais tu chauffes ! précise-t-elle néanmoins.

Emmett tape du poing dans sa paume, feignant un air menaçant :

– Si Mike t'a draguée, je ne réponds plus de rien !

– Voyons, laisse les autres flatter mon *ego* ! s'amuse-t-elle en se réfugiant tout de même dans les bras de son mari.

Je soupire devant l'amusement évident de ma sœur à nous faire tourner en bourrique. Par pitié, qu'ils abrègent !

– La supérette… marmonne Montgomery.

Son pied tape le sol à répétition. Il est aussi frustré que moi par ce contretemps.

– Tu as décroché le poste d'hôtesse de caisse ? complète-t-il.

– Oh, tu brûles !

Vi est au bord de l'extase, elle bat des mains comme une gamine surexcitée.

– Mike… Boulot… réfléchit Avery. Mike t'a donné du boulot ?

– OUIII ! C'est toi le meilleur, mon Riri !

Vi sautille comme une pom-pom girl et emprisonne son fils entre ses bras. On frôle les ultrasons et il n'en faut pas plus pour que Mia se joigne à la fête. Cette fois, j'en oublie vraiment mon rendez-vous, trop heureuse de voir ma sœur remotivée après toutes ces épreuves… Les félicitations pleuvent de partout, les accolades aussi. Vi a les larmes aux yeux.

– Tu le mérites tant ! m'exclamé-je en essuyant du pouce la trace de mascara qui a coulé sur sa joue. Je suis fière de toi, grande sœur !

– Mais comment tu as réussi ton coup ? demande Montgomery. Mike tremble à la simple évocation de ton nom !

– Je suis encore allée le harceler ce matin pour qu'il me trouve une voiture. Vous le connaissez : si on ne le pousse pas un peu, on n'en tire même pas le minimum syndical. Il en a eu marre de voir ma trogne et m'a crié : « Si je dois t'avoir dans les pattes tous les jours de la semaine, autant te rendre utile ! »

– Et donc ? l'encouragé-je.

– Il m'a proposé de gérer l'accueil de sa boîte, ainsi que la compta, précise-t-elle. J'ai l'habitude de la paperasse maintenant, et lui a horreur de ça.

Les mains de chaque côté de sa tête, elle fanfaronne timidement. Je ne sais pas si elle voit à quel point nous sommes fiers d'elle.

– Que personne ne bouge ! scande Emmett en se ruant vers la cuisine.

Il en revient avec une bouteille de champagne et des flûtes sur un plateau.

– C'était pour le Nouvel An, mais tant pis. On va célébrer ça comme il se doit !

– C'est que… je dois vraiment y aller, gémis-je. Je ne peux pas laisser Martha se farcir tout le boulot.

– Allez, ma belle-sœur adorée ! On n'est pas à un quart d'heure près !

Pour m'empêcher de filer, il me sert la première. Je me tourne vers Montgomery avec une moue des plus éloquentes. Vaincu, il retire la veste qu'il avait enfilée dans le vestibule et la replie sur le dossier d'un fauteuil. Il profite de ce geste pour m'effleurer les doigts. Dans un haussement de sourcils, Avery nous dévisage d'une manière étrange, avant de plonger le nez dans sa flûte. Montgomery recule sur-le-champ et je m'avance d'un pas dans l'espoir de noyer le poisson.

– À la vôtre ! lancé-je à la cantonade, en levant mon verre pour masquer mon trouble.

CHAPITRE 34

LILY

Quand la porte claque dans notre dos, Montgomery prend ma main dans la sienne et m'entraîne à sa suite. Je cours derrière lui, retenant mon rire. J'ai l'impression de redevenir l'adolescente qui faisait le mur.

– J'ai bien cru qu'on ne sortirait jamais de là !

– Ne m'en parle pas ! gloussé-je. J'achèterai un cadeau à Vi pour me faire pardonner.

Lorsque Gibson apparaît enfin dans mon champ de vision, je trépigne d'impatience.

– Tu ne veux toujours pas me dire où on va ? insisté-je.

– Nope ! me nargue Montgomery. C'est une surprise !

– Je déteste les surprises.

Avec un sourire narquois, il me toise, un soupçon de provocation dans le regard.

– Il va pourtant falloir faire avec !

– Pas forcément… le contré-je d'un ton machiavélique. Je te rappelle que c'est ma voiture, c'est moi qui conduis. J'ai donc besoin de savoir où !

– Donne-moi les clés au lieu de négocier !

Je hoquette d'indignation. Confier mon Précieux à son ancien bourreau ? Hérésie !

– Il faudra me rouler sur le corps avant !

Il s'approche silencieusement, les yeux rivés sur moi. Ses semelles crissent sur la neige alors qu'il m'accule contre la portière conducteur.

– Avec plaisir, me ronronne-t-il à l'oreille.

Mon cœur rate un battement alors que sa main effleure ma hanche pour chercher la mienne, et les clés qu'elle renferme. Je ne suis pas de taille à lutter physiquement contre lui, pourtant je me tortille entre ses bras pour l'empêcher d'obtenir gain de cause. Collant son bassin au mien pour réduire encore davantage ma liberté de mouvements, Montgomery jubile et s'évertue à m'écarter les doigts un par un. Mon ventre se noue et mon cœur fait des loopings dans ma poitrine lorsqu'il baisse le menton au creux de mon cou pour me bloquer la tête. Les lèvres posées sur ma gorge, il me mordille la peau… Je suis à un cheveu d'enrouler mes jambes autour de sa taille pour l'encourager à poursuivre, mais nous ne sommes qu'à une fenêtre de ma famille. Résignée, je rends les armes et fais le tour de la voiture.

– Il vaudrait mieux que la suite soit à la hauteur ! le préviens-je tout de même.

Je boucle ma ceinture et tente de reprendre mes esprits alors que la présence de Montgomery envahit l'habitacle. Bientôt, le véhicule dévale les rues en pente jusqu'à la baie de Taiya. Depuis la rive, les lumières de la ville jettent des reflets dansants sur les eaux noires comme du pétrole, en cette nuit où la lune reste voilée par les nuages.

Alors que nous échangeons des banalités autour des derniers jours écoulés, Montgomery nous fait longer le fjord vers le nord. Au sud, il n'y a que le port, puis l'appel de la forêt. Il finit par se garer près de la passerelle métallique qui enjambe la rivière, gelée à cette époque de l'année.

– Terminus, tout le monde descend ! annonce-t-il.

Dire que je suis perplexe serait un doux euphémisme.

– Mais il n'y a rien par là ! protesté-je. Ne compte pas sur moi pour faire le circuit de rando de Smugglers' Cove de nuit, en plein hiver. Je ne suis pas encore à ce point dégoûtée de la vie !

Il se contente de laisser ses lèvres s'étirer en me regardant sous la petite lumière de l'habitacle. Après un silence durant lequel je m'empêche d'émettre de nouvelles protestations, il demande simplement :

– Lily, fais-moi confiance.

Que répondre à ça ?

Avant que je ne change d'avis, Montgomery m'entraîne vers le pont que nous traversons côte à côte. Le passage est si étroit que je dois me coller à lui et cette fois, c'est moi qui en profite pour effleurer ses doigts.

De jour, la vue sur les montagnes est imprenable, entre terre, ciel et eau. De nuit, les cimes peinent à se détacher du ciel. Alors que nous nous éloignons de l'éclairage municipal, Montgomery sort une lampe torche. Le vent siffle dans mes oreilles et commence à me faire grelotter. Pire encore, les talons de mes bottines ont beau être larges, ils se coincent à plusieurs reprises dans les lattes de la passerelle. Adieu le romantisme !

Montgomery ne se laisse pas abattre et m'entraîne à sa suite, sa main dans la mienne. Sur l'autre berge, nous empruntons sur cent cinquante mètres le sentier qui mène vers le sud-ouest, à la pointe de la péninsule de Yakutania. On y trouve une unique table de pique-nique, préservée des intempéries par quatre piliers de bois et un toit goudronné. Pas le moindre mur pour nous protéger du froid, mais des braseros sont installés à chaque point cardinal. Est-ce que Montgomery est venu cet après-midi pour les allumer ? D'ailleurs, il n'y a pas que ça ! Des guirlandes lumineuses chevauchent les poutres pour simuler la Voie lactée. Quant à la fameuse table, elle est couverte d'une nappe rouge tissée d'or, lestée par des paniers, des Thermos et de la vaisselle.

– J'ai eu l'occasion d'apprendre à te connaître ces dernières semaines et je ne me voyais pas t'emmener dans un resto quatre étoiles guindé, se confie-t-il.

OK, la météo n'est pas idéale, mais tu es une femme sans artifices, authentique et entière, et je trouve que tout ça, ça te correspond b…

– C'est magnifique, le coupé-je pour le convaincre qu'il a parfaitement réussi à me conquérir.

Le cadre est paisible, intimiste, loin des multiples conversations qui se chevauchent, des serveurs qui pourraient nous interrompre au pire moment pour prendre la commande, des familles trop envahissantes ou des petites filles trop curieuses.

Ici, il n'y a que lui et moi, et le Grand Nord tout autour.

CHAPITRE 35

MONTGOMERY

Ici, on n'entend que le hululement des hiboux, le crépitement des flammes et le clapotement de l'eau sur la rive rocailleuse de la baie, ponctués par un chant de loup au loin. Je rêvais d'un moment rien qu'à nous, sans témoins, sans espions. Sans ragots, sans jugements.

Lily s'assied sur un banc que j'ai rembourré d'un matelas. Elle s'empare d'un plaid et se couvre les jambes avec. J'en fais autant de l'autre côté de la table avant de commencer à sortir la nourriture que j'ai apportée.

– J'ai un peu de mal à réaliser ce qui nous arrive, confesse Lily en débouchant une bouteille d'hydromel.

– Il faut dire que tout a changé si vite…

L'alcool tapisse mon ventre d'une chaude caresse. Entre deux gorgées, Lily croque dans un toast au saumon. Martha m'a sauvé la mise en me prêtant sa cuisine et même quelques ingrédients… Et si elle n'a posé aucune question, je pense que c'est parce qu'elle avait déjà son idée sur la personne à qui je destinais mes talents culinaires.

– Si j'avais su qu'il suffisait de décorer ma maison à Noël pour mettre fin aux hostilités, je n'aurais pas attendu le retour de Mia pour me mettre au boulot ! plaisanté-je.

À ces mots, Lily relève la tête, la bouche légèrement entrouverte. S'il n'y avait pas cette maudite table entre nous, je me serais hâté de profiter de ce moment de confusion pour l'embrasser. J'aime cette vulnérabilité qu'elle affiche chaque fois que mes paroles la prennent de court. Elle se frotte les joues pour se réchauffer, mais j'ai l'impression que ce geste sert avant tout à camoufler un début de rougissement. Comment ai-je pu si longtemps la comparer à une reine de glace alors qu'elle est en fait si expressive ?

– J'aimerais être d'accord, mais soyons réalistes… Si tu avais dégainé tout ça sans une Minipouss pour faire tampon entre toi et moi, je t'aurais carré ton étoile de Noël là où je pense ! rétorque Lily en souriant.

Si elle en plaisante, je perçois un trémolo dans sa voix, comme si elle regrettait une réaction aussi violente de sa part pour un fait aussi anodin.

– Pourquoi tant de haine ? relevé-je calmement.

– Parce que je déteste Noël !

– J'avoue ne pas comprendre… Tout le monde aime Noël, non ?

Son visage semble se fermer. Elle triture un toast, l'émiette jusqu'à se mettre du tarama sur les doigts, puis le pose sans en manger un bout pour s'essuyer les mains dans une serviette en papier. J'observe son manège, sourcils froncés, attends patiemment qu'elle me réponde. Après tout, nous sommes là pour nous connaître, pas pour éluder les questions…

– La preuve que non ! soupire-t-elle finalement.

J'attends qu'elle en dise plus, mais elle semble se murer dans un silence prudent. Après un instant d'hésitation, j'ose insister.

– Tu ne vas quand même pas me sortir la carte de l'argument commercial ? raillé-je. À mort, le capitalisme !

Lily me lance une boulette de pain sans me regarder. Ça ne suffit pourtant pas à me convaincre de lâcher prise.

– Tu veux bien m'expliquer ? demandé-je.

Je lui renvoie sa munition d'une pichenette et en profite pour lui attraper la main, de l'autre côté de la table. Les flammes vacillantes des braseros projettent des ombres dansantes sur son visage ainsi que des diamants éphémères dans ses cheveux. Ces menus détails lui donnent l'air de briller de l'intérieur dans la nuit si sombre qui nous entoure. Plus belle que jamais, elle me fait penser à la lumière rassurante d'un phare qui me ramènera toujours à bon port, peu importent les tempêtes que j'ai à affronter.

– Il n’y a pas grand-chose à expliquer, soupire-t-elle. Simple concours de circonstances. Les pires moments de ma vie, les humiliations en public, les adieux forcés, les trahisons… Ils ont tous eu lieu à cette époque de l’année. Honnêtement, je préfère ne plus rien attendre et basculer du côté obscur de la Force pour me protéger du mauvais œil !

– Pour contrer ce mauvais œil, j’aurais besoin d’une liste un peu plus exhaustive de ce qu’il t’a fait subir.

– Tu es sûr d’être prêt à écouter le récit des pires moments de l’existence de Lily Mackenzie ?

– Je ne suis là que pour ça, voyons !

En serrant ses doigts autour des miens, Lily finit par céder. Elle laisse tomber son armure pour me dévoiler ses failles dans un aperçu de son passé. Nous voguons ainsi de la mort de son poisson rouge à la trahison de son ex, je ne l’interromps pas, ne pose aucune question, je la laisse déballer ses rancœurs contre le mauvais karma qui s’est acharné sur elle, et me dévoiler à demi-mot la peine qu’elle ressent encore aujourd’hui.

– Cette année, ce sera différent ! proclamé-je avec douceur.

Plutôt que de reprendre confiance, Lily semble rapetisser sur son banc. Elle vient de me livrer une série de détails intimes sur son passé à partir d’une simple discussion autour du symbolisme de Noël dans le cœur des gens. C’est extrêmement courageux de sa part. Son regard danse autour de moi en évitant soigneusement de croiser le mien. Grâce aux braseros, je vois toutefois ses yeux briller d'une manière exacerbée, comme si elle luttait pour retenir des larmes. J'aimerais tant pouvoir lui transmettre un peu de force et d'optimisme. Elle reprend néanmoins ses esprits sans que j'y sois pour quoi que ce soit.

– Je te sens bien sûr de toi, se moque-t-elle.

– Je n'ai pas encore de plan précis, je l'admets, mais je compte bien remettre des paillettes dans ta vie pour Noël !

Un léger rire fait vibrer sa poitrine. Un sentiment de satisfaction m'envahit à l'idée d'avoir sur elle le pouvoir de lui apporter de la joie quand la tristesse la submerge.

– Et si tu échoues ?

– Je suis sûr que tu sauras me le faire payer, conviens-je. Mais si je réussis, tu devras fêter dignement Noël jusqu'à la fin de ta vie.

Son hésitation est étonnamment brève.

– Marché conclu ! accepte-t-elle avec un sourire qui n'augure rien de bon.

Trop tard pour faire marche arrière !

Alors qu'elle s'applique à découper sa tranche de rôti, Lily prend soin de changer de sujet.

– Avant Mia, c'était comment, les fêtes, chez toi ? Je ne me souviens pas avoir vu de décorations dans ton jardin ces dernières années.

– Des réveillons tout ce qu'il y a de plus classiques : repas trop copieux, interrogatoires sur ma vie amoureuse, oncles bourrés et conversations politiques qui finissent mal. Des rires, des chansons ringardes et des danses qui le sont tout autant !

– Ta famille n'est pourtant jamais venue te rendre visite en Alaska… Je me trompe ?

Je secoue la tête, n'essayant pas de lui cacher ma douleur.

– Ils ne me parlent plus. C'est… compliqué. Je t'envie, d'ailleurs, tu sais ? Tu as des êtres chers présents autour de toi : un lien incroyable avec ta sœur, une grande complicité avec Emmett et les jumeaux, et des parents que tu vois si souvent…

Je pose mes couverts au bord de l'assiette, l'appétit coupé par les souvenirs qui refont surface. Lily voudrait que nous nous dévoilions en toute sincérité et je ne demande que ça. Pourtant, je ne suis pas encore prêt à lui parler de Kenza et de ce que nous avons perdu ensemble.

– Tu peux me passer le sel, s'il te plaît ? relance Lily avec légèreté.

Je cligne des yeux, déboussolé de passer ainsi du coq à l'âne. Je m'exécute avec fébrilité.

– Nous ne sommes pas obligés de tout déballer ce soir, précise-t-elle en assaisonnant ses légumes.

Mes muscles se relâchent de soulagement. La discussion reprend facilement, mais cette fois, nous ne cherchons plus à creuser le passé de l'autre, à dévoiler ses faiblesses. Alors que je découvre sa passion pour Hozier, elle chaparde une pomme de terre dans mon assiette.

Je me sens pousser des ailes, car en l'espace d'une heure, je me vois former quelque chose avec cette voisine. Je lui trouve une place, dans un coin de ma tête, aux côtés de Mia… En revanche, ce fantasme, je le garde pour moi. Il est encore trop tôt pour l'envisager.

Le froid finit toutefois par avoir raison de cet instant romantique. De retour à la voiture, je sors les desserts alors que nous nous installons sur la banquette arrière. Lily se colle à moi dès qu'elle aperçoit la boîte en carton, mais je suis bien décidé à entretenir le suspense. Quand je lui tourne le dos, elle pose le menton sur mon épaule et frotte le nez contre mon cou.

– Qu'est-ce que tu nous as pris de bon ? insiste-t-elle en tendant une main en aveugle.

– Tu veux bien te tenir tranquille deux minutes ?

Riant de son impatience, je lui bloque les bras et la pousse à reprendre sa place initiale. De ma main libre, je soulève le couvercle et m'empare d'une part de cheesecake que je fais naviguer sous les narines frémissantes de Lily avant de mordre dedans à pleines dents.

– Le culot ! s'offusque-t-elle.

Elle remue sur le siège et tente désespérément de me confisquer le gâteau. Alors que ses gestes deviennent un peu brusques, je finis par m'étaler de la chantilly sur la joue. Lily s'applique aussitôt à la cueillir du bout de la langue.

– Voilà qui t'apprendra ! conclut-elle. On ne plaisante pas avec le sucre !

Amusé, je me rassieds confortablement sur la banquette et lui offre une part intacte. Elle déguste le tout avec un plaisir évident. Je suis hypnotisé par ses petits gémissements de plaisir jusqu'à ce qu'elle surprenne mon regard, en rougisse, et tente de se cacher derrière une serviette en papier. Écartant ce fragile barrage, je dépose un baiser sur le bout de son nez.

– Pourquoi tu te débines chaque fois que je t'observe ? relevé-je, à la fois sérieux et amusé.

– Parce que ça devient alors trop compliqué pour moi de me tenir correctement.

Lily appose sa bouche sur la mienne.

Loin de me laisser abattre, je glisse une main dans son dos, sous son pull. Je lui laisse toute latitude pour me faire comprendre que je vais trop vite pour elle, alors que je recherche avidement le contact de sa peau, mais elle ne s'oppose en rien à mon esprit d'entreprise. Au contraire, elle m'encourage en me rejetant sur la banquette, puis me chevauche aussitôt.

– Est-ce qu'on s'est suffisamment découverts l'un l'autre, maintenant ? demandé-je par acquit de conscience. Tu es sûre de vouloir franchir le pas ?

Elle semble hésiter entre me sauter de nouveau dessus et m'étriper pour m'être ainsi moqué d'elle.

– Tais-toi avant que je ne change d'avis !

Alors qu'elle m'embrasse de nouveau avec fougue, ses mains agrippent mes cheveux. Mon corps se tend sous le sien tandis que nos langues se cherchent. Je me sépare de ses lèvres pour explorer chaque parcelle de sa peau avec tendresse. Ma bouche se fait fiévreuse, mais mes mains restent douces. Elle me rend chaque baiser, chaque caresse avec une fougue incroyable.

Elle est le feu sous la braise.

Lily se contorsionne pour défaire ma ceinture et manque de basculer en arrière, sur le frein à main. Quand je tente de l'aider à ôter son pull, je me cogne le coude dans une vitre et elle, la tête au plafond de la voiture. Nous grimaçons ensemble de douleur avant d'éclater de rire.

– Je ne comprends pas comment la télé fait pour nous vendre ça comme un rêve, se moque-t-elle.

– Moi non plus, capitulé-je après m'être coincé le pied sous le siège du conducteur. On va finir aux urgences, à ce rythme.

Le cœur lourd, je la vois se redresser pour passer sur le siège à côté de moi. Alors qu'elle s'éloigne, mon corps réclame le sien. Je grogne de frustration.

– On remet ça à plus tard ? suggère-t-elle.

J'hésite. Beaucoup. Le corps de Lily mérite bien que je me fasse une ou deux bosses, non ? Et puis, c'est quand, « plus tard », parce que ce n'est pas comme si la maison nous offrait beaucoup d'intimité ? Je ne suis pas prêt à laisser passer ma chance !

– On collectionne les loupés, soupire-t-elle, dépitée. Tu crois qu'on va y arriver un jour sans avoir à coordonner nos agendas comme un couple de vieux mariés ?

Je déglutis, laisse ma main s'égarer sur son ventre, l'air de rien. Je sais qu'elle a raison, mais l'avouer me fait mal.

– Je ne veux pas être avec toi à moitié, souffle-t-elle.

Un petit cri sort de ma gorge alors que ma raison reprend le dessus sur ma libido.

– Moi non plus, Lily.

Je me redresse, et lui vole tout de même un baiser passionné, mais tendre.

– Je te veux tout entière, promets-je.

CHAPITRE 36

MONTGOMERY

– C'est l'heure de la pause ! annonce Lily en débarquant sur la terrasse à l'arrière de ma maison, les bras levés en signe de triomphe.

Je l'invite d'un geste à me rejoindre autour d'une table de jardin. Nos petits tête-à-tête constituent pour moi un véritable dilemme. Elle me manque chaque minute que nous passons loin l'un de l'autre, et pourtant, lorsque nous sommes ensemble, j'ai peur de perdre le contrôle tant il lui est devenu facile de faire monter le désir en moi. Tandis qu'elle tire une chaise pour s'installer au plus près de moi, je me dépêche d'écraser ma cigarette. Mon regard erre sur la courbe de ses hanches, puis s'attarde sur son visage mutin.

– Je croyais que tu voulais arrêter ? s'inquiète-t-elle.

– Trop de stress, expliqué-je. Mais je vais y venir. Pour Mia.

Alors que je me débarrasse du mégot, Lily enroule ses bras autour de mon cou et m'embrasse avec une douceur incroyable. Je lui réponds avec un peu plus d'ardeur, mais n'ose aller plus loin. Après tout, nous avons fait vœu d'abstinence pour le moment. Pourtant, avide de ses lèvres, je deviens si entreprenant que lorsqu'elle rompt le contact, je pousse un gémissement de frustration.

– Tu t'en sors bien, Montgomery, souffle-t-elle. Tu devrais te détendre. Sergei se montre confiant. Il va te réinstaller cette fichue armoire électrique en un tournemain.

– Ce n'est pas l'avancée des travaux… J'ai un rendez-vous demain.

– À qui as-tu donné rendez-vous, monsieur Peterson ? me sermonne Lily, les sourcils froncés.

Son faux air jaloux me tire un sourire. Je passe la main dans ses cheveux et viens caresser sa nuque.

– À une assistante sociale.

– Ah. Le fameux contrôle à J + 30 ?

Je suis étonné qu'elle se souvienne de ce détail, lâché le jour de l'incendie, mais j'acquiesce. Innocemment, je laisse ma main descendre vers son épaule, sous sa doudoune.

– Tu es un bon père, reprend-elle. Peu importe l'endroit où tu vis avec Mia.

– Je ne pense pas que tu aurais tenu le même discours ne serait-ce que le mois dernier.

– Je n’étais qu’une idiote, soupire-t-elle en étendant son corps dans ma direction de manière à me laisser poursuivre mes caresses.

La neige commence à tomber à gros flocons autour de nous. Lily lève une paume vers le ciel pour en cueillir au creux de sa main gantée. Tout est calme, il n’y a ni vent ni bruits de voisinage. Notre monde est enrobé de coton.

– Addie t’a-t-elle parlé de moi avant ton arrivée à Skagway ? embraye Lily, un brin mystérieuse.

– Oui, bien sûr ! Elle m’a d’ailleurs dit que tu passais la voir tous les jours quand sa santé a commencé à décliner. Tu faisais ses courses, l’aidais pour le ménage, lui tenais compagnie depuis la mort de mon oncle. Elle te surnomme « ma petite tornade ». Avant de débarquer ici, j’avais hâte de te rencontrer. Après tout, quelqu’un qui veille à ce point sur une simple voisine ne peut être qu’une personne merveilleuse…

– Tu as dû vite déchanter, rit-elle, mal à l’aise.

Ses pieds tracent des cercles dans la neige accumulée sur la terrasse, comme si elle cherchait à nous hypnotiser. Sa main vient cueillir mes doigts, perdus dans son manteau, et les serre contre son cœur.

– J’adore Addie. Je te dirais bien qu’elle était amie avec mes parents, mais pour être honnête, c’était l’amie de tout le village. Tout le monde ici l’apprécie. Je détestais l’Alaska quand j’étais petite. Comme Vi, je ne jurais que par la Californie et les émissions qu'on regardait à la télé. Un jour, alors que j'affirmais en plein milieu du supermarché que je fuirais cet enfer dès ma majorité, Addie s'est mis en tête de me faire découvrir ce qu'est réellement notre État. Grâce à sa passion, j'ai appris à aimer nos paysages, nos traditions, notre météo… Je l'ai aussi découverte elle : sa bienveillance, sa générosité, sa bonne humeur constante. Quand elle a pris sa retraite d'institutrice, je me suis mis à lui rendre visite chaque mercredi après-midi. Elle m'a appris tout ce que je sais sur le bricolage et le jardinage. Tu n'imagines même pas le nombre d'heures qu'on a passées ensemble !

Lily a les yeux humides. Son teint livide contraste avec le rouge éclatant de son baume à lèvres. Les taches de rousseur parsemant son nez et ses pommettes ressemblent à des constellations étrangement familières. Je meurs d'envie de les déchiffrer du bout des doigts. Je la sens à fleur de peau, je n'ose insister, faire davantage que poser une main sur son genou pour lui prouver que je suis là.

– Je pensais que votre relation était assez récente. J'ignorais que vous aviez vécu tant de choses par le passé. Elle n'en a jamais rien dit.

– Sans doute parce qu'elle se reproche la manière dont ça s'est terminé, précise-t-elle, abandonnant sa cueillette de flocons pour se masser la nuque. Je suis heureuse avec ma famille, mais j'ai passé tellement d'après-midi chez Addie qu'elle est devenue comme une seconde maman pour moi. Si tu savais à quel point j'ai lutté pour qu'elle ne parte pas en maison de retraite ! Ça m'a brisé le cœur.

– J'ai fait pareil de mon côté, m'amusé-je, le sourire aux lèvres. Quelle tête de mule !

– Comme tu dis ! Elle n'en a pas démordu. J'adorais sa maison aussi, toutes les heures que nous avons passées à réinventer le jardin, avec l'étang tout en bas du dénivelé et cette vue imprenable sur le fjord et les montagnes ! Tu vois le saule pleureur, entre l'abri de jardin et la fontaine à oiseaux ?

– Oui ! Un coin sympa… sauf en hiver !

– J'ai révisé mes cours pour mes examens de fin d'études, perchée dans ses branches. Addie m'apportait de quoi grignoter et m'aidait dans les matières où je galérais.

– J'aime vraiment beaucoup le tableau que tu me dépeins, tu sais ?

Je me rapproche d'elle et tire le plaid de mes épaules aux siennes. Elle s'y réfugie avec délice.

– Bref, on a quand même fini par trouver un terrain d'entente. J'avais pas mal économisé en bossant chez Martha, assez pour décrocher un crédit. Addie savait que je cherchais une petite maison pas trop chère où m'installer, alors elle m'a proposé de racheter la sienne. J'ai accepté à une condition : qu'elle revienne passer les vacances chez elle, à Skagway.

– Même Noël ?

– Même Noël ! confirme-t-elle, malicieuse.

Cette façade ne tient pas bien longtemps. Une unique larme roule sur sa joue. Elle l'essuie subrepticement avant de conclure :

– Elle a annulé l'accord de vente trois jours après la signature. Un membre de sa famille avait subitement repris contact avec elle, il avait besoin de son aide…

– … et de sa maison, déduis-je, décomposé.

Mes organes viennent tous de descendre d'un étage après une telle révélation. Je me recule, sous le choc. Quelque part, je lui ai volé à la fois ce lien unique qu'elle partageait avec Addie et la maison de ses rêves. Je comprends enfin pourquoi elle en est venue à cristalliser autant de sentiments négatifs à mon égard.

– Je suis désolée de m'être acharnée sur toi sans même avoir cherché à te connaître, admet-elle, d'une voix qui tremble d'émotions contradictoires. J'ai essayé de toutes mes forces de ne pas te détester, je te promets, mais je n'y suis pas arrivée. Dans ma tête, j'avais besoin que tu ne sois qu'un sombre crétin pour ne pas m'effondrer. Racheter le chalet d'en face a sûrement dû m'achever. Comme les occasions sont rares en ville, je n'ai pas eu trop le choix, mais j'avais l'impression que tu me narguais chaque matin. Malheureusement, c'était soit ça, soit je restais vivre chez mes parents jusqu'à mes quarante ans.

Je me sens submergé par les aveux de Lily. Il est difficile de réagir, surtout maintenant que tant d'eau a coulé sous les ponts et que notre relation a tellement changé… Devrais-je m'excuser ?

Quand Lily se lève brusquement, j'en fais autant. Je refuse de la laisser partir après avoir largué une telle bombe. Je lui barre le passage, lui effleure la joue après qu'elle a de nouveau séché ses larmes dans un coin de couverture.

– Il fallait beaucoup de courage pour m'avouer tout ça, lui dis-je.

Son regard est suppliant, ses traits, tirés. Je devrais peut-être lui en vouloir pour ces trois années de persécutions et de disputes stériles, mais j'en suis incapable. Elle a souffert, elle aussi.

Je l'enlace tendrement. Elle ne lutte pas pour se dégager. Bien au contraire, elle passe les bras autour de ma taille. Je sens ses mains remonter le long de mon dos sans parvenir à atteindre mes omoplates. Nous demeurons ainsi, figés dans le temps. Pas d'ébats fougueux, de baisers enflammés ou de provocations. Ses aveux nous ont rapprochés bien plus que tout cela, mais quand trouverai-je la force de me confier moi aussi ?

– Tu me pardonnes ? me demande-t-elle d'une voix fragile.

– Évidemment.

L'alarme de mon téléphone met un terme à notre étreinte depuis la poche de mon manteau.

– Je dois aller récupérer Mia. Tu veux venir avec moi ?

– Bien sûr, s'illumine Lily.

La neige craque sous nos pas alors que nous nous mettons en route. Dans la rue, je garde sa main dans la mienne. Pour détendre l'atmosphère, je commence à lui raconter des anecdotes amusantes sur mon quotidien avec Mia. Revigorée, Lily me décrit, à grand renfort de mouvements de bras expressifs, les moments les plus mémorables du *Gold Nugget*.

Malgré tout, quand nous nous engageons dans la rue principale, Lily rompt le contact physique. Je ne relève pas, mais désormais, l'idée de me cacher commence à me déranger.

J'hésite à lui parler quand nous passons devant le lycée de la ville d'où une marée d'adolescents s'échappe. Malheureusement, alors que je rassemble mes idées, Lily me tire par la manche.

– Nom d'un Esquimau ! s'exclame-t-elle en m'entraînant vers la ruelle la plus proche.

Pendant quelques secondes, le cœur battant, je me demande si elle ne serait pas déjà en manque, elle aussi. Cette planque est parfaite pour s'embrasser en secret, je suis sûr qu'elle est d'ailleurs connue des élèves.

Néanmoins, de peur d'être ridicule, je préfère dissimuler mon trouble derrière une touche d'humour.

– Tu n'essaies quand même pas de me kidnapper avec ton poids plume ?

– Chhhut ! me houspille-t-elle.

Quand elle me fait pivoter au ralenti vers l'angle du mur derrière lequel nous nous sommes réfugiés, je comprends enfin que je me suis fait des films.

Je reste néanmoins focalisé sur elle, plutôt que de chercher ce qui l'obsède. Lily est si sûre d'elle. Elle sait parfaitement d'où elle vient et où elle va quand, pour ma part, je me contente la plupart du temps d'avancer à tâtons. Je la dévore du regard tandis qu'elle poursuit son étrange stratagème.

– Regarde ! chuchote-t-elle en pointant les grilles.

– Et qu'est-ce que je suis censé regarder ?

– Sean !

À la mention de son neveu, mon désir redescend brusquement au point zéro. Plus les choses se précisent, moins je sais comment revenir vers notre conversation initiale. Je voudrais tant me montrer aussi franc qu'elle, lui parler de ma jeunesse et de Kenza…

En dépit de la frustration que je ressens, je me risque à jeter un coup d'œil vers l'entrée du lycée. Il me faut un moment avant de le repérer, partiellement caché par des buissons dénudés. Le garnement est en train de rouler une pelle monumentale à une jolie blonde aux vêtements pastel.

– Il ne fait pas semblant ! ris-je.

– Il lui avale la moitié du visage, mais quelle horreur !

Un frisson agite les épaules de Lily, agrippée à l'angle du mur, en bonne espionne de quartier.

– Leur planque laisse à désirer en hiver, commenté-je. On les voit assez bien à travers les branches. La nôtre est nettement meilleure !

– Comment ça, la nôtre ?

Lily fronce les sourcils, puis détaille la ruelle où nous nous tenons.

– Ooooh… saisit-elle enfin.

Glissant un bras autour de sa taille, je tente de l'arracher à son poste de surveillance. Sa poitrine vient doucement se lover contre mon torse lorsqu'elle finit de virevolter jusqu'à moi. Alors que je me penche vers elle pour l'embrasser, elle se mordille la lèvre, puis finit par poser l'index sur ma bouche.

– Meilleure ou pas, c'est trop risqué ! plaide-t-elle. Sean se croit à l'abri et voilà le résultat. On ne peut pas prendre un tel risque.

J'ai bien envie de lui rétorquer le contraire. Formulé ainsi, ça laisse presque entendre que nous avons honte de notre idylle. Ça me fait de la peine. Lily est merveilleuse, je voudrais que Skagway sache à quel point nous nous sommes réconciliés, elle et moi, depuis l'article du journal.

– Tu as raison, concédé-je malgré tout. On ferait mieux de se remettre en route. Mia compte sur moi, et tout ça, ce ne sont pas nos affaires.

– Hum, peut-être, confirme Lily sans toutefois se mettre en mouvement.

Elle se détourne de moi pour vérifier où en est Sean avec sa conquête du jour. Quelle tête de mule ! C'est à mon tour de la traîner par la manche.

– Attends ! proteste-t-elle en patinant dans la neige dans la direction opposée. Juste deux petites minutes, s'il te plaît ! Après, on y va !

– Hors de question ! Si Sean te voit en train de le mater avec sa copine, tu vas devoir lui payer dix ans de thérapie.

Comme Lily continue de résister, je m'arrête, le temps de la soulever par la taille pour la repositionner dans le droit chemin. Je m'esclaffe devant ses suppliques tout en la poussant dans le dos.

– J'ai dit « en route » ! Sinon, je te fais subir la même chose…

CHAPITRE 37

MONTGOMERY

Lorsqu'un véhicule inconnu se gare devant chez moi, mon angoisse crève le plafond. Ce n'est pas un homme, mais une femme qui en descend. Dommage, j'avais espéré avoir affaire au même référent que le mois dernier. J'ai l'impression que le cœur me remonte lentement dans la gorge. Il faut que ça se passe bien ! Je ne supporterai pas de perdre Mia maintenant que mon quotidien tourne autour d'elle.

– Tu ne résoudras rien en te planquant derrière le sapin, commente Lily en posant des pinceaux sales dans l'évier de la cuisine.

Un sapin qu'elle a apporté ce matin et stocké dans l'entrée. Il n'attend maintenant plus que le retour de l'école de Mia pour être décoré…

Interloqué, j'observe l'assistante sociale frapper à ma porte, donc de l'autre côté de la rue.

– Tu devrais aller à sa rencontre avant qu'elle n'en déduise que tu as fui au Canada avec Mia. Vous allez avoir les flics aux trousses !

Lily rince ses outils à grandes eaux dans un calme olympien. Comme s'il s'agissait d'un lundi tout ce qu'il y a de plus ordinaire. Je me tapote les joues et danse d'un pied sur l'autre, tel un boxeur prêt à entrer sur le ring. Je me suis assez montré passif à la naissance de Mia. Aujourd'hui, il ne tient qu'à moi de renverser la donne.

– Je suis un papa qui déchire, proclamé-je d'une voix affirmée.

Lily dépose alors un baiser sur ma joue en guise d'encouragement.

– Bonne chance à toi ! Viens me retrouver quand ce sera fini.

J'ai la bouche si pâteuse que je me vois dans l'incapacité de lui répondre autrement que par un hochement de tête. Une fois seul, j'ouvre la porte du chalet et remonte l'allée en courant.

– S'il vous plaît, madame ? hélé-je.

Elle recule sur le porche, m'observe d'un œil dubitatif.

– Je suis Montgomery Peterson. Je crois que c'est avec moi que vous avez rendez-vous.

– En effet ! Hannah Langley, enchantée.

Dans son tailleur cintré et son manteau de laine, elle paraît jeune. Vraiment très jeune. La petite vingtaine, des cheveux blonds coupés en carré plongeant, elle serre contre sa poitrine un porte-bloc, affichant une liasse de documents retenus par une pince métallique. D'un doigt nerveux, elle soulève les premières feuilles, puis claque la langue dans l'ambiance calfeutrée de ce matin enneigé, avant de traverser pour venir à ma rencontre. Je lui tends la main pour la lui serrer en guise de bienvenue.

– Je me permets de vous inviter à entrer dans cette maison-ci, dis-je en désignant le chalet de Lily.

Le nez retroussé, elle cherche à en localiser la plaque pour comparer son adresse à la mienne. Sans doute pense-t-elle s'être trompée.

– Ce n'est pourtant pas le numéro indiqué dans mon dossier… remarque-t-elle.

– Il y a eu un petit incident. Je vais tout vous expliquer une fois que nous nous serons mis au chaud. Je vous en prie, entrez ! invité-je la jeune femme en m'effaçant pour lui laisser l'honneur.

Pendant qu'elle se libère de son manteau et disperse des formulaires sur la table pour mieux les compulser, je lui sers un café et remarque un plat couvert de biscuits appétissants qui n'y était pas cinq minutes plus tôt.

– Alors ? Pourquoi ce changement d'adresse ?

Je commence à lui expliquer les détails qui ont entraîné le départ d'incendie avec une sérénité factice. Son regard devient plus grave tandis qu'elle griffonne à toute allure dans un calepin.

– Vous n'aviez pas remis l'électricité aux normes avant l'arrivée de Mia ? Il me semblait pourtant que ça avait été mentionné quelque part…

Elle feuillette ses notes pour vérification. Moi, je me décompose plus vite qu'une motte de beurre en plein soleil.

– Au temps pour moi, je dois confondre avec un autre dossier. Nous sommes débordés en ce moment. Vous auriez tout de même pu vous montrer plus prévoyant, cet incident – comme vous l'appelez – aurait pu très mal tourner.

Sous la table, je me tords les doigts pour tenter d'apaiser les tensions qui jouent avec mes nerfs. Mon talon, quant à lui, tressaute à toute vitesse à quelques centimètres à peine du parquet. Je m'éclaircis malgré tout la voix :

– Je ne suis pas bricoleur. Du moins, ne l'étais pas. Cet incident m'a servi de leçon, je peux vous l'assurer. Depuis ce jour, j'apprends, guidé par des voisins. J'ai déjà beaucoup progressé, même si j'ai confié la rénovation du circuit électrique à un professionnel pour éviter toute mauvaise surprise à l'avenir. Et je continuerai de repousser mes limites. Pour ma fille.

Je lui passe le contrat signé avec Sergei, le prêt accordé par la banque, ainsi que le compte-rendu d'un expert qui a évalué la maison afin de détecter d'éventuels autres problèmes avant qu'il ne soit trop tard.

Je veux reprendre le contrôle de mon existence. Je ne suis plus un étudiant en difficulté parmi d'autres, je suis papa et Mia n'a que moi. Je n'ai plus le droit de me laisser aller.

– Diriez-vous que vous vous sentez dépassé par la présence de votre fille ? enchaîne Miss Langley.

– Pardon ?

Mon cœur reste suspendu à cette question.

– Je comprends que la situation soit compliquée pour vous. Cette entorse aux réglementations en vigueur s'explique facilement par l'inflation et les pénuries de matériaux. Cependant, comprenez mon point de vue. Vous voilà à peine à J + 30, logé à une autre adresse, avec, je suppose, de nouvelles personnes qui gravitent autour de Mia. Ce n'est pas ce que j'appelle un cadre de vie très stable, et c'est un point que nous avons souvent mis en exergue avec vous. Après son abandon à la naissance et ses années en foyer, Mia a besoin d'un cadre bien défini. C'est cette régularité dans son quotidien qui lui permettra de prendre ses marques et de se sentir en sécurité. Chez qui sommes-nous actuellement ? Des amis ? De la famille ?

– Chez… une voisine, murmuré-je d'une voix à peine audible. Une amie.

– Lui versez-vous un loyer ?

– Non. Elle me l'a interdit.

À cette mention, Miss Langley lève un sourcil interdit et cesse d'écrire pour pianoter sur son bloc-notes. Je fais de mon mieux pour ne pas laisser paraître la panique qui monte en moi. Il y a deux façons d'interpréter cette fameuse interdiction. Au mieux, l'assistance sociale en déduira que j'ai un très bon cercle d'amis ; au pire, qu'il suffit de me dire non pour que j'obéisse docilement.

– Mia dispose-t-elle de sa propre chambre ?

– On reste ensemble, mais je lui ai laissé le grand lit. Je dors sur un matelas au sol.

– Monsieur Peterson, soupire-t-elle. Vous ne respectez plus les clauses dont nous avions convenu. C'est problématique.

– Ce n'est que pour la durée des travaux ! Des gens se sont portés volontaires pour m'aider à débloquer la situation au plus vite. La maison n'est pas en ruines, mais je refuse de mettre Mia en danger avec des artisans qui vont venir tirer des câbles à travers les pièces !

Je suis navrée, cela ne change rien au fond du problème. Vous auriez dû anticiper tout ceci. Vous auriez ainsi pu m'accueillir chez vous, au lieu de dépendre de la générosité de votre amie. Et la vie de Mia n'aurait pas été mise en danger. Je ne pense pas que vous agissiez avec mauvaise volonté, mais je dois comprendre comment vous en êtes arrivé là en seulement un mois.

Ces mots résonnent en moi comme une sentence à perpétuité. Il m'a fallu des années de démarches pour récupérer la garde de Mia et, comme le souligne si bien l'assistante sociale, j'ai tout fichu par terre en moins de trente jours. J'ai pourtant donné tout ce que j'avais. La gorge nouée, j'essaie de rester digne, ravale les larmes que je sens enfler en moi. Je serre si fort les mains sous la table que mes phalanges craquent. Je voudrais pouvoir crier à pleins poumons afin de me décharger du sentiment de fatalité qui me tiraille de l'intérieur, mais c'est impossible. Même si cet entretien semble très mal parti, je dois poursuivre mes efforts.

– Je voulais rendre mémorable le premier Noël de Mia ici, argué-je. Ce jeu de décorations m'a permis de tisser des liens avec ma fille, on a beaucoup ri ensemble. J'ai bien conscience de mes torts par le passé. J'ai abandonné mon enfant, et aujourd'hui, je l'oblige à traverser le pays pour me rejoindre… J'ai des casseroles, oui, mais je me battrai pour elle jusqu'à mon dernier souffle. J'ai commis une erreur, plusieurs même, je l'avoue, mais je ne pense pas que cela fasse de moi une mauvaise personne. Aujourd'hui, cela ne fait pas de moi un mauvais père.

Piochant dans mes propres chemises, j'en sors d'autres feuilles prouvant mes démarches pour trouver du travail.

– Une de ces pistes a-t-elle abouti ? enquête l'assistante sociale après les avoir parcourues.

– Pas encore, mais j'y travaille d'arrache-pied. En attendant, les indemnités que je perçois actuellement suffisent à couvrir nos besoins.

Une autre feuille vole, couverte de dépenses diverses et variées.

– Sans la moindre marge de sécurité, nuance-t-elle. Au premier imprévu – et il y en aura –, vous risquez de vous retrouver la tête sous l'eau.

– Je n'ai pas quitté mon emploi volontairement, nous sommes plusieurs à avoir été mis au chômage technique à cause de l'éboulement sur les quais. Ça tombe mal, certes, mais je n'en suis pas responsable. Et plutôt que de m'apitoyer sur mon sort, je fais justement tout pour rebondir.

Plus je me débats, plus j'ai l'impression de m'enfoncer. Je verrouille tout en moi pour ne pas flancher, pour ne rien laisser paraître. Si je vacille, cela jouera forcément contre moi. Nous enchaînons avec d'autres questions qui, heureusement, me mettent moins en porte-à-faux.

Quand l'assistante sociale m'annonce que nous sommes parvenus au terme de notre entretien, j'oscille entre le soulagement et la frustration.

– Nous avons parlé des choses à rectifier au plus vite et je comprends que c'était là votre grande priorité, pour le bien de Mia, hésité-je. Mais… sans vouloir abuser de votre temps, j'aimerais aussi mettre en avant ce qui se passe de positif, entre ma fille et moi.

Miss Langley consulte sa montre d'un air dubitatif tout en finissant de ranger ses documents dans sa sacoche.

– S'il vous plaît… insisté-je poliment.

– Je ne suis pas à cinq minutes près, je suppose, cède-t-elle en s'accoudant à la table.

Soulagé, je me redresse sur ma chaise, bombe le torse, et me prépare à raconter à cette étrangère la vie inédite que j'ai entamée avec Mia depuis quelques semaines :

– D'abord, je voudrais vous dire que Mia a reçu un accueil formidable en arrivant à Skagway. Tout le monde l'adore. J'ai la chance d'avoir une petite fille peu timide, elle est drôle et facétieuse. La propriétaire du *diner* ne jure que par elle, au point qu'elle lui a confectionné un adorable doudou que Mia ne quitte plus. Nos voisins la chouchoutent et elle est en passe de devenir la coqueluche des ados du quartier.

Je ménage une pause dans mon discours pour guetter une réaction de la part de l'assistante sociale, mais c'est à son tour de ne rien laisser paraître. Dieu, que ce jeu est épuisant… Je reprends vite avant qu'elle n'ait l'idée de mettre un terme à mon plaidoyer.

– Au départ, Mia était très distante à mon égard, vous vous en doutez bien. Elle boudait, contestait ce que je lui disais, refusait les surnoms affectueux… Petit à petit, nous avons trouvé un rythme dans notre nouveau quotidien. Elle s'est fait plein d'amis et ça a renforcé notre complicité. Au point qu'elle m'appelle « papa » à présent. Je n'aurais pu rêver mieux ! Tous les soirs, je lui récite des comptines, la borde et l'embrasse en lui souhaitant une bonne nuit. Je veux qu'elle sache combien je suis heureux qu'elle soit avec moi, et je m'investis aussi beaucoup dans sa scolarité. Au printemps, je vais faire du bénévolat avec d'autres parents pour mettre en place la kermesse de fin d'année. Et j'aurais encore tant à ajouter, alors par pitié, ne me réduisez pas à un malheureux faux pas. Je peux offrir à ma fille la vie qu'elle mérite, j'en suis convaincu !

Que ne donnerais-je pas pour pouvoir déchiffrer son air impénétrable… Chaque parcelle de mon corps est soumise au doute qui me transperce comme des milliers de dards. Pendant ce temps, Miss Langley prépare son départ en boutonnant son manteau de haut en bas. Je ne suis qu'un pion sur son échiquier alors que personne ne m'a jamais appris les règles du jeu.

– Je vous remercie de votre sincérité, monsieur Peterson, annonce-t-elle. Je me doute que certaines questions vous ont mis mal à l'aise, et en temps normal, nous préférons préserver la confidentialité de nos rapports jusqu'à leur officialisation par les services compétents. Mais Noël approche, et je comprends combien l'incertitude pourrait entacher vos fêtes de fin d'année, pour votre fille et vous-même.

Je suis suspendu à ses lèvres. Le cœur battant, je déglutis, relève le menton pour paraître plus confiant.

– Avant de venir vous consulter, j'ai effectué une enquête de voisinage comme nous en avons l'habitude. Ça nous permet d'avoir une vision panoramique de chaque situation. La vôtre s'est effectivement révélée très instructive, dans le bon sens du terme, et a su dissiper les réserves que j'aurais pu émettre après votre audit sur les causes de ce départ de feu dans votre foyer.

J'expire comme si mon âme venait de s'échapper de mon corps.

– Je vous ferai parvenir une liste de recommandations afin de vous aiguiller au mieux dans vos nouvelles responsabilités et vous éviter ainsi – je l'espère – de nouveaux incidents à l'avenir, précise-t-elle. Nous ferons un premier bilan ensemble lors de notre prochain entretien, puis le point sur votre situation professionnelle et financière. La priorité des services sociaux restera toujours le bien-être de Mia, peu importent les excuses que vous pourrez nous donner. Néanmoins, nous avons aussi conscience que cette enfant s'épanouira davantage en grandissant auprès de sa famille et je compte vous y aider, dans la mesure du possible. Alors continuez comme ça et tout ira bien.

Une vague de soulagement me submerge. Je me confonds en remerciements, puis échange une poignée de main un peu trop enthousiaste avec l'assistante sociale.

Lorsqu'elle me souhaite une bonne journée sur le seuil de chez Lily, je suis à deux doigts de la prendre dans mes bras, mais me ressaisis de justesse ! La joie, c'est bien, mais rester digne, c'est mieux.

Je suis le nouveau Montgomery. Plus adulte, plus fiable, plus sérieux.

CHAPITRE 38

LILY

Dans l'atelier, j'attends le retour de Montgomery, un poing sur la hanche, un pinceau trempé dans une magnifique peinture bleu canard à la main. Vêtue d'une salopette en jean, mes boucles cuivrées retenues par un bandana et les joues rosies à trop monter et descendre de l'escabeau, je redouble d'efforts pour m'empêcher de songer à ce qui se joue à l'autre bout du couloir.

Heureusement, mon voisin / colocataire / ancien ennemi juré / petit ami secret arrive enfin… Appelons-le seulement Montgomery !

– Alors, alors ? lancé-je avec espièglerie. Tu n'as pas l'air trop abattu.

Ce sourire qui lui fait le tour de la tête est une réponse évidente. Sa tenue est impeccable, la mienne, tachée d'éclaboussures, mais qu'importe ! Je suis si soulagée de le voir rayonner comme ça que je me rue dans ses bras pour le féliciter.

– Franchement, ça a très mal commencé, explique-t-il en reprenant un air grave. L'incendie, l'électricité qui n'était pas aux normes, la nécessité de vivre chez des amis… La pilule a eu du mal à passer. Mais apparemment, l'enquête de voisinage était au top. C'est ça qui a rattrapé le coup !

Je pousse un cri de ravissement lorsqu'il m'attrape par la taille pour me soulever de terre, et éclate de rire quand il se met en tête de tourner sur lui-même pour me faire virevolter dans les airs.

– Je savais que tu y arriverais ! m'exclamé-je.

Sa joie est si communicative que je meurs d'envie de hurler la nouvelle sur les toits. Montgomery semble galvanisé, prêt à déplacer des montagnes.

– Je te préviens, je vais t'embrasser comme on ne t'a jamais embrassée de toute ta vie, promet-il en me faisant redescendre sur terre.

Le regard fiévreux, il pose ses mains sur mes joues avec une fougue qu'il peine à contenir. Cependant, je proteste, tente un pas chassé pour esquiver.

– Arrête de faire l'imbécile ! Je vais mettre de la peinture plein tes vêtements !

Mais il n'a pas dit son dernier mot. Il ne lui faut que quelques secondes pour me coincer contre mon plan de travail, son sourire identique à celui du Chat du Cheshire. De là, il s'applique à me cerner. Plus l'espace se réduit entre nous, plus je sens les bulles d'un désir brûlant pétiller en moi, dans mon cœur jusque dans mon bas-ventre.

– Je m'en fiche ! lâche-t-il, amusé.

– Ça risque de ne pas partir, tu devras en racheter d'autres…

– Je m'en fiche ! insiste-t-il.

– Ton disque est rayé ?

– Viens là !

Il verrouille mon poignet, et de sa main libre, m'incite à m'asseoir sur l'établi. C'est alors qu'il pose sa bouche sur la mienne dans un baiser empreint d'urgence et de passion. Tandis qu'il mordille gentiment mes lèvres, j'enroule les jambes autour de sa taille.

Échoué sur un coin de table, le pinceau est devenu le cadet de mes soucis. Quand j'encadre son visage de mes mains couvertes d'éclaboussures, nous nous retrouvons prisonniers l'un de l'autre.

– Les bonnes nouvelles te mettent toujours dans cet état ? me renseigné-je en partant goulûment à la conquête de son cou.

– J'ai envie de toi, grogne-t-il, impatient.

Un cliquettement métallique m'indique qu'il défait les bretelles de ma salopette en même temps que je l'embrasse derrière l'oreille. Le désir se fait plus violent que jamais. Il soulève mon débardeur pendant que je jette sa ceinture au loin et lui retire sa veste. Il me serre alors contre lui, peau contre peau, le souffle court, les lèvres enflées.

– Tu as ce qu'il faut sur toi ? haleté-je en mordillant son lobe.

– Évidemment, depuis le temps que j'attends ça ! gémit-il, ses mains cascadant le long de mon dos jusqu'au creux de mes reins.

Je l'écarte d'un jeu de jambes audacieux pour lui permettre de récupérer le préservatif. Malheureusement, le plan de travail tangue dangereusement et vient taper contre le mur. Finalement, un pot de peinture tombe de l'étagère. Le choc fait sauter le couvercle et nous asperge de blanc.

– Mer… credi ! hurlé-je.

Montgomery se fige dans un cri de surprise, puis cligne des yeux, incrédule. En attendant qu'il réagisse, l'hilarité fait tressauter mes épaules, puis j'éclate définitivement de rire.

– Nous voilà beaux, tiens ! plaisante-t-il.

En soutien-gorge et bas de salopette, je l'attire à moi pour un nouveau baiser, empreint d'une fougue inépuisable. Lorsque je me détache de lui, je laisse glisser la main sur son front, y apposant une marque blanche à mon passage. Ce jeu devient très sensuel…

Je me sers de mes jambes, jusqu'ici enroulées autour de sa taille, pour baisser son pantalon. Dans un même élan, Montgomery me soulève les fesses de l'établi pour me débarrasser de ma salopette, puis nous renouvelons l'expérience avec nos sous-vêtements. Mes gestes se font de plus en plus fébriles, l'attente est insoutenable. Trempant sa paume dans la flaque de peinture à ma droite, Montgomery laisse sa marque sur ma gorge, puis cascade entre mes seins. Je me cambre sous l'effet de ses caresses et glisse les mains de son torse à ses hanches, laissant de longues coulées blanches sur les muscles de son abdomen.

Finalement, Montgomery m'attire à lui, me soulève à nouveau, puis me plaque dos au mur tout en attrapant le préservatif dans la poche arrière de son jean, posé sur la table. Pendant qu'il déchire l'emballage de ses dents, j'embrasse chaque parcelle de son corps dénudé. C'est un supplice quand ses caresses restent en suspens, le temps qu'il enfile la protection. Je me mords la lèvre et gémis d'impatience.

Lorsqu'il revient enfin se lover tout contre moi, c'est dans un grognement guttural. Ses baisers entament une lente descente le long de mon cou, explorent le vallon de mes seins pour mieux titiller mon nombril par la suite. Je rejette la tête en arrière tant la passion me dévore. Mes mains fouillent le mur derrière moi, à la recherche d'un appui. Calant mes fesses contre une commode, j'écarte timidement les jambes, et laisse Montgomery poursuivre son exploration.

– C'est trop, gémis-je alors que ses mains remplacent progressivement sa langue sur mon intimité.

Sourd à mon supplice, il explore mon point sensible, d'abord avec ses doigts puis avec sa bouche. Je me consume devant lui, abandonnée à sa douce torture.

– Montgomery, imploré-je. Viens.

Joueur, il me nargue un peu plus en descendant trop bas sur mes cuisses. J'empoigne alors ses cheveux pour le ramener à moi et ses lèvres retrouvent les miennes.

Il me soulève avec les deux mains et entre en moi dans un doux mouvement de va-et-vient.

– Putain, Lily, grogne-t-il.

De mes mains, j'explore chacun de ses muscles que je sens rouler sous sa peau brûlante. Mon corps tout entier s'arque pour se rapprocher du sien et accompagner ses assauts à la perfection. Nos respirations se font de plus en plus courtes et saccadées, elles cherchent naturellement à se synchroniser entre deux baisers endiablés. Le souffle me manque au point d'en avoir le tournis. Alors je me raccroche à ses larges épaules et à ses hanches pour ne pas perdre pied, tandis qu'il prend confiance et amplifie le mouvement de ses reins.

Je le sens en moi, corps et âme. Nos frontières se sont effacées et je suis prise d'un orgasme foudroyant, frissonnant d'une passion débridée. Je n'ai jamais connu une telle symbiose avec un homme avant lui.

– Lily, souffle-t-il tandis qu'il tremble à son tour, le front trempé de sueur.

Je m'accroche désespérément à lui, espère le garder aussi proche que maintenant, que ce moment ne cesse jamais. Je glisse lentement avec lui au sol et nous restons ainsi un moment, blottis l'un contre l'autre, baignant dans un silence apaisé, entrecoupé par le rythme de nos cœurs qui ralentissent pour renouer avec la normale.

Perdue dans une brume post-orgasmique, je noue mes doigts aux siens et ferme les yeux.

– Je voudrais que cet instant dure toujours…

– Et moi donc, me répond-il en m'embrassant sur la tempe.

Malheureusement, un bruit dans l'entrée m'oblige à rouvrir les yeux. Si j'ai du mal à redescendre sur terre, les pas se rapprochent dangereusement de la porte de l'atelier…

– Euh… On est mal, s'exclame Montgomery en se remettant sur ses pieds et en me soulevant d'une main par la même occasion.

J'ai à peine le temps de le pousser dans un angle de la pièce non visible depuis la porte et de plonger les deux jambes dans ma salopette que la poignée tourne sur elle-même.

– Lily ? appelle Vi.

Montgomery s'écroule à moitié derrière la commode, se prenant les pieds dans l'amas de vêtements. Je l'entends pousser un grognement de douleur tout en se recroquevillant derrière le meuble pour tenter de se cacher.

– OUI ! crié-je.

– Ah ! Tu tombes bien, se réjouit-elle en premier lieu. J'ai débauché plus tôt que prévu, je te cherchais.

On ne pouvait imaginer plus mauvais timing ! Je me précipite sur elle pour l'empêcher d'entrer, lui rentre dedans et l'oblige à reculer dans le couloir. Malheureusement, mon air innocent n'a pas du tout l'effet escompté, car ma sœur écarquille tant les yeux qu'ils semblent prêts à rouler hors de leurs orbites.

– Mais qu'est-ce qui se passe ici ?

– RIEN ! plaidé-je un peu trop vivement. J'étais tellement absorbée par ma peinture que tu m'as fait peur.

Viviane est loin de se laisser berner… En quelques secondes, elle avise les traits de mon visage paniqué, puis ses yeux descendent sur ma tenue pour le moins inconvenante avant de passer aux taches sur ma peau.

– Lily, je ne suis pas née de la dernière pluie. Pousse-toi !

Mes pieds couverts eux aussi de peinture glissent sur le parquet du couloir, Vi n'a aucun mal à m'écarter du passage. Mon sang déserte mon visage quand elle frappe à la porte de l'atelier entrouverte.

– Je ne sais pas qui vous êtes, mais veillez à être présentable, parce que je vais entrer dans 5… 4… 3…

– Vi, arrête ! Tu me fous trop la honte ! protesté-je en essayant de m'interposer.

– Tu as rompu ton vœu de célibat, je veux être la première à savoir avec qui ! glousse-t-elle avant de reprendre son compte à rebours. 2… 1… 0 ! *Hellooo*, là-dedans !

Quand la porte s'ouvre, Montgomery est en train de reboutonner son jean, torse nu. Seules de belles traces de peinture masquent sa peau…

– Monty ?! s'écrie ma sœur en portant les mains à sa bouche.

– Salut, Vi, grimace-t-il d'un air penaud.

Nos regards mortifiés se croisent un bref instant. Ma sœur, quant à elle, se ressaisit facilement. Son regard vogue de lui à moi, puis de moi à lui.

– Oh… mon… Dieu ! s'exclame-t-elle dans un sourire coquin.

– Sors d'ici, je t'en supplie… l'imploré-je, les organes liquéfiés.

– Je ne pensais pas que vous en étiez déjà là !

Quoi ?

Elle éclate de rire, puis prend Montgomery dans ses bras. Le pauvre a le teint rouge tomate et cherche maladroitement à s'éloigner d'elle pour ne pas la tacher de peinture.

– Bienvenue dans la famille, mon cher ! reprend-elle en ignorant nos tenues.

– Ce… ce n'est p… pas ce que tu crois… bredouille-t-il.

– Ben voyons ! ricane Vi. Allez, je vous laisse vous rhabiller avant que vous ne mouriez sur place d'un AVC. Vous avez d'ailleurs sûrement besoin d'une bonne douche, mais soyons clairs : je vous attends dans le salon et je veux tout savoir ! Lily, tu ne quitteras pas le chalet avant de m'avoir livré chaque détail !

Ma sœur repart dans un courant d'air. *Veni, vidi, vici !*

Abasourdie par la tournure des événements, je me tourne vers Montgomery qui n'en mène pas large, lui non plus.

– On est maudits, ma parole… grommelé-je, les joues cramoisies.

– Je n'irai pas jusque-là.

J'affiche une moue perplexe. Aurait-il perdu la tête ?

– Réfléchis… poursuit-il. Maintenant que Viviane est au courant, elle ne nous mettra plus de bâtons dans les roues avec ses grandes réunions familiales !

Je ne peux toutefois m'empêcher de cacher mon visage derrière mes mains.

– Quand même… C'est trop la honte…

– Personnellement, je préfère me focaliser sur le positif. J'ai pas mal imaginé à quoi ressemblerait notre première fois et la réalité va bien au-delà de mes espérances.

Montgomery vient se coller dans mon dos en souriant. Sa joue balaie doucement la mienne, nos nez se frôlent et nos lèvres se trouvent comme si elles ne s'étaient jamais quittées.

– J'ai beaucoup aimé moi aussi, avoué-je timidement.

CHAPITRE 39

LILY

Désormais, j'ai peur que notre aventure de l'atelier n'ait refroidi Montgomery. Pourquoi ? Parce qu'on n'en a toujours pas parlé et que trois longues journées se sont déjà écoulées depuis ! Et ce n'est pas faute d'avoir tendu des perches et d'avoir fait des heures sup chez lui, en plus de mon service au *Gold Nugget*... Maintenant que je me suis jetée dans le grand bain avec lui, je refuse de le perdre si vite. Certes, ses tendres regards, ses prétextes pour m'effleurer de-ci de-là m'ont rassurée, mais le contrecoup est là. Il est tellement pris par l'avancée des travaux qu'il ne consacre plus une minute à notre histoire.

Résultat des courses : allongée dans le canapé après une sieste, je meurs à petit feu !

– Salut, toi !

Penché sur le dossier, Montgomery m'adresse un sourire satisfait alors que je sursaute. Son visage gravite si près du mien que mon cœur bat déjà la chamade.

– Salut, toi ! l'imité-je en étirant mes bras ankylosés.

– Comment va la marmotte ? demande-t-il en laissant traîner sa main dans mes cheveux emmêlés.

– Je crois que je vais avoir besoin d'une sieste pour me remettre de ma sieste, minaudé-je.

Il se redresse et contourne le canapé pour s'installer à mes côtés. Mes pieds effleurent ses jambes à travers le plaid. Je joue donc avec mes étirements pour caresser sa cuisse.

– Cette idée ne va pas avec mes plans. J'ai un programme chargé pour toi…

– Ah bon ? m'étonné-je en clignant des yeux.

– Le marché de Noël nous attend !

C'est la blague la moins subtile que j'aie jamais entendue… Remontant mon plaid, je me roule en position fœtale en lui grommelant d'arrêter ses bêtises.

– Quelles bêtises ? proteste-t-il en m'arrachant la couverture sans crier gare. Allez, debout ! Je ne peux pas apporter des paillettes dans ta vie si tu fais la pantoufle à la maison. Tout le monde y est déjà, il ne manque plus que Mia, toi et moi.

Soudain, les implications de sa proposition font sens dans mon esprit.

– Attends ! Tu me proposes une sortie en public avec moi ?

– Hum, oui, hésite Montgomery, visiblement perdu.

– Tu es vraiment prêt à assumer ? insisté-je, pleine d'espoir.

– Ce n'est pas comme si on allait se rouler des pelles devant tout le monde.

Certes.

Le retour sur terre est violent, tout comme la déception qui m'envahit. Je comprends seulement à cet instant à quel point j'en ai envie. À quel point j'espère qu'on passe à l'étape suivante.

– Dommage… boudé-je. On s'était si bien entraînés l'autre jour devant Vi.

Montgomery blanchit à vue d'œil et déglutit difficilement.

– Passons un accord, si tu veux bien : ne plus évoquer – sous aucun prétexte – l'issue de cette soirée !

J'ai beau savoir que sa tirade relève plus de la boutade qu'autre chose, je sens le doute s'immiscer en moi. Et si, malgré ses belles paroles, il regrettait d'être allé trop loin avec moi ? À la sortie de l'atelier, il s'est montré si confiant que j'ai cru qu'il serait le premier à me parler d'officialiser notre relation.

Je suis censée oublier à partir de quand ? reprends-je, faussement confiante. Parce qu'il y a tout de même une partie que j'aimerais garder en mémoire.

Toujours recroquevillée sur l'assise, je guette sa réaction. Son sourire s'élargit et sa main vient me caresser la joue.

– Je peux aussi te rappeler certaines choses, souffle-t-il.

Son doigt glisse à présent sur ma lèvre inférieure. Les sensations que cela éveille en moi chassent les derniers limbes de sommeil qui me retenaient encore.

– Pourquoi m'avoir ignorée jusqu'ici alors ?

Sa main s'immobilise tandis qu'il fronce les sourcils. Il hésite, cherche ses mots pendant que mon cœur bat la chamade.

– Je… Je ne sais pas trop comment me comporter ici… Je ne t'évitais pas, juste… Tout ça devient très compliqué à gérer avec ta sœur qui sait déjà pour nous deux.

Cette confession me rassure autant qu'elle m'inquiète. Il ne semble réellement pas prêt à se livrer sur nous deux, à faire évoluer notre relation en dehors du secret. Seulement, être la femme cachée, ce n'est plus ce que j'attends. Pas aujourd'hui. Pas après Spencer.

– Vi gardera le secret, lui assuré-je. Par contre, en effet, s'il y a une prochaine fois, ce sera peut-être quelqu'un de moins discret.

– Je suis prêt à prendre le risque, assure-t-il. Je veux une prochaine fois avec toi.

Et moi, je veux plus que ça.

Cependant, avant que je ne puisse exprimer ce sentiment à haute voix, la porte de ma chambre grince sur ses gonds. Une tornade miniature ne tarde pas à faire irruption entre nous, inconsciente de la tension qui s'est installée.

– Mia ? lui sourit son père. Fiona ne veut pas se lever, tu viens m'aider ?

La fillette me fait les gros yeux, court vers le vestibule pour récupérer mon manteau et mon écharpe, et à son retour, me jette le tout en pleine figure.

– Et que ça saute ! me rabroue-t-elle. On fait pas attendre le Père Noël, c'est pas poli !

Une part de moi a le cœur gros. Si je suis déçue par la tournure de notre conversation, j'en veux surtout à Montgomery de ne pas comprendre l'importance de cet échange pour moi. Malgré tout, je souris à sa petite fille et me lève comme si tout allait bien.

Elle n'y est pour rien si son père a décidé aujourd'hui de me traîner dans un endroit que je déteste…

Sur place, dans les allées du marché de Noël, ce n'est pas le verre de vin chaud que je serre entre mes moufles qui me fera changer d'avis. Il n'est pas mauvais, mais il ne me sauve pas de la vue de ces couleurs criardes, des stands de babioles inutiles ou de la tension qui subsiste entre Montgomery et moi, bien que lui ne semble pas la remarquer…

– Rappelle-moi ce que je fais là ? marmonné-je en fuyant l'effervescence autour du vendeur de pommes d'amour.

– Tu profites de la magie de Noël en notre compagnie ?

Pour toute réponse, j'envoie à Montgomery mon plus beau regard noir… Que les hostilités reprennent !

– Magie de quoi ? Regarde-moi bien en face et ose me dire que tu ne te sens pas agressé ? Les yeux me brûlent avec ces horribles LED de toutes les couleurs, mes oreilles saignent chaque fois qu'on diffuse du Mariah Carey, mon nez est saturé de chocolat, de cannelle, de pin et de menthe tout mélangés, je me pèle les miches dans ce froid de canard, la peau m'en tombe des doigts et…

Je renifle d'un air narquois ; Montgomery s'amuse de ma mauvaise humeur.

– Puisque tu ne sembles pas disposée à coopérer, on va passer directement aux grands moyens ! me prévient-il.

Les mains en porte-voix devant la bouche, il rappelle sa fille qui crapahutait dans la cage à poules avec d'autres enfants et lui propose une partie de pêche aux canards, qu'on a remplacés pour l'occasion par des étoiles et des boules de Noël. Montgomery tend plusieurs billets au gérant et l'instant suivant, il m'offre une canne à pêche.

– Celui qui gagne aura droit de commander les autres toute la journée ! proclame Mia en agitant la sienne comme un mini-fouet.

Lorsque le forain enclenche le compte à rebours, je résiste un temps. Puis, voyant combien père et fille sont au taquet, mon cœur se serre. J'ai envie de passer un bon moment avec eux, de partager leur joie… Je suis décidée à lâcher prise, pour cette fois.

– Eh, attendez-moi ! Je n'étais pas prête ! protesté-je.

Accroupie sur le sol rendu boueux par le passage des nombreux visiteurs, je lance ma ligne dans un coin que les deux autres n'exploitent pas. Montgomery panique en me voyant accumuler les prises et envahit mon espace pour me ralentir.

– Arrête de tricher !

Dans un grand mouvement théâtral, Mia bondit sur ses pieds en hurlant de joie. L'étoile qu'elle a attrapée vole au-dessus de sa tête et cogne Montgomery au coin de l'œil. Celui-ci s'agite tant et si bien que sa ligne s'empêtre dans la mienne.

– Regarde un peu ce que tu as fait !

– Ce n'est pas ma faute, j'ai été attaqué par une étoile filante ! se défend-il.

– Tu es juste jaloux parce que j'étais en train de te mettre une raclée !

Du côté de Mia, pas un son. Bizarre… Je repousse Montgomery pour mieux la détailler. La langue tirée, elle profite de la zizanie qu'elle a semée pour rattraper son retard.

– Je ne veux pas finir la journée en costume de fée ! gémis-je à la perspective de voir la fillette rafler la mise.

Quand mon acolyte comprend qu'il pourrait lui arriver la même chose, il se hâte de démêler nos lignes. Chacun garde sagement ses frontières, mais

Mia me fait tant rire avec ses pitreries que mes mains en tremblent.

C'est finalement son père qui remporte la partie, et je ne peux retenir un soupir. Le forain propose à Montgomery de choisir un lot dans la catégorie au-dessus de celle à laquelle nous avions droit avec trois tickets.

– Pour la tranche de fou rire ! confirme-t-il. Ça valait bien un surclassement.

Sans hésiter, Montgomery réclame une énorme peluche en forme de poisson qu'il me refourgue aussitôt.

– Je ne peux plus rien faire pour ce pauvre Colgate, paix à son âme, alors je te présente Colgate II. Celui-ci, tu n'auras pas à le jeter un jour dans les WC.

Le nez enfoui dans le tissu duveteux de mon Némo géant, je dois reconnaître que cet idiot de voisin a réussi à me toucher en plein cœur. C'est un peu bête d'être aussi ébranlée par un simple jouet, mais l'attention que Montgomery a mise dans ce geste m'émeut au plus haut point. Je n'arrive pas à colmater la fissure qui apparaît dans mon armure anti-Noël, parce que, au-delà de son cadeau, la simple idée qu'il ait retenu toutes mes péripéties de ces dernières années me bouleverse.

– Il a presque la même couleur que tes cheveux ! se pâme Mia.

En attendant que son père décide de notre prochaine étape, la fillette trotte jusqu'au stand de bonbons pour saliver devant des sucettes rouges et vertes.

– C'est un coup bas ! grommelé-je à l'attention de Montgomery.

– Le sourire que tu retiens me dit le contraire, souffle-t-il subrepticement à mon oreille.

La chaleur de son souffle dans ma nuque me fait frissonner alors que ses doigts effleurent les miens. Je lutte pour ne pas prendre sa main dans la mienne… Je sais que je ne dois pas forcer les choses. La situation n'est pas difficile que pour moi. Il n'y a pas que mon cœur brisé en jeu, il y a aussi le sien, ses sentiments, ses responsabilités… Sa fille.

Mia s'est d'ailleurs échappée pour rejoindre des camarades de classe du côté des toboggans.

Alors qu'on se rapproche d'elle, on passe devant l'étal d'un ébéniste. Je m'empare d'un petit yéti sculpté, peint en bleu et blanc, et le tourne entre mes doigts, intriguée.

– Un yéti ? demande Montgomery, déconcerté. Pourquoi ?

Je me fends d'un large sourire, vaguement nostalgique. Ce petit jouet a immédiatement attiré mon attention, et cela n'a rien d'anodin.

– Pour l'Abominable Homme d'En Face. Il n'y a pas si longtemps, c'était ton surnom…

Je pose l'objet fragile sur le comptoir et reprends notre route.

– Et tu m'appelles comment, maintenant ? s'enquiert-il derrière moi.

– Ça reste encore à définir, lui réponds-je avec légèreté pour chasser le « petit ami » qui me vient à l'esprit.

Il se fige et fixe sur moi un regard concentré dont les émotions me sont indéchiffrables. Ai-je dit quelque chose de mal ?

– Je vois, souffle-t-il, sérieusement. Mia !

Dès que sa fille revient vers nous et glisse la main dans celle de son père, Montgomery nous emmène toutes deux vers un stand de décorations faites à la main. Des pièces uniques, joyeuses et colorées.

J'aimerais poursuivre cette conversation, lui demander où il veut en venir, tenter de crever cet abcès entre nous, mais la présence de Mia m'en empêche, et j'ai de plus en plus l'impression qu'il l'utilise exactement dans ce but…

– Ça fait des jours qu'un sapin se promène tout nu dans le hall ! entonne-t-il, son sourire chaleureux de nouveau scotché aux lèvres. C'est inacceptable !

L'artisan lui confie un panier en osier en échange des billets qu'il lui tend.

– Nous avons droit à une décoration chacun. Ce n'est pas une course, mais il est interdit de faire des doublons. Et quand je dis une décoration, il faut comprendre *la* décoration. Vous devez trouver la figurine parfaite, celle qui vous ressemble le plus. Si celle dont vous rêvez se trouve déjà dans le panier de votre voisin, il faudra lui croquer les mains pour la récupérer !

Je me sens bête, avec Colgate II sous le bras. J'ai acheté ce maudit sapin pour Mia, mais je n'ai jamais eu l'intention de m'investir dans sa décoration… Pourtant, la petite fille semble en décider autrement. Tandis qu'elle parcourt l'étal avec son père, elle pioche timidement dans une pile et se faufile jusqu'à moi.

– Çui-là, c'est toi qui dois l'avoir, c'est obligé !

Un petit T-Rex affublé d'un bonnet rouge et blanc tombe doucement dans ma main.

– J'ai pas trouvé de dragon, mais ça y ressemble, non ?

Je hoche la tête, incapable de parler. La journée va donc se résumer à ça ? Un geste touchant après l'autre jusqu'à ce que je fonde en larmes au beau milieu de la place publique ? Battant des paupières pour garder contenance, je me joins à eux pour ne pas gâcher l'instant.

Je débusque un adorable chat blanc aux yeux bleus avec une veste de lutin et l'offre à Mia pour la remercier du dinosaure. Quand nous découvrons ensemble un bonhomme de pain d'épices auquel il manque une jambe à dessein, nous poussons toutes deux un cri de victoire.

– Papa ! Viens vite ! l'interpelle Mia en sautillant sur place.

– Qu'est-ce qu'il y a ?

Intrigué, il penche la tête de côté pour mieux étudier la figurine que je lui tends à bout de bras.

– Si vous m'avez appelé pour faire l'arbitre parce que vous la voulez toutes les deux, laissez tomber ! Souvenez-vous de ce que je vous ai dit, vous allez devoir croquer les doigts de l'autre si vous souhaitez la récupérer !

Affligée, Mia lève les bras pour s'ébouriffer les cheveux.

– Mais non ! T'as pas compris ! C'est pour toi !

– Pour moi ? Comment ça ?

Je m'avance d'un pas en affichant mon plus bel air intimidant.

– Parce que si tu refuses de la prendre, il te manquera bientôt une jambe à toi aussi !

– Nan, mais un bonhomme de pain d'épices, ça ne veut rien dire ! Ce n'est pas comme le chat de Mia ou ton dragon customisé !

J'ouvre la bouche en grand en lâchant un « Aaaaah » offusqué, puis attrape Mia par les épaules pour la presser contre mon flanc.

– Tu as entendu ça ? dramatisé-je. Un bonhomme de pain d'épices, ça ne veut rien dire !

– C'est pas bien de dire ça ! fulmine Mia en tapant du pied. Tibiscuit, il est vraiment pas content !

– Tibiscuit… reprend son père. Attends, tu parles du bonhomme dans *Shrek* ?

– Bah oui ! T'as déjà oublié ?

Montgomery mime l'hésitation, ce qui a immédiatement pour conséquences de faire bondir Mia sur place.

– Je trouve cette décoration parfaite pour toi, interviens-je. Sans Shrek et l'Âne, on se ferait sûrement encore la tête ! Tibiscuit, c'est dans la même veine. Il faut te réveiller !

Ayant enfin compris la référence, Montgomery accepte de céder et valide notre proposition. Il va même jusqu'à embrasser la figurine pour nous prouver combien il est heureux de cette trouvaille.

Alors que nous récupérons nos lots soigneusement emballés, il propose un crochet par la voiture. Avec nos friandises, nos décorations et mon énorme peluche, nous prenons beaucoup trop de place dans les allées.

Finalement, entre la bonne humeur de Mia et les efforts de Montgomery pour me faire aimer cette fête, mon cœur finit par s'alléger. Je ne dirais pas que je m'amuse, mais je commence à oublier mes griefs.

CHAPITRE 40

MONTGOMERY

Au fur et à mesure de mes tentatives, je crois que Lily se détend. Son regard change, s'anime, il pétille tandis qu'elle s'investit de plus en plus dans cette journée.

Fidèle à la tradition, j'ai enfilé un bonnet rouge et blanc, offert à Lily un serre-tête doté de cors de cerf et donné à Mia la version avec des sapins en guise d'oreilles. J'aurais pu pousser jusqu'à affubler Lily d'un nez rouge qui clignote, mais elle s'est sauvée vers un stand de barbe à papa.

– La bouche pleine, tu diras moins de sottises ! riposte-t-elle en me tendant une épaisse poignée de filaments acidulés.

– N'en chois pas chi chûre ! protesté-je alors qu'elle arrache un nouveau lambeau de sucre pour me le fourrer de force entre les lèvres.

Cette fois, je suis bel et bien obligé de mâcher !

– Voilà, c'est beaucoup mieux comme ça ! me raille-t-elle. Sois beau et tais-toi !

Pour me venger, j'essuie mes doigts poisseux de sucre sur sa joue.

– Tu oses me tartiner de barbe à papa ? Je croyais pourtant que la peinture t'avait suffi…

Le ton de Lily est un brin revêche, comme teinté de reproches. J'abandonne l'idée de lui décorer l'autre joue dans un froncement de sourcils.

– Il y a un problème ? J'ai l'impression de marcher sur des œufs avec toi aujourd'hui, et je n'ai franchement pas envie de revenir à l'époque où on se tirait sans cesse dans les pattes.

– Aucun ! réplique-t-elle fermement.

– Lily, je t'en prie…

– Puisque je t'ai dit que ce n'est rien ! Je dois faire une overdose de noëllerie, ça va passer.

Elle croise les bras sur sa poitrine pour clore le sujet, mais je ne suis nullement d'accord avec ça. Après nous être fait la guerre pendant tant d'années, nous avons encore clairement des problèmes pour communiquer. Faire l'autruche ne résoudra rien. Il vaut mieux percer l'abcès dès à présent si nous ne voulons pas qu'il vienne empoisonner notre relation.

– Lily, entamé-je en me rapprochant d'elle. J'ignore ce qui te passe par la tête actuellement, mais je tiens énormément à toi, alors s'il y a quoi qu…

Mia déboule au milieu de notre guérilla et agite un index courroucé sous nos nez.

– Arrêtez de faire les bébés, on va être en retard ! Y'a déjà une file grande comme les montagnes !

– En retard pour quoi ? sourcillé-je.

– Pour aller voir le Père Noël ! J'ai préparé ma liste.

Ah oui, le fameux Père Noël de supermarché qu'on rencontre chaque année un peu partout… Je vais pouvoir mitrailler de photos ce rendez-vous incontournable pour le faire entrer dans notre premier album de famille. J'y ajouterai évidemment les selfies que nous prenons depuis le début de cet après-midi et sur lesquels on voit Lily se détendre à chaque pose.

Pourtant, à cet instant, elle reprend sa mine renfrognée. J'aimerais savoir ce qui se passe derrière ce joli visage, mais cela signifierait encadrer ses joues de mes mains, me concentrer sur ses yeux pour qu'elle ne fuie pas mes questions, et tout ça, Mia ne m'en laisse pas l'occasion.

– Dépêche-toi ! insiste-t-elle. Les autres enfants vont nous doubler !

La patience n'étant pas son fort, ma fille me tire sur la main et utilise son poids pour me faire avancer.

– Oh misère… marmonne Lily en nous suivant de mauvaise grâce.

Sous un chapiteau blanc rehaussé ici et là de gros flocons en polystyrène, les lutins ont tiré un tapis rouge jusqu'au Trône de Fer, occupé par un vieil homme à la barbe fournie. À ses côtés, un renne attelé à un traîneau chargé de paquets cadeaux parfait l'illusion. Ou bien est-ce la lycéenne arborant des tresses à la Fifi Brindacier, vêtue de la parfaite panoplie de l'elfe facétieuse ?

– Le vieux barbu… marmonné-je en plissant les yeux pour analyser son regard bleu-gris aux pattes-d'oie marquées sous son déguisement. Ce ne serait pas ton père, Lily ?

– Il fait ça chaque année, soupire-t-elle.

Plus nous progressons dans la file d'attente, plus Lily rentre la tête dans ses épaules. Elle en vient même à mettre ma carrure à contribution pour se planquer. De son côté, Mia babille sans arrêt, elle détaille chaque décoration, nous chante que le petit ourson est trop mignon dans son igloo, qu'elle veut le même à la maison.

Reconnaissant la voix de ma gamine, le Père Noël adresse un petit signe de la main à sa propre fille.

C'est à votre tour, jeune demoiselle ? la charrie-t-il.

J'ai peur pour Lily, elle va se faire une entorse au nerf optique si elle continue à rouler les yeux comme elle le fait présentement.

– Absolument pas, décline-t-elle. Je n'ai pas été sage, passons directement à ce joli petit écureuil !

Nous restons en bout de file tandis que Mia galope jusqu'au père de Lily et bataille pour se hisser sur ses genoux. Le Père Noël lui susurre quelques mots à l'oreille et ma fille pouffe derrière sa main tout en nous dévisageant.

– Je crois qu'ils parlent de nous, redouté-je en me penchant légèrement vers Lily.

– Et ce n'est que le début, grogne-t-elle. Après tout, il va se demander ce que je fais ici avec toi…

Je perçois dans sa voix une certaine amertume qui me fait de nouveau froncer les sourcils. Quel que soit le problème, elle ne semble pas vouloir l'aborder avec moi. Alors, même si j'ai peur des conséquences de ma question, je profite de la distraction de Mia pour l'affronter.

– Et tu fais quoi, avec moi, précisément ? insisté-je.

– Rien qui puisse choquer les commères du village. Il ne faudrait pas paraître trop proches, non ?

La réplique est acerbe, le ton, tranchant et si un regard pouvait tuer, je serais déjà à terre. Cette explosion de colère me déstabilise complètement. J'avais bien senti que quelque chose la contrariait, mais je suis incapable de comprendre ce que j'ai fait pour qu'elle en arrive là.

– Je n'aurais donc pas dû te proposer de nous accompagner ?

Lily détourne le menton et observe avec application le renne en plastique. La conversation est donc terminée ?

Face à nous, la séquence souvenir entre le Père Noël et Mia se poursuit ; tous deux sont indifférents à la tension.

– Alors, ma petite chérie. Maintenant que tu m'as raconté toutes tes belles aventures, as-tu réfléchi à ce que tu voudrais pour Noël ?

Calée contre l'énorme boucle de la ceinture de notre hôte, Mia trifouille l'extrémité de sa barbe blanche de ses petits doigts.

– Pour Noël, je veux qu'une chose, entame-t-elle d'un air grave. Qu'on retourne vivre dans notre maison. Là, on est chez Lily. Et Lily, elle est rigolote, mais faut que papa et moi, on rentre chez nous.

Mia se penche alors vers l'oreille du père de Lily et marmonne une phrase qui le met visiblement mal à l'aise.

– Est-ce que toi aussi, tu as hâte de rentrer chez toi ? reprend Lily d'une voix cassée.

Je suis perdu entre ces deux conversations. D'abord, les confidences de Mia au Père Noël m'inquiètent, car son air triste me rappelle que ma petite fille de quatre ans est déjà habitée par ses propres démons. Je ne suis pas encore le super papa qui peut tout réparer, la rassurer en quelques mots bien choisis, mais je veux le devenir

Sauf qu'à côté de moi, une magnifique femme me demande de la rassurer sur un sujet que je ne comprends pas. Et justement, je devrais être présent pour elle, répondre à ses questions. Malheureusement, j'ai déjà eu tant de mal à m'occuper de moi pendant des années qu'aujourd'hui, gérer Mia et Lily en même temps me donne la sensation d'étouffer.

– Attends, Lily, demandé-je sans la regarder. Je ne pense pas que Mia aille bien.

Je fais deux pas vers ma fille avant de constater que le Père Noël a su jouer habilement de ses talents. Le père de Lily a détourné la conversation sur un bébé chat, un vrai de vrai, une dînette pour apprendre à son papa à cuisiner et une robe à paillettes qui change de couleur.

Très vite, Mia retrouve son sourire et se remet à pépier joyeusement. Apparemment, ce n'était qu'une fausse alerte…

– Papa, appelle-t-elle. Viens pour la photo !

Elle me fait de grands signes impatients, alors que j'hésite. Après une courte pause, je me tourne vers Lily.

– Je sais que ce n'est pas ton truc, mais tu veux bien venir faire la photo avec nous ? osé-je.

Ses traits passent de l'étonnement à la réticence, puis elle m'adresse une grimace, mal à l'aise.

– Ce n'est pas que je veuille faire ma mauvaise tête, hésite-t-elle. Ce n'est pas non plus à cause de notre conversation, mais avec ce qu'il se passe entre nous… Enfin, c'est plutôt la place de la maman, non ? Je ne veux pas risquer d'embrouiller Mia.

Cependant, derrière nous, ma fille est d'un autre avis puisqu'elle nous hèle depuis les genoux du Père Noël :

– Je veux qu'on soit tous les trois dessus, clame-t-elle. Allez, venez !

– Voilà qui répond à ta question, insisté-je en la prenant par la main.

Lily reste indécise et grimace lorsque je la tire vers moi.

– Lily, insisté-je, le cœur battant. Si j'ai réussi à te faire sourire, ne serait-ce qu'un instant durant cet après-midi, j'aimerais qu'on garde ce souvenir. Toi et Mia, vous êtes aujourd'hui les personnes les plus importantes dans ma vie.

J'ai murmuré ces derniers mots avec une boule dans la gorge, bien que je sache qu'ils sont vrais. Je ne veux pas l'effrayer, aller trop vite, précipiter les choses. Je sais que je dois penser à Mia, à son bien-être, et tout cela passe avant moi.

Pourtant, l'espace d'une seconde, seuls les grands yeux suppliants de Lily comptent.

– D'accord, souffle-t-elle finalement.

Ses doigts se resserrent autour de ma paume. Alors que nous rejoignons Mia, je me raccroche à ce geste pour me dire que tout va bien, que nous pouvons y arriver et surmonter les doutes qui planent encore sur nous.

– Prenez ma place, jeune homme ! propose le vieux barbu en quittant son trône alors que le photographe cherche comment nous installer.

– Ouiii ! applaudit Mia. Papa devient le Père Noël !

Lily et moi nous partageons l'assise. Quand elle soulève Mia pour l'installer sur nos genoux, je ne perçois plus la moindre trace de contrariété.

Elle semble sincèrement irradier de bonheur en regardant ma fille s'extasier. Devant ce tableau, et même si j'ai aimé Kenza de tout mon être, je me surprends à imaginer ce que pourrait être notre vie ensemble. Tous les trois.

– Je vous aime trop trop fort ! chantonne Mia en nous serrant tour à tour dans ses bras.

Lily dépose alors un baiser sur son front avec douceur. Faisant fi des gens qui nous observent, je dégage un de mes bras pour caresser le dos de Lily et la rapprocher de moi. Je la sens se tendre sous mes doigts, puis sa main se pose sur la mienne, contre sa hanche.

Sur la photo, nous sommes presque joue contre joue, avec la bouille de Mia pile entre nous.

CHAPITRE 41

LILY

De retour de l'école, Mia me piste avec plus d'insistance qu'un trappeur sur les traces de sa proie blessée.

– C'est quand qu'on décore le sapin ? serine-t-elle sans cesse.

– Je t'ai déjà répondu, mon petit chat. Après le dîner !

Frustrée, elle tire sur ses couettes en me faisant d'horribles grimaces. Dans un grand éclat de rire, je chasse la polissonne pour pouvoir avancer avec mes boîtes de clous et mes rouleaux de scotch, mais cette dernière s'obstine à faire barrage.

– On a le droit d'avoir deux sapins dans la même maison ? s'inquiète-t-elle soudain. Y'en a déjà un en haut.

– On peut avoir autant de sapins qu'on veut !

– Du moment qu'ils sont tous décorés comme il faut ! ajoute Montgomery qui arrive derrière nous.

« Comme il faut »… Vu le talent particulier que déploie Mia pour coordonner ses vêtements, est-ce vraiment l'expression la plus appropriée pour décrire le spectacle qui nous attend ?

La tension est toujours présente entre Montgomery et moi, bien que je tente de la masquer. J'ai compris, à son regard désespéré vers sa fille, que je ne pouvais pas formuler mes attentes à voix haute, pas tout de suite. Ce jour-là, devant le Père Noël, il m'a semblé complètement acculé, entre Mia et moi, entre son devoir de père et son envie de m'avoir dans sa vie.

Les choses sont compliquées, une petite fille grandit entre nous deux, je le sais. Tout ce qu'il nous faut aujourd'hui, c'est du temps. Je me dois de l'accepter si je veux donner une chance à notre couple.

Les membres de ma famille nous rejoignent dans le salon au compte-gouttes. En l'espace d'une dizaine de minutes, Mia nous a tous réunis autour d'elle et exige de commencer l'activité « décoration du sapin ».

Sous nos yeux curieux, Mia navigue d'un carton à l'autre pour évaluer leur contenu, faire ses sélections et nous les distribuer, en plus des trois bibelots que nous avons rapportés du marché. Puisqu'elle est trop petite pour atteindre ne serait-ce que la mi-hauteur du conifère, elle nous missionne à tour de rôle : « La boule bleue, elle va ici. Et le sucre d'orge, il va là. » Suivant ses instructions, je place un petit Olaf sur une branche supérieure.

– Non, Fiona ! J'ai dit à droite de la cabane, le bonhomme de neige !

Son visage rouge de contrariété m'incite à rectifier le tir sur-le-champ, mais les récriminations de la mouflette montent d'un cran :

– Mais non, pas comme ça !

Je projette un SOS par télépathie à son père. C'est le moment de vérifier si nous sommes sur la même longueur d'onde… Malheureusement, il se fait lui aussi tirer les oreilles.

– Attention, papa ! L'étoile est tout de travers !

Derrière sa mignonnerie habituelle, Mia semble prédisposée à la dictature. Elle clame des ordres tel un mini-tyran, alors d'un commun accord, tout le monde finit par faire exprès de mal comprendre ses consignes pour le plaisir de l'entendre en rajouter des couches sur notre incompétence notoire.

– Elle doit aussi apprendre à ne pas toujours obtenir ce qu'elle veut, plaisante Montgomery alors que la petite tape du pied.

Une heure plus tard, le sapin est cependant décoré selon les goûts de Mia… Il ne faut pas y chercher un sens, il déborde juste de couleurs chatoyantes !

– C'est pas fini ! proclame-t-elle quand chacun commence à s'effondrer dans les fauteuils ou le canapé.

Sourde à ses protestations, j'attrape le plaid à côté de moi et le pose sur ma tête.

– Que quelqu'un lui donne un somnifère, supplie Sean.

Mia se dandine devant le sapin et sort une chaussette de la poche de son gilet en laine. Levant les bras vers le manteau de cheminée, elle tente de l'accrocher à la suite des autres.

– Où as-tu eu ça ? lui demande Montgomery en la portant pour éviter qu'elle ne se blesse.

– Je l'ai pris dans le tiroir de Fiona. J'avais besoin d'une chaussette de fille !

Je suis soufflée par son audace, mais effectivement, je reconnais un élément de ma paire rouge et jaune à petits pois… Enfin, quitte à choisir, je préfère qu'elle m'ait chipé une chaussette plutôt qu'une culotte !

– Tu la lui as demandée, au moins ? insiste son père.

– Elle en a tout plein. Elle verra rien !

Je m'éclaircis la voix pour leur rappeler ma présence.

– Mia ! reprend son père avec sévérité, tout en la posant au sol. Avant de faire quoi que ce soit, tu vas présenter tes excuses à Lily pour avoir fouillé dans ses affaires sans autorisation, et lui demander gentiment si elle est d'accord pour te prêter cette chaussette.

Le sourire radieux de la petite fille se décompose en une fraction de seconde. La lèvre boudeuse, elle baisse les mains pour triturer le bas de son gilet d'un air coupable. Loin de sa démarche bondissante habituelle, elle s'approche en traînant ses chaussons sur le parquet. La pauvrette n'ose même pas relever les yeux lorsqu'elle se poste enfin devant moi.

– Je suis désolée, Fiona, piaille-t-elle d'une voix blanche. C'est mal de fouiller dans les affaires des autres, mais je l'ai fait quand même. Je comprends, si tu veux reprendre ta chaussette.

Impossible de lui avouer que je suis prête à lui offrir toute ma garde-robe pour chasser cet air meurtri de son visage… Ça remettrait en cause l'autorité de son père. Alors, j'opte pour le juste milieu.

Prenant ses mains dans les miennes, je l'encourage à me regarder dans les yeux.

– Je préfère effectivement que tu me demandes quand tu as besoin de quelque chose au lieu de fouiner dans mes tiroirs, mais puisque tu m'as présenté tes excuses et que tu regrettes sincèrement, je veux bien te la donner.

Mia s'illumine à nouveau et me claque un énorme baiser mouillé sur la joue pour me remercier. Je ne peux m'empêcher de glousser avant de l'inviter à reprendre sa mission de décoration.

– Ma fille est une cambrioleuse, soupire son père en la reprenant dans ses bras. Qu'on me vienne en aide !

– Détends-toi, Monty ! lance Avery. Mia est un elfe libre, maintenant.

De mon côté, j'ai beau lire et relire les prénoms sur les chaussettes déjà accrochées, aucune ne manque à l'appel. Viviane en a même imposé une à mon effigie malgré mes protestations…

D'où vient cette lubie chez Mia ? La chaussette serait-elle pour son nouveau doudou ?

– Mia, c'est pour qui, celle-là ? lui demande finalement Montgomery.

– Pour maman ! claironne-t-elle avec fierté.

La bonne humeur ambiante est alors chassée par un vent froid. Nous réagissons tous à la crispation presque instantanée de Montgomery qui tente de faire bonne figure devant sa fille. J'hésite à me lever pour lui apporter une forme de soutien alors que dans la pièce, on entendrait une mouche voler.

Pourtant, il se ressaisit, malgré son air soucieux. Lentement, il dépose sa fille au sol, la fait pivoter vers lui et pose un genou à terre pour être à sa hauteur.

– Tu te souviens de ce qu'on a dit, ma chérie ? ébauche-t-il d'une voix presque cassée. On n'est pas dans la comptine du petit oiseau. Malheureusement, ta maman à toi ne sera pas là pour Noël. Elle est partie en voyage très loin et pour toujours.

Le visage de Mia se froisse de contrariété. Elle s'agite, remue dans les bras de son père et finalement, des larmes perlent en silence sur ses joues rebondies.

– Elle est montée au ciel ? demande-t-elle.

– Non ! s'affole Montgomery. Elle est sûrement quelque part, et j'espère qu'elle est très heureuse là où elle est. Seulement, elle n'est pas avec nous.

– Si elle est pas au ciel, alors je vais chanter le matin, affirme la fillette en se dégageant de la prise de son père. Encore et encore !

Elle tape du pied sur le plancher, le visage rouge de colère.

– Peut-être qu'elle entendra, s'entête-t-elle. Comme la maman oiseau quand elle a reconnu la voix de son bébé. J'ai le droit d'essayer, hein ? Tu peux pas m'en empêcher ! Je veux pas que maman croie que je l'ai oubliée.

Montgomery se gratte la tête avant de se passer une main sur le visage d'un air las. Il semble tiraillé entre la vérité qu'il est le seul à connaître et la peur de blesser sa fille.

– Il n'y a pas de mal à essayer, c'est vrai, concède-t-il. Mais ça ne veut pas dire que ça arrivera. Même si tu y mets toutes tes forces. Il faut t'en souvenir à tout prix pour ne pas être trop déçue si ça ne marche pas.

Il la serre très fort dans ses bras tout en lui frottant le dos pour la rassurer.

Les uns après les autres, les membres du clan Mackenzie choisissent de s'éclipser pour les laisser profiter de ce moment. Moi, y compris.

Réunis dans la cuisine, nous préparons des chocolats chauds que Mia et Montgomery viennent déguster avec nous après que la petite a séché ses larmes.

Alors que Mia commence à nous raconter, comme si tout était déjà oublié, les dernières aventures du

Lutin Félin au pôle Nord, j'observe Montgomery. Avec ses yeux hagards, il semble encore secoué par ce brusque retournement de situation. Moi aussi, à vrai dire. Je prends pleinement conscience de la place qu'occupe encore Kenza dans sa vie et si je me suis confiée à lui au sujet d'Addie, je me rappelle qu'il n'en a encore rien fait de son côté. J'ai besoin de savoir ce qu'il a vécu avec la mère de Mia, de comprendre comment leur histoire a pu se terminer ainsi, avec une petite fille laissée sur le bord de la route. Ce n'est pas l'amour qui manque à Montgomery, alors comment un tel drame a-t-il pu survenir ?

Tant que cette question ne sera pas réglée, je ne me sentirai jamais vraiment en confiance. J'aurais bien trop peur que Kenza ne fasse de nouveau irruption dans leurs vies au moment où j'aurais enfin quitté ma carapace.

CHAPITRE 42

MONTGOMERY

Cette nuit, impossible de dormir. Mes pensées tournent en boucle autour de Kenza. Je suis tiraillé entre deux vérités : le besoin de Mia de tenter le tout pour le tout et cette certitude absolue que Kenza ne réapparaîtra jamais dans nos vies.

Incapable de fermer l'œil, j'ai quitté la chambre sur la pointe des pieds pour me préparer un chocolat chaud en cuisine. Alors que je le sirote en silence, assis sur un tabouret de bar au comptoir, un pas léger dans l'escalier me sort de mes ruminations. Guidée par la lueur de son portable, Lily apparaît dans la pièce.

– Qu'est-ce que tu fais là dans le noir ? demande-t-elle en refermant les pans de son kimono sur sa nuisette.

– Comme tu peux le constater, je me fais une collation de minuit ! souris-je faussement.

Elle fronce les sourcils, son regard passant de moi à la tasse que j'ai hissée devant mon visage. Elle semble hésiter, puis fait un pas dans ma direction.

– Tu es sûr que ça va ?

Je déglutis devant son air sérieux. Je n'ai pas envie de lui mentir, mais je n'ai pas non plus envie de l'acculer davantage. Je sais qu'il y a des choses entre nous, des sujets que nous devons aborder, mais je suis pour l'instant incapable de le faire… Peut-être à cause de Kenza, justement.

– J'ai seulement un peu de mal à trouver le sommeil, soupiré-je. Ça va passer.

Pourtant, loin de mordre à l'hameçon, Lily tire à son tour un tabouret pour s'y installer.

– Tu sais quoi ? Je vais me prendre un petit chocolat, moi aussi. Et si par hasard, tu as envie de parler, eh bien, je suis là !

Pendant qu'elle sort les ingrédients, je me débats avec moi-même. Je veux être transparent, tout lui dire au sujet de Kenza et de la naissance de Mia pour qu'il n'y ait plus le moindre obstacle entre nous. Une part de moi se demande si mon récit suffira à combler cet écart entre nous, et une autre, plus lâche, est terrorisée à l'idée que mon passé la rebute au point de la pousser à s'éloigner de moi.

– Un lien avec la chaussette ? me demande-t-elle en s'installant en face de moi.

Son regard est curieux, mais dénué de jugement. Elle respecte ma retenue alors que cette ombre qui plane entre nous la blesse forcément, elle aussi. Comment une femme comme elle – flamboyante, drôle et perspicace – peut-elle s'intéresser à moi ?

– J'ai beau répéter à Mia que sa maman ne reviendra pas, elle s'acharne à y croire, soupiré-je. Je ne sais plus comment lui présenter les choses sans lui briser le cœur.

En soufflant sur son chocolat, Lily semble réfléchir à la question. Elle hésite, mais finalement demande :

– Comment vous vous êtes rencontrés, Kenza et toi ?

Deuxième électrochoc de la soirée. Mes mains se crispent autour de mon mug. Je me suis jusqu'ici contenté d'envisager cette discussion, entre Lily et moi, et me voilà soudain au pied du mur… Peut-être ne devrais-je pas me braquer comme je le fais présentement ? Avec cette question, Lily m'offre l'opportunité d'arracher ce pansement une bonne fois pour toutes, mais suis-je seulement apte à trouver les mots justes pour tout lui raconter ?

– Encore une fois, si tu préfères en rester là, je respecte ta décision.

Une petite voix dans ma tête me pousse à saisir cette perche. Je rêve de me défiler, mais je sais que Lily mérite d'entendre mon histoire.

– C'est tellement dur de revenir là-dessus, lâché-je. Ça a été à la fois la plus belle période de ma vie et la plus terrible. On était si jeunes, elle et moi.

Mon index tapote furieusement l'anse de mon mug, je ne parviens pas à me défaire de ce tic alors que les souvenirs refont surface.

– Je venais à peine d'intégrer Julliard quand je l'ai vue pour la toute première fois. Elle bossait comme une folle pour devenir danseuse de ballet. Moi, je faisais la bringue quasiment tous les soirs. Je fumais des joints quotidiennement et me trimballais une gueule de bois un jour sur deux.

– Toi, fêtard ? s'étonne Lily. Je te voyais plutôt casanier. Étudiant geek à lunettes, avec un reste d'acné, des livres sous le bras et un bulletin en béton armé !

Je souris, mais le cœur n'y est pas. Malgré la bonne humeur que met Lily dans cette conversation, je me sens vidé de ma substance.

– J'étais tout l'inverse. Ma famille n'a pas tardé à me le reprocher, d'ailleurs. Ma relation avec Kenza m'a apporté la rigueur qui me manquait. Elle m'a encouragé à prendre mes cours plus au sérieux, à mettre toutes les chances de mon côté pour les auditions. Moi, je l'ai incitée à lâcher prise. Le stress avait tendance à la tétaniser. Notre duo a fonctionné un temps, et puis elle s'est blessée…

Je suis à présent incapable de regarder autre chose que mes pieds. Agrippé au bord du comptoir, je serre les poings à en faire blanchir mes jointures. Doucement, Lily réduit la distance qui nous sépare en posant sa paume contre ma joue. Je me ménage une courte pause avant de poursuivre :

– Ensuite, l'histoire classique. Un médecin lui a prescrit des antalgiques beaucoup trop efficaces. Kenza en oubliait sa douleur physique, son stress, ses angoisses… Résultat : elle est devenue accro. Elle ne voulait pas que son accident impacte sa carrière, elle s'épuisait donc à maintenir son corps au niveau, alors qu'elle avait surtout besoin de repos… Quand le docteur a refusé de renouveler son ordonnance, elle est devenue hystérique. On s'engueulait du matin au soir. Finalement, après avoir trouvé des médocs au marché noir, elle a exploré des trucs plus forts.

– Il n'y avait personne à qui tu pouvais demander de l'aide ? intervient Lily.

– Avec mes conneries d'ado, mes parents avaient déjà été à deux doigts de me couper les vivres, je ne me voyais pas leur raconter ça en prime. J'avais peur de les décevoir de nouveau. Avec le recul, je sais que c'était complètement con comme raisonnement. Et puis, Kenza était boursière et je savais que si j'allais trouver quelqu'un de l'université, elle perdrait ses aides…

Au moment où Lily s'apprête à poser ses mains sur les miennes pour tenter de me soulager de la pression qui m'accable, je quitte le comptoir et me mets à faire les cent pas. Elle me regarde aller et venir, impuissante.

– Cette spirale infernale a duré des mois, ruminé-je, mon débit se calquant progressivement sur le martèlement de mes pieds. Entre son régime de danseuse et son addiction, son corps était complètement détraqué, si bien qu'on ne s'est même pas rendu compte qu'elle était enceinte.

Ma voix se brise et je m'arrête un instant. Je ne sais plus quoi dire. Mes sentiments débordent en un flot constant.

– Vous avez choisi de garder Mia, en dépit des circonstances, affirme Lily en descendant à son tour de son tabouret. C'était franchement très courageux de votre part !

Un rire désabusé m'échappe, symbole de cette douleur qui me ronge de l'intérieur. J'empoigne mes cheveux comme si je cherchais à extirper ces horribles souvenirs de ma mémoire, une bonne fois pour toutes.

Avec un soupir, Lily me fait face et me force à desserrer les doigts afin que je cesse de me faire du mal.

– Détrompe-toi, affirmé-je d'une voix quasi inaudible, on était tout sauf des héros ! Elle voulait avorter, j'étais carrément partant, sauf qu'elle ne pouvait plus. À partir de là, elle a reporté toutes ses frustrations sur moi : elle voyait sa carrière gâchée avant d'avoir commencé. Moi, je n'étais clairement pas prêt à devenir père. J'étais toujours ce fêtard irresponsable qui galérait déjà à s'occuper de lui ou même à survivre un mois sans racketter ses parents… Comment j'aurais pu élever un bébé ?

Lily pourrait souligner toutes les options que nous avions à l'époque, toutes celles que nous n'avons pas vues ou que nous étions trop bousillés pour saisir… Elle n'en fait rien. Elle m'écoute à nouveau sans me juger. Du moins, c'est ce que je veux croire. J'ai besoin de m'épancher, pas de réinventer ma vie telle qu'elle aurait pu être si je l'avais gérée autrement.

Lily se blottit alors dans mes bras et me chuchote à l'oreille que j'ai fait de mon mieux.

– Je ne suis pas taillé pour les grandes histoires d'amour, expliqué-je. Kenza et moi, on se faisait du mal. Cette relation était entière, passionnelle, réelle, mais tellement toxique. Même si elle est devenue clean pour le reste de sa grossesse, ça n'a rien arrangé. On la forçait à trop de choses, elle avait le sentiment que son corps ne lui appartenait plus. Dans de telles conditions, Mia est évidemment née prématurément…

Tremblant dans mon tee-shirt à l'effigie des Steelers, je me glisse au sol, pliant sous le poids de mes secrets. Aussitôt, sous le regard presque inquisiteur de Lily, je me confonds en excuses :

– J'aurais dû te parler de tout ça avant qu'on ne conclue, toi et moi. Tu méritais de savoir dans quel bourbier tu t'engageais.

– Je suis une grande fille, Montgomery. Toi et moi sommes peut-être encore jeunes, je n'ai pas l'âge d'être mère selon moi, mais je ne suis pas une étudiante non plus. J'ai décidé de mon propre chef de faire l'amour avec toi, et je n'en ai aucun regret, peu importe ce que tu peux avouer aujourd'hui.

Derrière ce teint presque translucide et ce regard vert empreint d'émotions, derrière ses épaisses boucles rousses en désordre et ses tenues déjantées, j'en oublie parfois la force de Lily, son indépendance, sa maturité… Comme moi, elle a été obligée à grandir rapidement, à se prendre en main. Obligée à devenir une adulte.

En ça, elle ne ressemblera jamais à la Kenza que j'ai connue.

Elle souffle et s'assied devant moi en tailleur.

– Tu n'as pas à juger mes choix, Montgomery, et personne ne peut juger les tiens. Contrairement à ce que j'ai pu te balancer quand tu es arrivé à Skagway, tu n'as rien d'un loser, tout simplement parce que tu te bats. OK, tu as un passé douloureux… C'est du passé, justement, et tu as su te reprendre en main. La preuve : Mia vit avec toi aujourd'hui et elle t'adore.

– J'aurais tellement voulu que ça se passe différemment…

Je vais me relever, je le sais. Me relever du sol de cette cuisine d'abord, puis émotionnellement ensuite. Il le faut. Les paroles de Lily font doucement écho à celles de mes démons intérieurs. Seulement, les siennes mettent un baume apaisant sur mon cœur, alors je ferme les yeux et les laisse me rassurer.

– Moi, j'aurais tellement voulu me montrer plus maline, reprend-elle. Tu as débarqué à Skagway, la peur au ventre, bouffé par les remords, et je n'ai fait qu'alimenter ton calvaire avec mon mauvais caractère. J'étais à des kilomètres d'imaginer…

Recroquevillé sur moi-même, j'use mon jogging à force de me gratter frénétiquement les genoux. Lily me bloque les poignets pour me contraindre à arrêter, puis se blottit contre moi, la tête contre mon épaule.

Les mots ne servent à rien, alors je me tais, mais Lily s'obstine à rester ainsi près de moi.

– Est-ce que… Est-ce qu'il est arrivé quelque chose à Kenza pendant l'accouchement ? me demande-t-elle. Tu es si catégorique sur le fait qu'elle ne reviendra jamais, ni pour ce Noël ni pour les suivants.

– Kenza a quitté la clinique contre avis médical juste après l'accouchement.

Je me penche à mon tour vers Lily et ma tempe vient se poser sur le haut de son crâne. Elle cale une main sur ma nuque pour m'accueillir et m'effleure la peau du pouce, encore et encore, en un geste d'apaisement.

– Elle est partie sans un mot, m'efforcé je de poursuivre, en ne laissant derrière elle que les papiers signés pour l'abandon de ses droits parentaux. Perso, je n'ai même pas eu ce courage-là. Je me suis carapaté dans l'heure. Trop ravagé. Quand je suis arrivé à l'université, elle avait déjà fait ses sacs et disparu. Je ne sais même pas si elle est encore en vie aujourd'hui, alors si ça se trouve, je mens à Mia… Le détective privé que j'ai engagé n'a jamais pu retrouver sa trace.

Mentir à ma fille me révulse, mais elle est encore tellement jeune. Trop jeune pour que je puisse lui révéler ne serait-ce qu'un bout de cette histoire…

Ma main se serre autour de l'épaule de Lily tandis que je reprends :

– De mon côté, il m'a fallu des années pour rompre ce cercle vicieux, grandir et faire mon deuil… Trouver un simple job, vu que j'avais arrêté mes études du jour au lendemain, a été une première étape difficile. Et puis, quand j'ai enfin commencé à remonter la pente, je n'arrêtais pas de me rappeler le visage de mon bébé. Je ne l'avais vu qu'une fois, à la nursery de l'hôpital, mais il me hantait. Ma famille m'a définitivement tourné le dos quand j'ai sombré. Elle a eu honte de ce que j'étais devenu, et franchement, j'aurais pu lui en vouloir si avant ça, je n'avais pas cumulé les conneries… Bref, Addie, elle, m'a finalement tendu la main quand plus personne ne croyait en moi. Elle m'a encouragé à venir m'installer à Skagway pour ne pas rester seul. Et à la fin, elle m'a aidé dans mes démarches pour regagner la garde de Mia devant le tribunal pour enfants.

– Ce parcours du combattant… En comparaison, ma vie ressemble à un conte de fées, soupire Lily.

J'enroule mes bras autour de sa poitrine pour ne pas me noyer, autant que pour couper court à ces souvenirs qui se chevauchent dans le plus grand chaos.

– Comment je pourrais expliquer tout ça à une petite fille de quatre ans sans la traumatiser encore plus que nous ne l'avons déjà fait ?

Lily ferme les yeux.

– Je ne pense malheureusement pas qu'il y ait de bonnes réponses à cette question. Aujourd'hui, tu es là. Mia aussi. Vous formez une famille. Et tu peux compter sur moi. Tu ne te débarrasseras pas si facilement de moi, monsieur Peterson. On peut s'épauler comme on le fait à l'instant même. Un pas après l'autre. Et tu sauras surmonter tout ça en préservant le bonheur de Mia, j'en suis convaincue.

J'ignore combien de temps s'écoule tandis que nous demeurons ainsi, appuyés l'un contre l'autre, bercés par le tic-tac de l'horloge du salon. La vague destructrice se retire peu à peu et je me remets à respirer normalement, imprégné par la présence rassurante de Lily.

– On devrait retourner se coucher… lui suggéré-je tout bas.

– Je n'ai pas envie de te laisser seul.

Ses yeux se font suppliants lorsqu'elle murmure :

– J'ai besoin de ta présence, ce soir, Montgomery. Tu veux bien monter avec moi ?

Je pourrais lui dire qu'on risque de nous surprendre. Lui proposer de mettre un réveil pour redescendre avant que la famille soupçonne quoi que ce soit, mais je sens que ce n'est pas la bonne chose à dire. Lily a besoin de moi, sans concession, et à cet instant, je ne veux pas lui donner moins.

– On va faire ça, oui.

Cueillant son visage entre mes larges paumes, je l'embrasse avec une délicatesse inédite, comme si elle était plus fragile qu'une poupée de porcelaine. Elle m'est si précieuse aujourd'hui que c'est un peu le cas… Et à nouveau, je me sens entier, libéré.

CHAPITRE 43

LILY

Des cris résonnent depuis le rez-de-chaussée.

– Papa, t'es où ?

Les pépiements de Mia signifient qu'il est environ 6 h 30. Beaucoup trop tôt !

– Papaaa, t'es où ?

Je soulève mon oreiller pour l'enrouler autour de ma tête, espérant filtrer la nuisance sonore afin de paresser un peu plus longtemps au lit.

– PAPAAA !

Le clic-clac tangue alors que je n'ai pas bougé. J'entrouvre un œil et aperçois Montgomery, assis entre mes draps, l'air hagard.

– Qu'est-ce que tu fais dans mon lit ? grommelé-je sous la taie.

– MERDE ! réalise-t-il.

Tandis que les brumes du sommeil se dissipent enfin, tout me revient : la chaussette, le chocolat chaud, les confidences de Montgomery, mon désir de ne pas le laisser partir… Le clic-clac tangue à nouveau quand je me redresse, le cœur battant.

– Quelqu'un a vu Monty ? demande la voix étouffée d'Emmett à travers la porte.

– On a regardé partout. RAS, répond un des jumeaux.

– Il est peut-être en train de bosser en face ? intervient Vi.

Je me plaque instinctivement une main sur la bouche. Mon regard effaré court de Montgomery à la porte que je file verrouiller en silence. Mon cœur est remonté dans ma gorge sous l'effet de la panique.

– On est fichus… chuchoté-je.

Pourtant, malgré ce malheureux concours de circonstances, une partie de moi s'en réjouit. Garder cette relation secrète me tue à petit feu, ça me force à nouveau à vivre dans l'ombre d'un homme. Mon cerveau tourne à plein régime afin d'élaborer un plan B pour nous sortir de ce guêpier. Dans les films, c'est le moment où le protagoniste choisirait probablement de fuir par la fenêtre, mais nous sommes au premier étage et il fait – 15 °C dehors.

J'ai l'impression de me trouver devant une table de poker. Je joue ma vie à quitte ou double : soit Montgomery me demande de l'aider à se cacher et je finis le cœur brisé, soit il assume et je saurai qu'il prend cette relation réellement au sérieux.

Néanmoins, force est de constater que pour l'instant, il ne réagit pas…

– Glisse-toi entre le sommier et le mur, lui indiqué-je en le rejoignant sur la pointe des pieds.

Montgomery m'examine, indécis. Pour le convaincre, j'agite un pan de couette.

– Mon lit est toujours défait, ça ne choquera personne si la couette pend à moitié dans le vide. Je vais te cacher en dessous.

La scène est cocasse, mais le temps presse et nous n'avons franchement pas de meilleure alternative. Malgré ça, Montgomery se semble pas du tout convaincu. Au lieu de s'accroupir au sol, il se redresse pour me faire face. Il dégage une assurance nouvelle.

– Honnêtement, je n'ai pas très envie de jouer la carte de l'amant dans le placard, m'oppose-t-il. Nous n'avons rien fait de mal, après tout.

– Ce n'est pas toi qui voulais qu'on reste discrets ?

Mon cœur s'emballe. Je dois me retenir au dossier de ma chaise de bureau quand le monde se met légèrement à tanguer autour de moi.

J'ai tellement peur de mal interpréter ses intentions. Je prie pour qu'il réponde par la négative à ma dernière question.

– Je n'ai jamais dit ça ! s'offusque-t-il en haussant le ton.

Une voix s'élève soudain vers le palier.

– Chhhhut !

– Quoi ?

– J'ai cru entendre Monty, dit Sean à son frère, derrière ma porte.

– Ça suffit, les garçons ! les coupe Vi. Redescendez au rez-de-chaussée. On a vérifié tout l'étage !

Dans un soupir, je lance la couette directement sur la tête de Montgomery pour le punir de son imprudence.

– Tu as la mémoire courte, alors ! objecté-je à voix basse. Il a suffi que nous couchions une fois ensemble et POUF ! Tu as disparu !

– Je te l'ai expliqué, il fallait que j'avance dans les travaux, rétorque-t-il, exaspéré.

Est-ce qu'il sous-entend que j'invente son comportement fuyant de ces derniers jours ? Soudain, je me fiche du volume de ma voix ou d'entendre ma famille cogner à ma porte. J'ai besoin de régler mes comptes !

– Tu te fous de moi ? J'ai vu ta gêne quand Vi nous a surpris, ta peur, surtout ! Sur le marché de Noël, tu m'as considérée comme une simple amie. On ne s'est même pas tenu la main…

Montgomery est visiblement perdu par mes explications, ce qui ne fait qu'intensifier ma frustration.

– Je pensais que c'était ce que tu voulais, souffle-t-il.

– Ce que je voulais ? Je voulais que mon petit ami se batte pour moi. Pour nous ! m'emporté-je. J'ai tenté de t'en parler à plusieurs reprises, mais ce n'était jamais le bon moment. Et finalement, tu étais tellement concentré sur ta fille que demander ton attention aurait fait de moi une sale gamine égoïste. Je sais que c'est compliqué pour toi, tu dois également veiller aux intérêts de Mia, mais…

– Je comprends mieux pourquoi tu semblais tellement à cran ce jour-là.

C'est tout ce qu'il trouve à dire ?

Dans un cri d'exaspération, je le dépasse pour m'effondrer sur mon lit. Cependant, avant que mon corps ne s'écrase sur le matelas, il me retient et m'attire à lui. On s'effondre donc ensemble, alors qu'il m'emprisonne dans ses bras.

Je grommelle pour la forme, mais en réalité, je jubile. Il me serre tellement contre lui que je sens les battements de son cœur à mon oreille. Il cherche à s'accrocher à moi, ne veut pas me laisser partir…

– J'ai un caractère de cochon, lâché-je en cherchant à m'échapper alors qu'il embrasse ma tempe. Tu devrais le savoir depuis le temps !

– J'étais encore confus à ce moment-là, m'explique-t-il. Je savais que je devais te dire la vérité sur Kenza… Tu m'avais raconté ton passé avec Addie alors que moi, je n'arrivais qu'à fuir… Comment officialiser quelque chose entre nous ? Ça n'aurait pas été juste pour toi.

Cessant de remuer entre ses bras, je m'écarte de lui et le saisis par le menton, plongeant mon regard dans le sien, sans artifices ni faux-semblants.

Toc toc toc !

Quelqu'un martèle la porte du bureau.

– Tantine ? T'es réveillée ? m'appelle Avery.

J'occulte la présence de mon neveu pour me focaliser sur Montgomery.

– Ce n'est pas ton passé qui détermine notre relation. Tu aurais pu prendre davantage de temps pour me dire les choses, ce n'est pas ce qui impacte mes sentiments pour toi. Regarde, tu m'as tout avoué et je n'ai aucun regret. Autrement dit, Montgomery, ce qui s'est passé hier ne rend pas du tout évidente la réponse à ma question. Elle dépend de ce que tu veux, toi, pour notre avenir. Alors, je te la pose clairement… Où en est-on à présent ?

Il se libère prestement de mes bras, encadre mon visage, mais ne répond rien. Il se contente de laisser ses lèvres s'étirer en un sourire tendre et me donne à voir dans son regard la force de ses émotions. J'y lis la peur, le doute, mais aussi le désir, l'envie et l'espoir… Finalement, il se penche vers moi et m'offre un baiser renversant. En une fraction de seconde, il fait naître en moi une passion d'autant plus douloureuse que j'attends encore la conclusion de notre conversation.

– Quitte à avoir l'air ridicule, autant sortir de là avec panache ! annonce-t-il alors en se détachant de moi.

Les yeux écarquillés, je le regarde descendre du clic-clac et se poster bien droit devant moi. Il m'invite galamment à le suivre en direction de la porte.

Retournée par l'enchaînement des événements, je ne bouge pas d'un iota. Est-ce qu'il croit que si nous nous affichons devant ma famille, j'aurai ma réponse ? Est-ce vraiment si difficile de dire : « Lily, tu es tellement sexy que je veux passer toutes mes journées avec toi » ?

Probablement lassé d'attendre une réaction, Montgomery lève les yeux au ciel, revient vers le lit et me tire fermement par la main. Entraînée par sa force, je n'ai d'autre option que de me remettre sur mes pieds et m'accrocher à sa taille pour ne pas basculer.

– À quoi tu joues ? grommelé-je.

– Tu es prête ? me susurre-t-il à l'oreille.

Je voudrais le fusiller du regard, mais je crois que je souris tant les muscles de mon visage se sont contractés. Finalement, les démonstrations publiques me vont bien aussi…

– Plus prête que jamais ! confirmé-je.

Quand il se décide à ouvrir la porte en grand, je sors la première, d'un pas déterminé.

– J'étais sûr que tu ne dormais plus ! s'écrie Avery en me pointant du doigt.

Puis son attention dévie vers Montgomery et cette large main avec laquelle il s'empare de la mienne. Sa mâchoire manque de se décrocher.

– Mais nooon ! s'exclame-t-il avant de se pencher par-dessus la rambarde de la cage d'escalier. MIA ! J'ai retrouvé ton papa ! Il est ici, avec Fiona…

Vi est la première à faire irruption à l'étage. La contrariété froisse son beau visage.

– Que fais-tu encore là, toi ? fulmine-t-elle en fusillant Avery du regard. Je t'avais pourtant dit de rester au rez-de-chaussée pour le moment !

Mon neveu n'a pas le temps de rétorquer quoi que ce soit, car Mia rapplique au triple galop, une gaufre à moitié fourrée dans la bouche. Emmett et Sean la suivent de près. Nous voilà tous réunis sur le palier, autour du sapin californien. Montgomery et moi restons dignes, main dans la main, sous les regards curieux. Il doit cependant me lâcher lorsque sa fille lui saute dans les bras. Je ressens un grand vide, devant soudain affronter les questions silencieuses de ma famille.

– On a vérifié partout ! s'étonne Sean. Comment tu peux être en haut avec tantine ?

Hilare, son frère se tape la cuisse à plusieurs reprises, puis se met à fanfaronner :

– Tu veux dire que t'as toujours pas compris ?

– Compris quoi ?

– Qu'ils étaient ensemble dans le bureau, elle, en nuisette, lui, presque à poil !

– Avery ! le sermonne sa mère alors que je crois mourir de honte.

– Oh punaise, continue-t-il en constatant que la lumière ne se fait pas dans l'esprit de son jumeau. Je comprendrai jamais pourquoi c'est toi qu'Ysa a choisi. On a la même tête, sauf que la tienne est complètement vide !

– Vas-y mollo, Avery ! le freine Emmett avant que ça ne dégénère.

– Attends, frérot, reprend celui-ci en baissant les yeux devant le regard sévère de Montgomery qui tient toujours une Mia complètement perdue dans ses bras. Tu vois, on a un homme et une femme, tous deux beaux gosses et célibataires. C'était couru d'avance ! Y'a du *love* dans l'air…

Il agence ses doigts de manière à former un cœur. Sean pousse un cri de surprise.

– Vous nous dites, surtout, si on vous dérange ? ironisé-je en réfrénant mon rire.

Sean m'observe avec attention, puis son regard passe de moi à Montgomery. Il finit par afficher une grimace de dégoût.

– T'as vraiment galoché ma tante alors que je dormais juste à côté ? éructe-t-il. Trop dégueu !

Son frère et lui ne retiennent décidément jamais la moindre leçon. Alors que je planifie déjà une vengeance à la Mackenzie, Montgomery se montre plus vif que moi :

– Écoute, Sean… Si c'est le jour du déballage de la vie privée des autres, on peut sûrement évoquer la façon dont tu roules des pelles à ta copine ?

– Je vois pas du tout de quoi tu parles ! rougit-il en évitant le regard inquisiteur de sa mère.

– Du coup, ce n'est pas une mauvaise blague ? s'étonne Emmett en se concentrant de nouveau sur nous. Vous êtes vraiment ensemble ?

Montgomery et moi échangeons un regard silencieux, puis un sourire. Mon cœur tambourine dans ma poitrine parce que soudain, je ne vois plus que lui. J'ai l'impression qu'il me transmet son assurance et sa sérénité. Il tend la main vers moi et saisit de nouveau la mienne qu'il brandit devant ma famille.

– On n'avait pas prévu de vous l'annoncer de cette manière, en revanche, précise-t-il avec un regard inquiet pour Mia.

S'il n'y avait eu que nous deux dans l'équation, on aurait pu rire de ce réveil agité, mais avec une fillette de quatre ans directement impactée par la révélation du jour, je m'inquiète autant que lui de la suite des événements.

– Pourquoi vous me regardez tous bizarre ? gronde Mia dans les bras de son père. J'ai du chocolat sur la figure ou quoi ?

– Si ça se trouve, elle a rien capté elle non plus, commente Sean.

– Avery a parlé de papa et de Fiona, et puis il a fait un cœur avec les doigts, le contredit-elle, sourcils froncés.

Quand mon neveu s'apprête à compléter le résumé, je lève la main pour l'arrêter. Cet instant a été amené de manière on ne peut plus bancale, nous nous devons au moins de laisser Montgomery gérer la suite comme il l'entend.

– Ce qu'on veut dire, reprend-il d'ailleurs, c'est que papa aime beaucoup passer du temps avec Lily, et que Lily aussi aime passer du temps avec moi. Et avec toi.

– C'est ton amoureuse ? demande-t-elle en clignant des yeux.

Je me risque à caresser les doigts de la fillette avant de m'adresser à elle :

– Est-ce que tu serais d'accord avec ça, petit chat ?

Elle hésite, penche la tête d'un côté puis de l'autre, ses couettes défaites passant devant son visage encore endormi.

– Je comprends pas… L'amoureuse de papa, c'est maman, non ?

Un froid polaire s'abat sur l'assemblée. Mon enthousiasme gèle d'un coup dans ma poitrine. Et si Montgomery et moi venions de faire un pas en avant pour en effectuer aussitôt trois en arrière ? Maintenant que je connais l'histoire de Kenza, j'ai l'impression de lui voler sa vie et de m'immiscer dans celle de Mia. Je me sens terriblement mal à l'aise. Coupable, même.

Vi comprend instinctivement qu'il est l'heure de se replier.

– Allez, on redescend ! lance-t-elle à ses troupes.

– Attends, m'man ! On n'a même pas eu le temps de…

– Vous avez fait assez de dégâts comme ça ! rugit Emmett en lui prêtant main-forte. En bas, maintenant ! Votre mère et moi, nous allons vous parler de capotes et de consentement. Vous allez voir, vous allez adorer !

Pendant que ma famille se précipite dans l'escalier, Montgomery retourne dans le bureau et dépose sa fille sur le matelas. Je reste en arrière, dans l'encadrement de la porte, ne sachant si mon nouveau petit ami veut que je sois là pour cette discussion plus que difficile… Cependant, il tourne la tête vers moi et me fait signe d'approcher. Tremblante, je m'accroupis avec lui devant Mia qui me dévisage avec des yeux larmoyants.

– Je ne veux pas prendre la place de ta maman, lui assuré-je maladroitement. J'espère simplement que tu pourras en trouver une nouvelle pour moi dans ton cœur, en plus de celle tes parents.

Mes paroles ne semblent pas la rassurer, car elle secoue la tête, visiblement déboussolée. Elle se tourne alors vers son père et serre ses petites mains autour de son poignet.

– Papa… sanglote-t-elle. Pourquoi t'es pas amoureux de maman ?

À ses mots, je reporte toute mon attention sur Montgomery. C'est sans doute la question que je redoutais le plus. Les traits crispés et les yeux humides, il pince les lèvres.

– J'ai aimé ta maman très fort et pendant longtemps, précise Montgomery en recouvrant ses mains agitées avec les siennes. Mais les familles, il y en a des tas de différentes, tu sais ! Il y a celles avec un papa et une maman. Celles avec seulement un papa, ou seulement une maman. Celles avec deux mamans ou deux papas, aussi.

Et parfois, malheureusement, le papa et la maman ne s'entendent plus. Ils se disputent trop, et un jour, ils partent chacun de leur côté.

Mia semble boire chaque parole de son père. Elle l'écoute avec sérieux et s'applique à tout comprendre en dépit des larmes qui lui maculent les joues.

– Tu peux pas faire la paix avec maman ? Les disputes, des fois, c'est pas grave, elle a dit, la maîtresse à l'école.

– Non, Mia. Maman et moi, on ne se parle plus du tout. Ça m'a rendu très triste, mais aujourd'hui, grâce à toi et Lily, je me sens mieux.

Je crains de perdre Montgomery alors que l'on vient à peine de se trouver, mais le bonheur de la fillette restera à jamais prioritaire sur le mien. Je joins mes mains aux leurs avec hésitation. J'ai peur de voir Mia se retirer ou de l'entendre me crier de m'en aller.

– C'est une nouvelle importante, Mia, complété-je. Tu n'as pas à nous dire ce que tu en penses tout de suite. Tu peux y réfléchir, voir comment tout ça va changer ton quotidien ou pas, et ensuite, tu diras à ton papa si ça te convient. Si c'est trop compliqué pour toi, on arrêtera tout. Je sais que tu aimes ta maman et je ne veux pas te faire de chagrin.

Son regard sur moi me semble presque méfiant, mais j'accepte cette nouvelle distance. J'ai changé de statut à ses yeux, et elle a besoin de s'y habituer.

– Je vais réfléchir, marmonne-t-elle en se jetant dans les bras de son père.

Elle enfonce sa tête dans son cou et s'accroche à lui comme s'il était une bouée de sauvetage. Montgomery lui murmure à l'oreille qu'il ne l'abandonnera jamais. Il peut douter de ses capacités de père, mais moi, je sais qu'il lui dit à cet instant exactement ce que sa fille a besoin d'entendre. Je les observe en souriant, le cœur serré, en me disant qu'un jour, peut-être, je ferai partie de cette bulle.

CHAPITRE 44

LILY

Noël est là et Montgomery n'a pas menti : j'attends avec impatience cette journée.

Avant même que le jour ne se lève, je m'affaire aux fourneaux avec le reste de ma famille. Tout le monde met la main à la pâte pour cette occasion unique : les jumeaux se chargent du dessert avec sérieux pour changer, leur père, de la dinde et Vi, de l'accompagnement. Quant à moi, je multiplie les petits fours comme si j'étais Jésus 2.0. Le tout premier réveillon dans cette maison sera exceptionnel !

Il est désormais dix-neuf heures. Nos invités ne devraient plus tarder. Quitte à faire les choses en grand, la moitié du quartier a été conviée à l'événement. C'était le minimum après la solidarité dont tout le monde a fait preuve à l'égard des Peterson.

Quand la sonnette retentit, je file ouvrir en dépit de mon manque actuel de standing. Le nez saupoudré de farine, je porte un tablier noué autour du cou et de la taille, à l'effigie d'un fruit trop mignon, avec des yeux et une bouche et un couteau planté en pleine tête ! Une légende précise : « Je me fends la poire ! »... Heureusement, ce n'est que ma mère qui me salue et sa bise claque si fort sur mes joues que je suis quasi sûre d'y garder l'empreinte de ses lèvres jusqu'au Nouvel An.

– Bénie sois-tu, ma petite fille adorée ! Ces repas de fête, c'est le cauchemar assuré en cuisine !

– Je t'en prie, ris-je. On aurait dû prendre la relève il y a des années !

Quand mon père s'approche pour me saluer à son tour, il m'offre un bouquet de fleurs ainsi qu'une enveloppe.

– Les photos du Père Noël, précise-t-il. Je t'ai fait faire des doubles en souvenir.

Malgré le regard méfiant que je porte sur ma mère et lui, je l'embrasse pour le remercier de cette belle attention. Après tout, même si mon père n'avait pas encore compris, mes chers neveux ont bien dû répandre la nouvelle dans la famille...

– Va te changer, Cendrillon ! nous interrompt alors Viviane. Le bal commence bientôt.

Elle rit en époussetant les restes de farine qui me maculent les joues et les cheveux, puis me chasse en direction de ma chambre. Ma robe cintrée m'y attend. Noir, aux manches dentelées, le haut suit mes courbes à la perfection tandis que le décolleté met en valeur ma poitrine sans trop en révéler.

Je complète ma tenue en nouant un beau ruban autour de ma taille et ajoute un collier multirangs où se chevauchent lune et étoiles dorées. J'ajoute des boucles d'oreilles assorties, sans oublier mes bagues, puis enfile des talons aiguilles avant de donner un dernier coup de lisseur à mes cheveux indomptables. Je tourbillonne devant le miroir pour vérifier que tout est en place. Cher Noël, me voilà !

Les conversations vont bon train par-delà la porte de ma chambre, il est temps pour moi de les rejoindre. Alors que je sors dans le couloir, je tombe nez à nez avec Montgomery. En veston noir sur chemise blanche, la cravate parfaitement nouée et la barbe soigneusement taillée, il est méconnaissable.

Mon cœur se serre dès qu'il me sourit. Voilà vingt-quatre longues heures que nous ne nous sommes pas vus. Vingt-quatre heures que lui et la petite Mia ont réemménagé dans leur maison. Là où je pensais recouvrer un brin de sérénité, profiter à nouveau de ma chambre et de mon lit *king size*, je n'ai trouvé que le vide. Le manque.

– Ah ! Euh… bonsoir, bredouillé-je, prise de court. Je ne savais pas que tu étais arrivé.

Montgomery me sourit en coin alors que sa main cherche immédiatement la mienne.

– Viviane nous a ouvert. Il a fallu planquer l'apéro pendant que tu te changeais, sinon ton père n'aurait pas hésité à attaquer sans toi !

Son regard s'attarde sur ma tenue. Il semble s'arrêter sur chaque détail, de la hauteur de mes talons aux motifs hivernaux qui caracolent le long de l'ourlet.

– Tu es vraiment magnifique dans cette robe, souffle-t-il avant d'arrêter son analyse sur mon rouge à lèvres lie-de-vin.

Je le vois déglutir tandis que sa paume remonte le long de mon bras.

– Dans cette robe, répété-je, aguicheuse. Est-ce que ça veut dire que le reste du temps, je le suis nettement moins ?

D'une légère pression, il me pousse à faire un pas vers lui, se colle à mes hanches, puis sa tête plonge dans mon cou.

– Tu es magnifique, avec ou sans cette robe, chuchote-t-il à mon oreille.

Je défaille. Nous n'avons toujours pas trouvé d'intimité depuis la dernière fois que nous avons couché ensemble et je me consume littéralement de désir. Je m'accroche à son veston, puis bats des cils.

– Tu ne veux quand même pas dire « toute nue » ? minaudé-je.

– Serais-tu en train de me faire une proposition indécente ?

Mon rire s'envole dans l'étroit couloir et rebondit joyeusement sur les cloisons. N'y tenant plus, avant que quiconque ait l'occasion de nous surprendre, je l'attire dans ma chambre et me cale contre la porte pour lui couper la sortie.

– Tu m'as trop manqué, embrasse-moi ! exigé-je.

Je papillonne des paupières quand sa bouche progresse vers la mienne. Son souffle caresse mes lèvres, mais il reste légèrement à distance. Des lucioles bourdonnent dans mon ventre.

– C'est Noël, tu ne devrais pas exaucer mon vœu au lieu de me torturer ? gémis-je.

Ses mains côtoient mes flancs jusqu'à se loger autour de mon cou. Nerveuse et impatiente, je déglutis à mon tour lorsqu'il me caresse la gorge du pouce.

– Rien ne sert de courir, il faut partir à point, me murmure-t-il avant de fondre sur mes lèvres.

Je voudrais que ce baiser ne cesse jamais. Tous mes sens sont en éveil. Je vois des explosions de couleurs derrière mes paupières fermées. Je sens son goût sur ma langue, la texture de sa peau sous la pulpe de mes doigts, son eau de Cologne qui tapisse mes narines d'une odeur fraîche et musquée. Et surtout, j'entends nos deux cœurs qui s'emballent, prêts à nous porter au galop vers de nouveaux horizons.

CHAPITRE 45

MONTGOMERY

De retour dans le salon, Mia déboule vers nous en courant, puis accapare Lily en jouant avec le ruban autour de sa taille. Ma fille semble presque avoir occulté l'idée que Lily est devenue mon « amoureuse » puisqu'elle n'est pas revenue sur le sujet et lui montre toujours autant d'affection.

– Je suis heureuse de te voir, petit chat ! l'accueille Lily avec entrain. Alors, papa a bien réparé ta maison ?

– Trop trop bien ! acquiesce ma fille. On croirait jamais que y'a eu le feu !

Derrière nous, la sonnette ne cesse de retentir au fur et à mesure que le reste des troupes investit le chalet. Quand nous rejoignons le salon, Taylor, Martha, Mike, Sergei, Joe et même Adrian et sa famille sont déjà installés. Pour compléter cette réunion, Serena entre alors au bras de Grayson, sur des talons vertigineux.

– Alors la rumeur disait vrai ! s'exclame-t-elle, extatique. Lily Mackenzie organise bel et bien un repas de fête, cette année ! J'ai cru que Grayson me baratinait quand il m'a montré l'invitation. Est-ce que ça veut dire que tu vas enfin retirer ces affreux Gremlins de ton jardin pour les remplacer par quelque chose d'un peu plus… festif ?

– Aucune chance, ronronne Lily. Et si tu te plains encore une fois de mes dragons, il se pourrait que je les exhibe à l'année. Juste pour t'embêter.

Serena éclate de rire avant de venir serrer Lily dans ses bras.

– Avec ou sans tes horribles monstres, nous n'arrivons pas les mains vides. Grayson chéri, montre-leur !

Ce dernier s'avance et nous tend plusieurs bouteilles de champagne ainsi qu'un large plateau de fruits de mer que tout le monde s'empresse d'applaudir.

– Kidnappé ! s'écrie soudain Avery derrière nous.

Mia se retourne en même temps que moi, et remarque que le neveu de Lily vient de lui chaparder le Lutin Félin.

– Eh, mon doudou ! crie-t-elle en se précipitant vers lui.

Avery lance immédiatement la peluche à son frère, puis les jumeaux commencent à se faire des passes entre les invités, faisant trotter Mia derrière eux.

– Arrêtez, vous êtes des méchants ! piaille-t-elle. Lily, papa !

Même si ma fille semble à deux doigts de l'explosion, je suis trop hilare pour réagir, mais heureusement, ma petite amie est d'une autre trempe. Elle déboule de la cuisine, un rouleau à pâtisserie à la main, et le brandit au-dessus de la tête de Sean.

– Libère tout de suite ton otage, ou ce méfait sera ton dernier, cingle-t-elle.

Sean hésite, jette un coup d'œil en direction de son frère, mais ce dernier, plus lâche que lui, se contente de faire trois pas en arrière en hissant les mains sur son crâne pour se protéger de toutes représailles. Ayant enfin trouvé du soutien, ma fille profite de leur immobilité pour se faufiler entre les jambes de Mike et récupérer son bien d'un coup sec.

– C'est à moi ! scande-t-elle avant de détaler vers la cuisine.

Alors que les invités s'esclaffent, Viviane intervient en faisant tinter un couteau contre son verre. Elle monte même sur la table basse, vacillant légèrement sur ses talons, confortée par le bras d'Emmett.

– Bon, si vous voulez bien, oublions un instant que mes deux fils sont mal élevés, annonce-t-elle. C'est l'heure de faire la fête ! Lily a accepté de renoncer à sa mauvaise humeur pour nous accueillir chez elle ce soir, c'est un jour à marquer d'une pierre blanche ! Et pour le rendre encore plus mémorable, rien de mieux qu'un discours de notre hôte…

Elle lève son verre en direction de sa sœur qui rougit maintenant que tous les regards convergent vers elle. Je crois d'abord que c'est de la timidité jusqu'à ce que je remarque qu'elle semble prête à sauter à la gorge de Viviane.

– Allez, ma chérie, on t'écoute, l'encourage sa mère, visiblement débordante de fierté.

Je pourrais m'approcher de Lily, lui prendre la main pour l'encourager, mais elle n'a pas besoin de ça. Ceux qui la regardent ne sont pas simplement ses voisins, ce sont ses amis, sa famille. Elle lève son verre à son tour, mais sa posture est si raide qu'elle ressemble à la statue de la Liberté.

– Hmmm, commence-t-elle en s'éclaircissant la voix. Je… euh… Tout d'abord, merci à vous tous d'avoir répondu présents. Et une dédicace spéciale à ma sœur Vi, sans qui je ne serais pas ici à improviser un beau discours *peace and love* au pied levé, alors que pas plus tard que l'année dernière, j'ai fait la une de la gazette pour une raison beaucoup plus gênante que cette guerre de décos entre Montgomery, Mia et moi.

L'assemblée glousse en chœur. Je me souviens de cette photo qui a circulé. On y voyait Lily menacer des chanteurs de rue à sa porte, armée de sa plus belle pelle à neige.

– Oui, c'est ça, marrez-vous ! s'amuse-t-elle à son tour. Surtout toi, Vi ! Profite pendant que tu le peux encore, ma vengeance sera terrible !

Elle adresse un clin d'œil malicieux à sa sœur, puis continue sur sa lancée :

– Bref… Tout ça pour dire que les choses ont tant changé depuis l'année dernière. Vi, Emmett et les garçons sont rentrés au bercail, Mia est arrivée parmi nous pour notre plus grand bonheur à tous, et son père et moi nous sommes enfin réconciliés. Comme quoi, les miracles de Noël, ça arrive vraiment ! Je ne sais pas trop comment développer tout ça, je ne suis pas une pro des festivités, mais je tenais à vous dire combien je suis heureuse d'avoir osé sortir de ma zone de confort et redécouvrir ce bel esprit de communauté qui fait la fierté des habitants de Skagway. Ça a été l'ascenseur émotionnel pour pas mal d'entre nous, mais malgré les épreuves de la vie, nous sommes tous réunis ce soir pour célébrer nos familles, voisins, collègues et amis, et prouver qu'ensemble, nous sommes plus forts, comme vous avez si bien su le démontrer en venant spontanément en aide à Montgomery après l'incendie. Un grand merci à vous d'être là, ce soir comme tous les autres jours de l'année.

Lily pivote sur elle-même pour me faire face et me salue de sa flûte de champagne. Tous les invités imitent alors son exemple en scandant : « À Monty et Mia ! »

– Et maintenant que je me suis pliée aux us et coutumes de saison, je vous propose de passer à table et de nous en mettre plein la panse ! conclut ma sublime voisine.

Tout le monde applaudit Lily avec enthousiasme. Les jumeaux ajoutent même quelques sifflets, ce qui fait résonner un énorme brouhaha dans la petite pièce. De mon côté, bien que touché par les mots de ma petite amie, je fronce les sourcils quand je remarque que les yeux de Martha ne cessent d'alterner entre Lily et moi.

– Beau discours, ma belle, entame-t-elle, les yeux brillants. Que de mots gentils pour notre cher Monty ! Est-ce que tout ça a un rapport avec les regards énamourés que vous ne cessez d'échanger ?

Martha et son tact légendaire…

– Ah ah ah ! s'esclaffe Serena alors que Viviane avale son champagne de travers. Je me tue à le dire à Grayson, mais il me répond que j'ai tellement soif de scandales que je suis prête à imaginer tout et n'importe quoi.

Lily lève les yeux au ciel avant de venir vers moi d'un pas déterminé.

– S'il n'y a que ça pour vous faire plaisir ! affirme-t-elle avant de se hisser sur la pointe des pieds.

Sous les yeux écarquillés de nos voisins, elle tire sur ma cravate et m'attire rapidement à elle pour m'embrasser. Loin d'être surpris, je l'accueille avec plaisir sous les cris de joie de nos amis.

– Les bisous, c'est dégoûtant, grimace Mia derrière moi avant que les jumeaux ne la pourchassent en menaçant de lui faire subir le même sort.

Pris dans l'euphorie du moment, je noue mes bras autour de la taille de ma petite amie et la soulève pour la faire tourbillonner autour de moi. Son rire inonde la pièce.

Pendant trois ans, Lily Mackenzie était pour moi la « Reine de glace ». Une beauté froide et inaccessible. Aujourd'hui, au creux de mes bras, je la sens complètement prête à s'ouvrir aux autres, à se laisser aller… avec moi.

– Tu es si belle, soufflé-je à son oreille.

Dès que je la repose au sol, nos amis s'approchent de nous pour nous féliciter ou se moquer des joues rougies de Lily. Mike vient me taper dans le dos, puis hausse un sourcil suggestif.

– Comme on ne t'a jamais vu avec une nana depuis ton arrivée, si tu as besoin de conseils, mon grand, n'hésite pas !

Je réponds par un simple coup d'épaule, mais remarque la tête basse de Taylor derrière la cohue. Bien plus sage que nous, il reste dans un coin de la pièce, le dos contre le mur, et jette des regards anxieux à Adrian. Il semblerait que tous deux ne se sont pour l'instant pas adressé la parole, Adrian étant resté avec ses parents.

Lily prend ma main, puis suit mon regard avant de se mordre la lèvre.

– On ne dit rien, on ne fait rien, me chuchote-t-elle. Tout ce qu'on peut faire, c'est les réunir dans une même pièce pour filer un petit coup de pouce au destin…

Alors que j'acquiesce, tout de même hésitant en voyant la tristesse sur les traits de Taylor, Adrian prend les devants pour le rejoindre.

– Je cherche asile, supplie-t-il Taylor, lui demandant tacitement s'il peut s'asseoir sur la chaise laissée vide par Sergei.

Le teint rougissant, le jeune cuisinier accepte, mais ils n'échangent pas le moindre mot. Lorsque les parents d'Adrian viennent enfin à leur rencontre, son père pose immédiatement une main solide sur l'épaule de Taylor et lui adresse un sourire franc :

– Fiston, ça faisait un bail qu'on ne t'avait plus croisé en dehors du *diner* !

– Mon cher Taylor, poursuit sa femme. Nous feras-tu l'honneur de te joindre à Adrian et nous pour le Nouvel An ? Nous aimerions beaucoup faire plus ample connaissance avec toi. Adrian nous rebat sans cesse les oreilles à ton sujet, ces temps-ci.

Taylor papillote des paupières. À travers la poche de son jean, il cherche certainement à se pincer pour s'assurer qu'il ne rêve pas.

Ont-ils conscience que nous retenons tous notre souffle ? Le couple formé par Adrian et Taylor n'est une surprise pour personne si on fréquente un minimum le *diner*, et les parents d'Adrian seront sans doute les derniers dans la confidence…

– Détends-toi, rit tendrement Adrian en l'embrassant sur la joue. Je leur ai parlé.

– Parlé ? demande Taylor avec espoir.

– Je leur ai surtout parlé de moi, mais vu l'invitation de ma mère, je suppose qu'ils n'ont pas eu beaucoup de mal à faire le lien entre mon aveu et toi…

Adrian jette un regard soupçonneux à sa mère qui répond en secouant la tête.

– Imaginer que ta propre mère ne te connaît pas suffisamment pour savoir qui tu aimes, c'est très décevant, mon fils. Vraiment très décevant.

Sur ces mots, elle embrasse la joue d'un Taylor, rouge de gêne, puis invite son mari à aller chercher des petits-fours en sa compagnie. Dès qu'ils s'éloignent, Taylor s'écroule dans les bras de son petit ami et sanglote silencieusement. C'est comme s'il déversait des années de non-dits, de peur et de frustration. Comme s'il trouvait enfin sa place dans l'univers.

Le reste de la soirée se passe dans une bonne humeur chaleureuse et insouciante. Je n'avais pas été témoin d'une si belle complicité depuis que j'ai quitté le nid, au moment d'entrer à la fac !

Peu après minuit, alors que la majorité des invités sont rentrés chez eux et que Mia dort sur mes genoux, les jumeaux tentent un raid vers les cadeaux et reçoivent une volée par Viviane qui les repousse férocement avec une tapette à mouches. Alertée par le raffut, Mia se réveille.

– Je crains de devoir vous abandonner, déploré-je auprès de Lily en tentant d'occulter le cirque des deux ados derrière moi. Il est tard, elle n'en peut plus.

– Pas de souci, me rassure-t-elle. Je comprends.

Elle disparaît dans le vestibule pour nous rapporter nos manteaux et semble prête à nous emboîter le pas, lorsqu'elle prend conscience qu'elle n'ira pas bien loin en talons hauts dans la neige. En tête à tête avec elle sur le seuil, avec Mia qui se rendort déjà dans mes bras, je peine à lui faire mes adieux.

– C'était un peu le bazar, j'espère qu'on ne t'a pas trop effrayé, plaisante Lily à mi-mot. Avec les Mackenzie, ça part toujours en live.

– C'était parfait ! Ça m'a rappelé les réveillons de mon enfance.

Au moment de nous séparer, un ange passe. Je n'ai pas envie de la quitter, pas envie de voir cette porte se fermer derrière elle.

– Bonne nuit, Lily, lui souhaité-je tout de même. Et Joyeux Noël à toi, même si tu détestes ça.

Elle fait un pas vers moi, caresse tendrement les cheveux de Mia, puis se lève sur la pointe des pieds, en équilibre précaire, et m'embrasse chastement.

– Bonne nuit, Montgomery. Et que ce premier Joyeux Noël entre Mia et toi soit le premier d'une très très longue série !

Ce baiser porte en lui quelque chose de particulier. Comme une promesse. Mes sentiments se concrétisent chaque jour davantage, et je suis cette fois prêt à y faire face.

CHAPITRE 46

MONTGOMERY

Tout est si calme à Skagway en ce matin de Noël. La neige est tombée dru pendant la nuit et le thermomètre indique – 23 °C. Rien ne bouge. J'ai l'impression d'être l'unique rescapé de ce monde noyé dans le Grand Blanc.

– Papa ! m'appelle Mia depuis le seuil de sa chambre, la voix encore embrumée de sommeil. Ça y est ? C'est le matin ?

J'acquiesce, prêt à ouvrir les festivités :

– Le Père Noël est passé, ma chérie !

Soudain bien réveillée, elle se précipite dans le salon, où elle remarque les biscuits mangés par le vieux barbu, puis ses pantoufles crissent sur le parquet tandis qu'elle amorce un dernier virage. Dans une superbe pirouette, elle patine et tombe à genoux devant le sapin.

– On peut ouvrir les cadeaux ? Hein ? Dis ? trépigne-t-elle en grattant le premier emballage de ses ongles.

De ma part, officieusement, elle reçoit de nouveaux livres de contes, des albums de coloriage, des feutres à paillettes et la fameuse robe à sequins qu'elle avait mentionnée sur le marché, ainsi qu'une veilleuse qui projette des étoiles au plafond. Par vocation professionnelle, c'est Martha qui s'est chargée de lui offrir une dînette. Viviane lui a tricoté une écharpe arc-en-ciel, Emmett a tout misé sur des jeux de société avec ses fils. Quant à Lily, elle lui a dégoté le bonnet du siècle ! En forme de tête de licorne de dessin animé, il affiche deux longs pans sur les côtés afin de couvrir les oreilles de l'enfant et, summum de la perfection, lorsqu'on presse les sabots en fausse fourrure tout au bout, celles de la licorne s'agitent de bas en haut, comme les ailes d'un oiseau prêt à prendre son envol. Mia est aux anges !

Quand elle dévoile le contenu du plus gros paquet, un vélo multicolore doté d'un panier à l'avant et de ses fidèles petites roues à l'arrière, elle s'étale par terre, submergée par la joie.

– On peut faire un vœu pour que le printemps, il revient plus vite ? Je veux apprendre à faire du vélo dehors, tout de suite !

– La météo, ça ne se commande pas, ris-je. Mais quand il neigera moins et qu'il fera soleil, printemps ou pas, je promets de t'apprendre comment on fait.

Les yeux pétillant de bonheur, elle se love entre mes bras sur le sofa.

– C'est la première fois que j'ai des beaux cadeaux comme ça, pigne-t-elle. Je voulais que la maison soit réparée, pour de vrai. Je pensais pas que le Père Noël, il aurait le temps pour autre chose.

À cette mention, je me mets malgré moi à imaginer ce à quoi ont pu ressembler ses Noëls précédents. A-t-elle jamais eu des jouets dignes de ce nom, des vêtements rien qu'à elle ? Je la serre contre mon torse pour chasser la détresse que tout ça éveille immanquablement en moi.

– Tu mérites ces cadeaux, Mia. Tu as été une gentille petite fille, la complimenté-je en l'embrassant sur le front. Joyeux Noël, ma chérie !

Passant les bras autour de mon cou, elle me répond par un bisou d'Esquimau. Puis son regard valse autour du sapin, ne s'arrête que lorsqu'il croise des paquets laissés de côté. J'ai mis mes chaussures devant pour que Mia sache qu'ils me sont destinés.

– Tu me fais voir tes cadeaux à toi ?

Je fais même mieux que ça, je laisse Mia les ouvrir à ma place ! Elle regroupe donc le reste des présents, qu'elle empile sur la table basse juste devant moi, et déballe chaque papier avec un soin qu'elle n'a étonnamment pas eu avec les siens.

Mes voisins ne m'ont pas oublié sur leur liste. J'hérite ainsi d'un manuel de cuisine pour les nuls, d'un roman de Jack London et d'une chemise écossaise. Dans la toute dernière boîte, je découvre une paire de rideaux occultants sur lesquels virevoltent une fillette et un adorable petit yéti. Le style est résolument mignon et ce présent est si symbolique qu'il en devient tout de suite mon préféré !

– Et voilà, c'est fini ! se félicite Mia avec satisfaction. La maison est réparée et les cadeaux sont déballés. Dès qu'on aura mis les papiers à la poubelle, on pourra dire à maman de rentrer ! Tout est prêt !

Ma joie se dissout instantanément, comme si ces quelques mots l'avaient aspergée sous des centaines de litres de Javel. J'ai cru à tort que notre discussion avait suffi, qu'elle se contenterait de moi et poserait des questions précises plus tard, en grandissant. Je suis si naïf par moments…

Elle me regarde, les traits gonflés d'espoir. Comment lui dire ? Maladroitement, je déglutis et prends ses petites mains dans les miennes.

– Mia… Tu es ma petite fille et je t'aime. Je t'ai toujours aimée, mais les choses n'ont pas été aussi simples. Je me suis battu pour redevenir ton papa, pour qu'on soit enfin tous les deux. C'est quelque chose qui a été long et difficile. J'ai fait beaucoup de bêtises avant que tu n'arrives dans ma vie, et même après. J'ai d'abord dû prouver que je pouvais bien m'occuper de toi, parce que je n'ai pas réussi à le faire avant.

Ses sourcils se froncent, elle s'agite de nouveau. Est-ce que nous allons avoir cette discussion en boucle ? Est-ce que, peu importe la manière dont je tenterai de formuler les choses, ma fille refusera d'accepter la réalité ? Est-ce que je ne suffirai jamais à faire son bonheur ?

– Pourquoi tu dis ça ? chouine-t-elle.

– Parce que les bêtises que j'ai faites, ta maman a fait les mêmes. Après ta naissance, nous avons tous les deux traversé des choses très dures, et pris des chemins différents. J'ai choisi tout seul de te retrouver. Ta maman, elle a fait d'autres choses, et ce n'est pas parce que je suis revenu qu'elle reviendra elle aussi. Te retrouver est quelque chose qui se mérite et si un jour elle souhaite le faire, elle ne viendra pas simplement toquer à notre porte. Tu comprends ?

Ses épaules s'affaissent en silence et sa lèvre inférieure s'étire à n'en plus finir. Je ne pourrai jamais me pardonner de devoir lui faire de la peine, en particulier le matin de Noël. Toutefois, mentir serait pire encore sur le long terme. Ça mettrait à mal le lien de confiance qui s'instaure petit à petit entre nous.

– Tu parles comme le monsieur qui est venu me chercher à l'orphelinat, tu dis que maman est partie… sanglote-t-elle. Que c'est juste toi et moi.

Avec la volonté d'apaiser ce chagrin qui monte en elle, je la serre contre mon cœur. Je suis soulagé de la voir accepter ce geste en dépit des circonstances, mais il n'est pas suffisant pour refréner sa tristesse.

– Pourquoi j'ai pas le droit d'avoir une maman ? insiste-t-elle en frottant son visage contre ma chemise. C'est pas juste !

– On a parlé des différents genres de famille, l'autre jour. Tu te souviens ? Maman n'est plus là, mais on en est quand même une. Pour toujours.

– Je veux pas une famille sans maman, c'est trop nul ! assène-t-elle en martelant mon torse. À l'école, mes copains, ils apportent des gâteaux de leur maman pour le goûter. Toi, tu sais même pas faire à manger.

Je cligne des yeux à répétition face à cette attaque. J'ai beau savoir que Mia n'a que quatre ans, qu'elle peine encore à maîtriser ses émotions et dit parfois des choses qu'elle ne pense pas, ça me fait mal de l'entendre dans sa bouche. Il n'y a que la vérité qui blesse, certes, mais j'ai fait tant d'efforts dans ce domaine depuis son arrivée. Et c'est au final grâce à ce manquement que j'ai osé remettre les pieds au *Gold Nugget*, qu'on s'est rapprochés de Martha et que j'ai enfin pu découvrir la véritable Lily derrière sa gangue de glace.

J'ai l'impression qu'on vient de m'essorer le cœur en une seule phrase. Il gît désormais, exsangue, entre mes mains et je me demande comment le remettre à sa place avant que ma fille ne s'en aperçoive.

– J'apprends, Mia. Je vais m'améliorer, je te le promets. Je te ferai des gâteaux encore meilleurs que ceux de Martha, tu verras !

– TU COMPRENDS PAS ! hurle-t-elle en me repoussant.

Des sanglots lui déchirent la poitrine alors qu'elle se redresse pour piétiner le sol. Je reste les bras ballants, impuissant face à un tel déferlement de rage.

– J'ai chanté tout le temps et très fort pour que maman entend. Elle va arriver ! Elle est peut-être simplement plus en retard que toi parce qu'elle a marché plus longtemps sur le chemin ! Non ? tente-t-elle à nouveau. Et quand elle sera prête, elle ira parler au monsieur de l'orphelinat et elle se battra pour moi !

J'ai envie de m'arracher les cheveux, on tourne en rond ! Je me maudis de lui avoir appris cette fichue comptine. Je me sentais si fier d'avoir su raisonner ma fille lors de sa crise anti-Noël. Je m'étais dit que c'était une étape significative dans mon parcours de père : j'avais trouvé les mots justes pour la consoler. Et voilà qu'ils me reviennent en pleine face et dressent un mur entre Mia et moi, parce que la conclusion de la chanson n'est pas la même que celle dans la vraie vie. Pour elle, la maman oiseau ne reviendra jamais.

– Mia… Je sais que c'est terrible à entendre, mais il faut que tu comprennes : ta maman, elle est partie. C'est son choix, personne ne l'a forcée. C'est triste, mais on ne peut rien y faire.

– Pourquoi tu dis tout le temps ça ?

– Pourquoi je dis tout le temps quoi ?

– Que maman est partie ! C'est n'importe quoi ! Pourquoi elle ferait ça ? Elle m'aime pas assez ? Je suis pas assez sage ?

C'est infernal. Mia décline la même question en boucle avec de plus en plus de désespoir. Je ne peux pas être celui qui brisera ses illusions, ses rêves de famille unie, mais le ton monte au fur et à mesure que le chagrin et l'incompréhension s'intensifient.

– C'est ta faute si elle est pas là ! me reproche-t-elle au bout du compte. Tu l'as laissée partir.

– On ne peut pas retenir les gens contre leur gré, Mia.

– Je m'en fiche ! T'aurais quand même dû ! À la place, tu m'as emmenée très très loin pour qu'elle nous retrouve jamais même si elle en a envie un jour.

– Je t'ai amenée ici pour qu'on soit heureux. Je voulais que tu aies une maison avec un jardin, que tu puisses jouer dans la rue avec tes amis et qu'on connaisse nos voisins.

– Je veux pas connaître les voisins parce que ça te fait faire des choses pas bien ! Tu as remplacé maman avec Fiona, ça l'a rendue triste, je suis sûre ! JE TE DÉTESTE, C'EST TA FAUTE !

Abandonnant le combat, elle se précipite dans sa chambre et en claque la porte si fort que les murs en tremblent. À travers les cloisons, je l'entends pleurer, crier, gémir, renifler. Je me laisse couler au sol, tétanisé…

Y a-t-il seulement une chose à dire pour aider Mia ? Y a-t-il seulement quelque chose que je puisse faire pour lui permettre d'accepter notre vie telle qu'elle est ?

Quand le silence revient dans la maison, mon cœur s'est déjà brisé. Non, il n'y a rien à faire. S'il le faut, je dois être celui que Mia déteste, jusqu'à ce qu'elle grandisse suffisamment pour comprendre. Je ne peux pas espérer de cette vie un bonheur enchanteur quand j'ai cumulé tant d'erreurs. Les choses ne deviennent pas simples en un claquement de doigts, et la colère de Mia est légitime. Je dois l'accepter.

Résigné, je me risque à entrouvrir le battant pour jeter un coup d'œil à l'intérieur. Je suis prêt à avoir une discussion difficile, une discussion dans laquelle je n'aurai pas le rôle du héros.

Tout ce que je peux faire, c'est être présent pour ma fille.

Malheureusement, à ma plus grande stupeur, je me retrouve en tête à tête avec moi-même. La chambre est déserte, la fenêtre, ouverte.

– PUTAIN DE MERDE ! hurlé-je en en enjambant le rebord. MIA ! Où es-tu ?

Seul le silence fait suite à mes appels. La chambre reste immobile, vide, lisse. Aucune trace de ma petite fille.

– Réponds-moi, s'il te plaît, continué-je malgré tout. Je sais que tu es fâchée, mais tu ne peux pas partir comme ça !

Dehors, c'est toujours ce même spectacle, serein et figé, où le temps s'écoule à la fois trop vite et trop lentement. Je m'agite pendant deux minutes, hurle à pleins poumons avant de me figer.

De petites empreintes dans la neige se dirigent droit vers le chalet de Lily.

CHAPITRE 47

LILY

Avec les jumeaux levés avant sept heures du matin pour la seule et unique fois de l'année, cette nuit de Noël a été des plus éphémères ! J'ai le crâne qui résonne encore et l'estomac en vrac… Le champagne, plus jamais ! Après une douche et un cachet d'aspirine, je m'exile en cuisine pour me verser du café et picorer les restes de bûche. Je suis stupéfaite de trouver de l'espace libre dans mon estomac après l'orgie de la veille. Le corps humain est décidément pétri de talents insoupçonnés !

Les jumeaux campent dans le salon, au pied du sapin installé, à l'origine, pour la petite Mia. Leurs parents ont profité de ma faiblesse momentanée pour descendre les cadeaux depuis l'étage…

– Joyeux Noël, tout le monde ! s'exclame Vi.

Elle et Emmett sont affublés d'un bonnet rouge et blanc sur la tête. D'ailleurs, ma sœur profite de notre câlin pour en planter un vert sur mon crâne.

– Et Joyeux Noël à toi, ma Grinchounette ! ajoute-t-elle. Cette année, interdiction de bouder.

Elle m'abandonne en cuisine pour rejoindre sa clique. À intervalles réguliers, elle me fait les yeux doux depuis le canapé. Cette vile sirène essaie de m'attraper dans ses filets.

– Allez, ne te fais pas prier ! insiste-t-elle. Tu n'as pas le droit de rester dans ton coin. Pas après ce superbe réveillon que tu nous as offert hier !

Elle tapote l'assise du canapé et je finis par lui obéir pour ne pas gâcher le plaisir des autres. Et puis, j'avoue, il y a un cadeau dans le lot qui me démange terriblement. Comme si elle était capable de lire dans mes pensées, Vi me cale un paquet sur les genoux.

– Je me suis dit que tu voudrais commencer par celui-là, pouffe-t-elle.

« Pour Lily, de la part du Yéti », dit l'étiquette.

Une douce chaleur m'envahit alors que je déchire l'emballage presque à contrecœur tant le papier est joli. Sous le regard curieux de Viviane, je soulève avec perplexité le marteau tapi au fond de la boîte, à moitié noyé dans un océan de cotillons multicolores.

– Il a dû se tromper, ce n'est pas possible ! s'indigne ma sœur.

Je déplie avec soin la carte qui accompagne ce cadeau insolite. D'un jeu de jambes, je garde Vi à distance pour l'empêcher de lire par-dessus mon épaule.

Lily,

Après ces quelques semaines de travaux, les gars sont parvenus à m'enseigner deux-trois trucs. Je t'en prie, ne ris pas en voyant ce marteau et ne me prends pas non plus pour un de ces types qui offrent un nouvel aspirateur à leur femme pour leur anniversaire ! À travers cet outil, je te fais une promesse : celle de venir t'aider à retaper le chalet avec toi. Tu as été là pour moi au moment où j'en avais le plus besoin, laisse-moi te rendre la politesse.

Et avant de crier au scandale, veille à bien vérifier le fond de la boîte. Mon petit doigt me dit qu'il pourrait s'y trouver quelque chose de plus adapté à ce que nous vivons ensemble.

Avec tout mon amour,

Monty

« Avec tout mon amour… » Le cœur au bord des lèvres, je dois lutter pour empêcher ma main de trembler tandis que j'écarte les boulettes de papier à la recherche du Précieux. Je finis par débusquer un autre paquet, beaucoup plus léger et discret que le marteau. Vi cesse immédiatement ses récriminations et s'accroche à mes épaules pour en découvrir le contenu en même temps que moi. Mes doigts défont délicatement le ruban autour d'une boîte de très bonne facture. Stupéfaite, j'y découvre un magnifique sautoir assorti de petites labradorites. Je lui avais parlé de cette pierre lors de notre pique-nique sous les étoiles, et il s'en est visiblement souvenu.

Le rythme de mon cœur accélère en une tendre morsure.

– Oh pétard ! Il ne s'est pas fichu de toi en fin de compte ! s'extasie Vi à mes côtés. Il est parfait !

À peine a-t-elle fini de l'accrocher autour de mon cou que quelqu'un frappe à la porte.

– J'y vais, dis-je à Vi qui se lève en même temps que moi.

En ouvrant la porte, je tombe sur une petite fée – si j'en crois les motifs de son pyjama –, un sac sur le dos, les pieds fourrés dans des pantoufles et couverte d'un simple peignoir.

Quelque chose ne tourne pas rond, mais je fais de mon mieux pour masquer mon inquiétude.

– Bonjour, petit chat ! lancé-je d'une voix faussement enjouée. Entre vite, tu vas attraper froid !

Mon petit doigt me dit que je ne gagnerai rien à la brusquer, mais ce n'est pas l'envie qui m'en manque. Y aller en douceur n'a jamais été ma spécialité ! Je vérifie les alentours, mais pas de Montgomery à l'horizon. Il va être mort d'inquiétude…

– Où est ton papa ? demandé-je en amenant la petite dans le salon. Il sait que tu es là ?

Le teint livide, elle a les bras croisés si étroitement et si haut sur sa poitrine que son menton en touche presque ses coudes. En d'autres circonstances, je me serais gentiment amusée de sa posture, mais une si grande détresse ternit le chocolat de ses yeux que j'en oublie le reste. Ses traits sont fragiles, prêts à s'effilocher au premier courant d'air. Plus que la fée

Clochette, j'ai l'impression d'avoir affaire à Casper le petit fantôme. Ça s'annonce mal…

– Je suis fâchée après lui, annonce-t-elle sans concession. Je veux divorcer !

– Ah carrément ! commente Sean en insérant son jeu flambant neuf dans la Playstation. Vous allez vous battre pour la garde du Lutin Félin ?

Mia a le front tout plissé de contrariété. Elle se rue alors sur mon neveu et tente de lui assener sur le bras une tape qu'il pare avec facilité.

– De quoi je me mêle d'abord ? lâche-t-elle, assassine.

Je lui prends la main pour l'apaiser et l'éloigner de Sean. Cette escapade pue l'embrouille à plein nez… Je n'avais plus vu la petite dans un tel état depuis son massacre dans le jardin d'en face.

– Arrête, Mia. Qu'est-ce qu'il a encore fait, ton vilain papa ? insisté-je en la hissant sur un tabouret de bar.

Je l'enroule dans une couverture polaire. Elle a encore les joues rougies et les doigts qui tremblent… En m'accoudant au comptoir, face à elle, je remarque ses yeux injectés de sang, signe qu'elle a beaucoup pleuré.

– Il arrête pas de répéter que maman viendra jamais vivre avec nous, explique-t-elle, des trémolos dans la voix. Je sais pas où elle est, mais faut que papa la ramène ici comme il a fait avec moi… Il est O-BLI-GÉ !

Je n'ai pas le temps de répondre qu'une pluie de coups s'abat sur la porte d'entrée du chalet. Mia sursaute alors qu'Emmett me fait signe de ne pas bouger. Il revient rapidement, un Montgomery blanc comme un linge derrière lui. Ce dernier se précipite vers sa fille, mais Mia reprend vite ses esprits et se tourne, feignant de ne pas le voir.

Je note qu'il reprend des couleurs derrière sa barbe épaisse maintenant qu'il l'a retrouvée, mais l'inquiétude se mue alors en colère. Il fait pivoter le tabouret de sa fille pour l'obliger à le regarder.

– Mia, qu'est-ce qui t'a pris ?! assène-t-il d'une voix forte. Tu ne peux pas t'en aller sans permission ! Tu es sortie toute seule… En plein hiver, en pyjama ! Pire encore, tu as traversé la rue. Tu imagines un peu ce qui aurait pu arriver ?

– Je vais bien, tu le vois, non ? conteste la fillette en tentant de remettre de la distance entre eux.

Les traits de Montgomery se figent, puis il a un mouvement de recul. De toute évidence, il est choqué par l'attitude de Mia, qui semble décidée à ne pas se laisser marcher sur les pieds.

– Ne sois pas insolente ! C'est grave, ce que tu as fait !

– Arrête de me crier dessus, j'ai rien fait de mal ! riposte Mia, sa voix emplissant tout le chalet.

– Alors pourquoi es-tu passée par la fenêtre ? rugit Montgomery. Tu savais très bien que tu étais en train de faire une bêtise !

J'admire le talent des jumeaux à occulter le scandale à l'autre bout de la pièce pour mieux savourer leur nouveau *shoot'em all*. Les rafales de leurs tirs nous procurent d'ailleurs une bande-son des plus adéquates.

Face au gabarit imposant de son père, la petite chouine sur son tabouret, tente de s'échapper, peste de plus belle quand celui-ci l'épingle sur l'assise.

– Je sais pas, sanglote-t-elle finalement. J'étais en colère.

– Ce n'est pas une raison suffisante pour fuguer ! S'il t'était arrivé quelque chose, je ne me le serais jamais pardonné !

– Tu vivais sans moi avant, rétorque-t-elle.

Montgomery semble hésiter entre pleurer et vomir… J'ai envie de l'aider, de l'appuyer dans cette épreuve, mais je n'y ai pas ma place. Mia ne regarde que lui, a besoin de lui. Malheureusement, je ne suis pas sûre que tous deux sachent comment résoudre leur conflit…

– Et tu es avec moi maintenant, souffle Montgomery. Je t'aime, Mia, et je n'irai plus nulle part sans toi.

– Si t'as changé d'avis, alors maman peut le faire aussi, non ? Pourquoi elle vient pas ? Qu'est-ce que j'ai fait de mal ? Qu'est-ce que tu lui as fait ?

Montgomery essaye de lui expliquer que c'est le choix de Kenza, que ni lui ni Mia n'y peuvent rien, mais que ça ne les empêchera pas d'avoir une belle vie ensemble, la fillette reste imperméable à cette logique d'adulte. Tout ce qu'elle voit, ce sont ses rêves brisés et l'absence d'une mère qu'elle a dû idéaliser.

– Je comprends pas pourquoi maman viendra jamais me voir ! gémit-elle en se frottant les yeux.

Emmett, Vi et moi-même nous lançons des œillades de détresse. Nous devrions nous retirer, tout ça devient beaucoup trop personnel, mais l'atmosphère pesante me met tellement à fleur de peau que je n'ose presque pas respirer. Alors, de là à bouger…

– On va vous laisser un moment, hésité-je en quittant le comptoir.

C'est à peine si Montgomery, plongé dans les yeux de sa fille, réagit. Viviane et Emmett m'emboîtent le pas en silence et forcent les garçons à suivre le mouvement en éteignant la console. Alors que tous regagnent leur chambre, je m'arrête à mi-hauteur dans l'escalier, où je peux entendre sans être vue.

– Skagway a une mauvaise influence sur toi aussi, sœurette, se moque gentiment Vi en revenant se pelotonner contre moi.

– Je ne devrais pas, mais… J'ai dit à Mia que je me retirerais si mon histoire avec son papa lui faisait trop de peine, et maintenant, je suis terrorisée à l'idée qu'on en arrive là. Le bonheur de Mia l'emporte sur tout le reste, bien évidemment. Sauf que… Enfin, je veux dire, Vi… je crois bien que cette fois, je suis am…

Je me plaque les mains sur la bouche pour m'empêcher de formuler la suite de cette phrase ridicule.

– C'est compliqué, poursuit Montgomery au rez-de-chaussée. Quand tu es arrivée dans nos vies, tu étais si petite, si fragile. On ne savait pas comment s'occuper de toi, alors on t'a confiée à des gens qui savaient, eux. On était jeunes, ta maman était malade, mais rien de tout ça n'est ta faute. Rien de rien… Je suis désolé de ne pas pouvoir te ramener ta maman, Mia.

– Pourquoi le Père Noël, il nous aide pas ? Il a dit au marché que j'ai été très sage !

– Tu sais, Mia, il y a des choses que même le Père Noël ne sait pas faire. C'est normal que ta maman te manque. Elle me manque à moi aussi. Pour pouvoir guérir, elle a choisi de nous oublier. Tu vas devoir te contenter de moi… Je suis là, aujourd'hui. Je suis revenu pour toi et je ne partirai plus jamais. Je veille sur toi et je t'aime très fort.

– Tu dis qu'elle te manque alors que t'as une nouvelle amoureuse, et moi j'ai toujours pas de maman. C'est pas juste !

Ses paroles me dévastent, ce sont exactement celles que je redoutais le plus. Malgré ma bouche scellée par l'entrelacs de mes doigts, un lourd sanglot m'échappe. En réponse à ma douleur, Vi se penche vers moi pour me prendre dans ses bras. Le nez enfoui dans son gilet, je me laisse aller sous le tapotement rassurant de ses mains dans mon dos.

– Tu n'as pas de maman, Mia, je ne peux pas changer ça. Seulement, tu oublies que tu as tatie Addie et tata Martha autour de toi. Tu as aussi Fiona, Emmett et Viviane. Et les jumeaux, ils sont comme deux grands frères un peu idiots, tu ne trouves pas ?

Après un silence de réflexion, le gloussement de Mia me parvient et me fait sourire depuis l'escalier.

– Tu t'es fait plein de copains et de copines dans ta nouvelle école, aussi. Tu n'es plus seule, ma chérie. On a perdu maman, mais ici, on a gagné plein de gens qui nous aiment et qui sont prêts à nous aider quand on a des problèmes. C'est comme une très grande famille ! On a de la chance, tu ne trouves pas ?

Je n'entends pas la réponse de Mia, mais je sens soudain la tension ambiante descendre d'un cran. Après quelques minutes d'attente, Vi et moi nous consultons silencieusement, puis nous décidons de descendre.

Dans la cuisine, Montgomery tient Mia dans ses bras, la petite est enfin apaisée.

CHAPITRE 48

LILY

Il fait un temps magnifique et, comble du bonheur, je suis de repos ! Vi m'a suggéré de passer du temps avec Mia. Si Montgomery est parvenu à la calmer chez moi le matin de Noël, je sais que Mia n'oubliera pas de si vite l'absence de sa mère. Elle semble depuis avoir accepté qu'il n'y aurait pas de maman dans le tableau familial, cela ne signifie pas que son cœur est réparé… Et malheureusement, mes sentiments pour son père n'arrangent pas les choses…

Alors aux grands maux, les grands remèdes ! J'emmène Mia au parc cet après-midi. Montgomery a dû s'absenter, je vais donc en profiter pour passer du temps avec sa fille et essayer de voir si elle est prête à m'accepter dans sa vie…

Ne souhaitant pas rater cet événement, ma sœur enrôle son mari et les jumeaux dans l'escapade.

– M'man, on a passé l'âge de faire du toboggan ! proteste Sean en tentant de se libérer de sa poigne de fer.

– T'as peur de pas paraître assez viril si jamais Ysa passe par là, pas vrai ?

Avery reçoit un coup de poing dans le ventre pour simple réponse.

– J'ai rien senti ! lance-t-il pour narguer son frère.

Les deux garçons s'empoignent en prévision d'un combat de catch mémorable sous l'œil effaré de Mia.

– J'aime pas quand ils se bagarrent, déplore-t-elle.

Elle suçote l'oreille de son Lutin Félin pendant que je l'aide à enfiler son anorak et ses bottes. Montgomery l'a déposée ici en partant ce matin, mais elle n'a jusque-là pas beaucoup parlé, préférant se plonger dans les dessins animés.

– Ils ne se battent pour de vrai, ne t'en fais pas.

– C'est leur façon de se dire « je t'aime », appuie Vi en l'affublant de son bonnet-renard.

– Le dernier qui arrive au parc est une mauviette ! scande Avery en lâchant son frère.

Sur ce défi absurde, les jumeaux sautent dans leurs vêtements de neige et déguerpissent dehors en laissant la porte grande ouverte.

– Ton papa a vraiment beaucoup de chance d'avoir une petite fille mignonne comme toi, soupire Emmett en nous invitant à sortir à notre tour.

Sur la route, des voisins nous arrêtent à plusieurs reprises. Lorsqu'ils demandent à Mia ce qu'elle a reçu à Noël, la fillette, encore timide, s'illumine pourtant chaque fois qu'elle dresse minutieusement l'inventaire, en levant un doigt après l'autre pour ne rien oublier.

Sur place, nous retrouvons Sean et Avery allongés pêle-mêle sur un banc, hors d'haleine.

– Vous êtes partis avec dix minutes d'avance, on a pris tout notre temps pour arriver, et vous êtes encore dans cet état ? relevé-je en déplaçant du bout de ma bottine le bras de Sean qui pend dans le vide. Elle est belle, la jeunesse !

Les garçons ne bougent pas d'un pouce, les yeux dans le vague et la bouche entrouverte. Intriguée, Mia s'approche d'eux et commence à secouer l'épaule d'Avery. Après quelques secondes, ce dernier se relève d'un bond en poussant un hurlement et attrape la petite fille dans ses bras.

– Eh ! C'est pas sympa de faire ça ! pépie-t-elle. Tu es un méchant !

– Et tu sais ce qu'ils font, les beaucoup très méchants, aux petites filles comme toi ?

Les tresses de Mia fouettent l'air quand elle secoue la tête.

– Ils les dévorent toutes crues ! réplique Sean derrière elle.

Il saute à son tour sur ses pieds et tord ses doigts comme autant de crochets. D'un sourire révélant chacune de ses dents, il se met à grogner et à remuer les fesses pour mimer les mouvements d'une queue de loup. Mia gonfle la poitrine pour ne pas se laisser impressionner, mais dès qu'Avery la repose au sol, elle file se réfugier dans une cabane au fond de l'aire pour enfants.

Sous un soleil radieux, le parc ne tarde pas à s'emplir de cris et de rires. Mia retrouve ses camarades de classe sur la balançoire et les jumeaux se retirent sous les arbres nus en compagnie d'autres lycéens et d'une belle blonde que ma sœur ne manque pas de remarquer.

– Qui est-ce que tu mitrailles comme ça du regard, Vi ? Ton fils ou sa copine ? la titillé-je.

– Un peu des deux, grimace-t-elle. Je n'en reviens pas que mon bébé sorte déjà avec une fille.

– Oh ma pauvre sœur… Tu te rends compte ? Tu vas bientôt devenir grand-mère…

Emmett me sauve la vie *in extremis* en revenant d'un stand voisin avec une tournée de chocolats chauds. Vi relâche immédiatement sa clé de cou pour s'emparer d'un gobelet.

Au fil de l'après-midi, Mia finit par délaisser ses amis pour nous rejoindre et me tire par la main. Je la regarde un temps faire le parcours de la corde, puis elle revient vers moi et s'assied dans le sable à proximité.

J'ai l'impression qu'elle souhaite se confier à moi, mais je ne sais comment l'inciter à le faire.

– Quelque chose ne va pas, petit chat ? tenté-je.

Ses grands yeux me dévisagent avec appréhension. Elle triture le scratch de ses chaussures, baisse la tête, puis joue avec ses tresses. Je décide de m'installer à côté d'elle et d'attendre silencieusement.

– Tu sais, Fiona, commence-t-elle. Je pense encore beaucoup à ma maman, même si je ne l'ai jamais vue.

– C'est normal, Mia. Personne ne te demande de l'oublier.

– Papa me parle d'elle, maintenant. Tu savais que c'était une danseuse ? Moi aussi, je veux essayer de danser, alors papa, il va m'inscrire.

Montgomery m'en a parlé hier, mais je fais semblant de l'apprendre par Mia et m'extasie.

– C'est génial, tu serais vraiment trop mignonne avec un tutu !

Elle acquiesce, de nouveau perdue dans ses pensées. Quelque chose me dit qu'elle ne voulait pas seulement me parler de Kenza… Sa main ramasse une poignée de sable, puis la relâche.

– Je t'aime bien, Fiona, même si c'est bizarre que tu sois l'amoureuse de papa, dit-elle finalement.

Mon cœur se serre, parce que j'ai bien conscience qu'elle n'a toujours pas réellement accepté ma relation avec son père. Et après la crise de Noël, Montgomery a été clair. Il ferait tout pour que Mia aille bien, quitte à mettre notre relation de côté jusqu'à ce qu'elle l'accepte.

– Et moi, je t'aime très fort, Mia. Tu es la plus extraordinaire des petites filles.

Elle me sourit et je vois dans ses yeux une grande sincérité.

– Si papa a une amoureuse, je suis contente si c'est toi, conclut-elle.

Mon cœur déborde de joie à ces mots. Je suis pétrifiée par l'émotion, si bien que c'est Mia qui décide de se relever et de se jeter dans mes bras.

– Voilà l'image la plus mignonne que j'ai jamais vue, nous interrompt une voix grave.

Je me retourne sur un Montgomery souriant, encore vêtu de sa tenue de travail. Mia court immédiatement vers lui et il n'hésite pas à la porter pour qu'elle se pelotonne au mieux dans ses bras.

– Mon papa d'amour, minaude-t-elle alors qu'il s'esclaffe.

Je me redresse à mon tour sous son regard brillant, frotte le sable sur mes collants et m'approche de lui. J'embrasse tendrement sa joue avant qu'il ne tourne la tête pour cueillir mes lèvres.

– Je préfère quand c'est moi qui travaille, murmuré-je à son oreille. C'est moins dur d'attendre.

Mia cherche à se dégager et demande à rejoindre ses amis. Alors qu'on la regarde courir vers eux, j'en profite pour me faufiler à mon tour dans les bras rassurants de Montgomery.

– Dis-moi tout. Comment se passe ta première journée, monsieur Peterson ?

– Arthur, c'est vraiment un gars en or ! Pas étonnant qu'il soit pote avec Sergei. C'est presque dommage qu'il parte à la retraite, j'adore bosser avec lui.

– S'il rempilait, tu serais toujours au chômage, lui fais-je remarquer dans un éclat de rire.

– La livraison à domicile dans le coin, ça n'a rien à voir avec ce que ça peut être dans les grandes villes. À Skagway, les gens t'invitent à prendre un café avec des biscuits, ils te demandent des nouvelles du monde. C'est super convivial, j'adore !

– Tu as vraiment l'air ravi.

– Parce que je le suis !

Comme pour me le prouver, il me gratifie d'un long baiser langoureux, récoltant les sifflets du groupe d'adolescents. On repassera pour la discrétion ! D'un pas léger, nous rallions l'aire de jeux où Mia réquisitionne son papa pour lui présenter ses copains. Lorsque je fais mine de m'éloigner pour leur laisser un peu d'intimité, elle me rattrape vite et me prend par la main.

Mon cœur déborde immédiatement d'amour pour cette famille.

CHAPITRE 49

LILY

Deux jours avant le réveillon du Nouvel An, alors que j'aide Montgomery à repeindre le couloir menant à sa buanderie, une étrange tension s'installe entre nous. Depuis ma discussion avec Mia, nous vivons pourtant dans une petite bulle de bonheur, mais ce matin, je crois qu'il a à son tour quelque chose à me dire. Accroupie devant le pot de peinture, j'imbibe mon rouleau dans la jolie teinte pêche qu'il a choisie avec sa fille et tente d'ignorer mon pressentiment lorsque soudain, deux jambes se plantent devant moi.

Quand je lève le nez, Montgomery me tend son smartphone.

– Addie voudrait te parler.

J'en reste bouche bée. Je me doutais bien qu'il me faudrait me confronter à elle en sortant avec un membre de sa famille, mais j'aurais préféré que cela se fasse plus tardivement. J'aurais peut-être aussi préféré que Montgomery ne me mette pas devant le fait accompli, mais il le sait, je me serais sans doute défilée…

Néanmoins, je n'ai pas eu le temps de tourner et retourner la scène dans ma tête afin de m'y préparer. Le sentiment de trahison est toujours présent, amer sur ma langue. Ce n'est pas la même chose qu'avec Spencer, certes, mais quelque part, Addie m'a préféré son neveu. Elle m'a reniée. Je ne peux pas pardonner. Pas encore.

Les lèvres de Montgomery remuent pour former quatre petits mots en silence.

« S'il te plaît. »

Je me laisse tomber au sol et saisis le téléphone. Je me ramollis déjà, Montgomery obtient ce qu'il veut de moi !

– Allô ? dis-je d'un ton aussi neutre que possible.

– Ma chère Lily, comme il est bon d'entendre ta voix !

Mes doigts se crispent autour de la coque, je lutte pour ne pas me laisser envahir par la nostalgie. Je réponds mécaniquement, la boule au ventre. Et finalement, après les politesses d'usage sur la santé, le travail et la météo, Addie se jette à l'eau.

– J'ai invité Monty et Mia pour le réveillon à la maison de retraite. Ils organisent un repas pour les familles et tu t'en doutes, j'ai hâte de rencontrer la petite ! Je lui ai demandé de t'inviter toi aussi, mais il a insisté pour que je le fasse moi-même. Qu'en dis-tu ? Tu penses pouvoir te libérer ?

– J… Je…

Je n'arrive même pas à finir une phrase tant sa requête me prend de court.

– On ne s'est pas quittées en très bons termes, toi et moi. Je me doute que tu m'en veux encore, même après toutes ces années. Tu sais, Lily, le choix n'a pas été facile à faire, et ça m'a brisé le cœur de te décevoir. L'eau a passé sous les ponts, alors j'espère que tu réussiras à me pardonner désormais. Viens, je t'en prie, que nous puissions mettre les choses à plat. Tu me manques beaucoup !

Face au regard de chien battu de Montgomery, qui s'est assis pile devant moi, je ne vois pas trop d'échappatoire possible. Ces Peterson auront ma peau, un jour !

Ainsi, au matin du dernier jour de l'année, j'embarque avec Mia et Montgomery sur le ferry à destination de Haines. Mia est tout excitée.

– Est-ce qu'on va voir des dauphins et des baleines ?

Montgomery se tourne aussitôt vers moi, me laissant partager mon amour pour les paysages de la région.

– On reviendra en été, précisé-je. L'hiver, on ne les voit pas trop, en général.

– Y'en a pas du tout alors ?

– Si, mais elles se cachent là où il fait un peu moins froid !

– Je vais quand même surveiller !

Mia garde les yeux plissés vers l'horizon durant toute la traversée.

– Elle va finir par loucher, m'amusé-je auprès de son père.

– Tant que le vent ne lui souffle pas en pleine figure, ça devrait aller.

J'éclate de rire en posant la tête sur son épaule alors qu'il est accoudé à la rambarde sur le pont du navire.

– Je n'y crois pas ! Toi aussi, tes parents t'ont fait le coup ?

– « Si tu louches et qu'il y a du vent, tu resteras toute ta vie coincé comme ça ! » récite-t-il.

– Ne me dis pas que tu es un père assez cruel pour dégainer des légendes urbaines à ta fille ! Bientôt, tu lui diras qu'elle a des pépins qui lui poussent dans le ventre…

Pour toute réponse, il me fait un clin d'œil.

Parvenus de l'autre côté de la baie, nous rallions la maison de retraite à bord d'une voiture louée. Addie nous attend déjà dans le hall de l'établissement, toute fringante dans un de ses anciens tailleurs de professeure malgré l'omniprésence de son déambulateur.

– Oh mes petits chéris ! Vous êtes bel et bien là ! s'exclame-t-elle en joignant les mains sur son cœur. Je suis si heureuse de vous retrouver !

Montgomery est le premier à se lancer en lui offrant un bouquet de roses acheté en ville. Je constate qu'Addie a enfin osé teindre ses courts cheveux blancs en violine comme elle en rêvait. Elle a toujours été accro à cette couleur entre le mauve et le lilas, et on ne trouve quasiment que ça dans sa garde-robe. Elle a perdu beaucoup de poids également, ses membres sont fins comme des baguettes. Ça me met un coup au cœur de voir combien elle décline physiquement, mais son esprit reste vaillant. Le contraire aurait été insupportable.

– Bonjour, tatie ! Je vois que tu pètes la forme…

– Toujours !

J'esquisse un pas hésitant en avant et me pare d'un sourire maladroit.

– Bonjour, Addie.

Les larmes lui montent aux yeux. Ne me laissant pas le choix, elle me serre tendrement dans ses bras.

– Ma jolie Lily, ça faisait si longtemps… Merci d'être venue.

Quand elle s'écarte enfin de moi, nous nous observons en silence. Ses rides se sont creusées, mais son regard pétillant, empreint d'une générosité infinie, est resté le même. Je prends conscience seulement maintenant qu'il est de la même nuance bleu glacier que celui de Montgomery.

Notre attention est déviée par un bruit de sac plastique que l'on agite juste à côté de nous. Le sourire d'Addie s'élargit alors qu'elle pose pour la première fois les yeux sur sa petite-nièce.

– Et toi, tu dois être la fameuse petite Mia ?

– Je suis pas petite ! proteste cette dernière. J'ai quatre ans, je suis une grande !

En riant, Addie nous invite dans sa chambre en attendant l'heure du repas. Je reconnais toutes les photos, tous les bibelots et les tricots qu'elle y a installés. Chaque souvenir présent dans cette pièce a une histoire, et Addie a passé des après-midi entiers à me raconter chacune d'entre elles.

Elle nous interroge sur notre quotidien, mais mes réponses restent brèves. Montgomery fait de son mieux pour restaurer nos liens, mais il ne sait comment se positionner entre Addie et moi, alors je finis par m'adoucir. Les facéties de Mia qui explore chaque recoin de la pièce me facilitent d'ailleurs la tâche, d'autant plus qu'elle nous enrôle dans ses grandes missions imaginaires, et comme elle fait systématiquement équipe avec son père…

Quand Montgomery emmène la petite aux toilettes au bout d'une vingtaine de minutes, Addie s'approche lentement de moi et pose la main sur la mienne.

– Monty m'a tout raconté, confesse-t-elle d'une voix vacillante. Comment tu l'as accueilli chez toi malgré vos disputes récurrentes, comment tu t'es démenée pour lui et pour Mia quand ils ont failli tout perdre… Tu as été là pour eux malgré la peine que j'ai pu t'infliger par le passé. Je t'en suis tellement reconnaissante.

Fidèle à mes habitudes, je tente de cacher mon embarras derrière une pirouette :

– Ce n'était qu'un acte de contrition après lui avoir fait la misère pendant trois ans.

– Si ça te plaît de présenter les choses de cette façon, alors disons cela ! s'amuse-t-elle. Sache en tout cas que rien ne me ravit autant que l'air niais que prend désormais Monty pour parler de toi. Mia n'est pas en reste, d'ailleurs, Princesse Fiona !

Je ris avec elle, mais chez moi, ça sonne faux, car mon cœur reste lourd. Revoir Addie me rend nostalgique, fait remonter des émotions telles que la peine et la colère, que j'aurais espéré avoir enterrées.

Elle voit sur mon visage que ce moment m'est difficile, car elle poursuit, plus sérieusement :

– Tu me manques, ma puce… J'espère qu'un jour, tu sauras me pardonner.

De l'index, je suis le tour d'un cadre photo où je pose, adolescente, entre Addie et Harry, son défunt mari. Je me souviens de cette journée-là comme si c'était hier. Nous venions de remporter le concours de la plus belle maison fleurie organisé par la ville.

Ai-je encore des raisons de lui en vouloir ? Finalement, c'est grâce à elle que j'ai pu rencontrer Montgomery.

– Tu me manques aussi, Addie, cédé-je enfin.

Cette fois, l'étreinte est réciproque. Le pardon prend du temps, mais je me sens déjà libérée d'un poids…

Je soupire d'aise, bercée par ce parfum floral qu'elle porte depuis ma plus tendre enfance. Quand Montgomery et Mia reviennent à nos côtés, nous nous appliquons tous à rattraper le temps perdu autour d'une tasse de thé.

CHAPITRE 50

MONTGOMERY

Au centre de notre table, dans une décoration sommaire faite de pommes de pin aux arêtes dorées et de houx rouge et vert, trône le Lutin Félin. Faute de moyens, le reste de la salle à manger de la maison de retraite est plutôt tristounet avec ses guirlandes de papier, nappes de crépon, bougeoirs électriques et mines fatiguées. Peu de familles semblent avoir rejoint leurs aînés et le silence de la salle rend l'ambiance… lugubre.

– Ne te fie pas à la première impression, me souffle Addie en me pressant la main. En intégrant le club de bridge, je me suis fait d'excellents amis. On n'a pas le temps de s'ennuyer ! Et puis j'ai un suivi médical bien meilleur que celui que je pouvais espérer à Skagway.

Même si elle me le répète constamment au téléphone, je me sens toujours coupable d'occuper sa propriété sans elle.

– Tu es sûre ? Il reste une chambre libre à la maison, tu sais.

– Sûre et certaine ! Je fais les quatre cents coups avec Chuck et les autres, tu peux demander aux soignants.

Addie se tapote le cœur pour me prouver sa sincérité. La main toujours dans la sienne, je soupire de soulagement et lui caresse tendrement le pouce. J'ai tellement peur qu'elle se sente seule dans cette résidence, entourée de gens qu'elle n'a pas choisis, mais son assurance et son sourire lumineux me réconfortent.

– Comme la fois où vous vous êtes battus en prenant vos cannes pour des sabres laser ? intervient Charlotte, une aide-soignante, en nous apportant l'apéritif.

– T'as fait ça, tatie ? s'exclame Mia avec admiration.

– Chuck voulait me chiper la dernière part de flan, je n'allais quand même pas le laisser faire !

J'éclate de rire en imaginant la scène, bientôt imité par Lily. Voyant combien nous sommes bon public, Charlotte nous raconte quelques anecdotes supplémentaires. Très vite, l'infirmière de service se joint à nous pour savoir pourquoi nous faisons autant de bruit et notre indic déguerpit en toute innocence.

Une fois le calme revenu à notre table, Addie ne peut s'empêcher de grimacer en reniflant le contenu de son verre.

– Autant boire le soda de Mia, il a davantage de chance de me faire tourner la tête… désespère-t-elle devant son cocktail sans alcool.

Lily affiche un sourire particulièrement machiavélique alors que, sous la table, elle glisse une flasque métallique dans la main de ma tante.

– C'est bien ce que je pense ? demande Addie en se léchant déjà les babines.

– Absolument ! Fâchée ou pas, j'ai gardé nos bonnes habitudes. Interdiction de célébrer le Nouvel An sans un petit remontant !

Suivant leur exemple, j'ai le malheur de les laisser corser mon cocktail. La première gorgée m'arrache l'œsophage de haut en bas. J'ai l'impression qu'un torrent de lave se déverse dans mon estomac. J'attrape de justesse une serviette pour y tousser encore et encore, le teint rougeaud.

– Petit joueur ! me nargue Addie en descendant son verre sans sourciller. Allez, Lily ! Montre-lui comment on fait au pays !

Celle-ci boit facilement la moitié de son cocktail sans même une grimace.

– Santé ! s'esclaffe-t-elle en cognant le cul de son verre sur la table. Ne t'en fais pas, Addie. Je vais lui apprendre la vie !

Quand les convives des tables alentour commencent à nous jeter des regards suspicieux, Addie range bien vite la flasque dans le panier de son déambulateur.

– On devrait peut-être la ramener à la maison, temporisé-je.

– Il te faudra d'abord me passer sur le corps ! s'indigne ma tante.

Le reste du repas se veut bon enfant. Mia en vient malheureusement à s'ennuyer dans cette ambiance calfeutrée. Plusieurs résidents s'endorment même avant le dessert. Pour inverser la tendance, les amis d'Addie ont décalé leurs tables pour les accoler à la nôtre et apportent un peu d'énergie à ce réveillon bien trop sage. Mia reprend du poil de la bête et devient vite la coqueluche de notre assemblée. Elle passe de genoux en genoux avec sa peluche pour faire rire les résidents à l'aide de ses nombreuses histoires de dragons et de licornes.

À vingt-deux heures, nous sommes les seuls à veiller. Entre deux rondes du personnel, Chuck et Addie se lancent dans une course en fauteuil roulant dans les couloirs.

– Ça me rassure de voir qu'elle est restée fidèle à elle-même, qu'elle garde son petit grain de folie, se réjouit Lily en applaudissant le vainqueur.

– Mais quand même…

– Montgomery, soupire Lily, laisse-la vivre comme elle l'entend. Elle est heureuse, tu le vois, non ?

Hilare, Addie revient vers nous dans son engin qu'elle pilote d'une main de maître avec Mia sur les genoux.

– Je passe la meilleure soirée de ma vie ! s'esclaffe-t-elle.

Quand la porte du bureau de garde s'ouvre soudain sur notre joyeux remue-ménage, nous nous figeons tous dans un seul et même élan.

– Faites un peu moins de bruit, vous allez réveiller les autres ! nous rabroue le veilleur.

– Oui, papa ! ânonne Chuck en se mettant au garde-à-vous dans son fauteuil.

La soirée se poursuit autour de parties de cartes où Addie triche éhontément, presque aussi bien que Lily. Elles partagent une telle connivence que lorsqu'elles font équipe, rien ne peut les arrêter. Chacune connaît toutes les mimiques de l'autre et elles peuvent organiser leurs complots en connaissance de cause. Mia s'est endormie depuis un bon moment dans le canapé de la salle commune. À minuit moins le quart, nous cessons nos activités et nous réunissons devant le décompte à la télé. Je réveille doucement Mia comme elle me l'a fait promettre.

– Il va bientôt être minuit, ma chérie, lui soufflé-je tout en jouant avec des mèches de cheveux entremêlées sur sa joue.

Elle remue quelques secondes avant de se décider à rouvrir les yeux. Calée dans mes bras, elle accepte le chapeau pointu et les énormes lunettes en plastique que lui offrent Addie et ses amis. Des cotillons dans la main, un sifflet dans la bouche, ma fille compte avec nous dans un désordre absolu, n'ayant pas encore pris le moindre cours de mathématiques.

À minuit, c'est l'explosion de joie. Au cœur de cette effervescence, après avoir embrassé ma fille et ma tante, je propose à Lily de venir prendre l'air un moment avec moi sur le balcon. Mia est trop occupée à se dandiner sur la musique pour remarquer que nous nous sommes éclipsés.

Libérant de derrière mon dos une branche de gui glanée sur une table de la salle à manger, je l'agite au-dessus de nos têtes.

– Tu me sors le grand jeu, dis-moi ! glousse Lily.

– Aujourd'hui, comme pour tous les jours qu'il nous reste à vivre ensemble.

Je lâche la branche à l'instant où nos bouches se scellent. Mon cœur bat de plus en plus fort dans ma poitrine. Front contre front, nez contre nez, je me nourris de son énergie, de sa joie de vivre, sous les étoiles de l'Alaska. Au loin, des aurores boréales dansent pour nous.

– C'est magnifique, commente Lily à voix basse. Je ne m'en lasserai jamais.

Sous ce tableau idyllique, à la lumière de la nuit, je sais que c'est le moment de lui dire concrètement ce que je ressens. Je laisse échapper avec une certaine appréhension les mots que je n'ai prononcés que pour une femme avant elle :

– Je t'aime, Lily.

Les mains appuyées sur mes bras, cette dernière tente de s'écarter de moi.

– Pardon ? Qu'est-ce que tu as dit ? s'exclame-t-elle. J'ai bien entendu ?

– Je pense, soufflé-je.

Un ange passe tandis qu'elle cherche ses mots. Les battements de mon cœur s'accélèrent, cette fois en proie à la panique. Je sais que j'ai un bagage important, que si elle accepte mes sentiments, c'est une vie avec moi, mais aussi avec Mia, qui l'attend… Est-elle prête pour ça ? Un sursaut d'angoisse me tord le ventre alors qu'elle reprend la parole avec une détermination nouvelle.

– Tu es un voisin épouvantable : tu squattes la maison de mes rêves, vandalises ma voiture le jour de ton arrivée, dézingues la planète avec tes éclairages à faire exploser le PNB de l'Ouzbékistan. Tu as même foutu le feu au quartier ! Mais envers et contre tout, Montgomery Peterson, je t'aime, moi aussi.

Glissant les bras autour de ma taille, elle pose la tête sur mon cœur qui n'en tambourine que plus fort encore.

– Je t'aime un peu… beaucoup… passionnément…

– Tais-toi, rit-elle simplement.

CHAPITRE 51

LILY

Huit mois plus tard…

– Tout le monde a mis sa ceinture à l'arrière ?

Mia fait la ola sur la banquette.

– Oui, mam'z !

« Mam'z »… Notre compromis entre Lily, Fiona et maman. Je suis vite devenue très friande de ce surnom. Un sourire idiot me colle aux lèvres.

– Alors pourquoi je vois un Lutin Félin qui s'envole vers le plafond ?

– Oups !

La peluche a troqué son bonnet rouge et blanc contre un masque de plongée, et sa veste de Père Noël, contre une bouée. En ce mois d'août, la chaleur est écrasante et les moustiques nous attaquent par nuées entières à la moindre ouverture. Mon short et mon débardeur me collent à la peau. Chaussant mes lunettes de soleil, je démarre le moteur de mon cher Gibson et nous nous engageons sur le chemin de la maison.

En route, Mia me raconte sa journée :

– Tiffany a encore tiré sur mes couettes ! se plaint-elle.

– Tu as fait ce qu'on a dit ?

– Non, j'ai pas osé. Mais je l'ai prévenue que si elle continue, tu vas cracher dans ses frites chez Martha !

– Ça, c'est bien envoyé ! ris-je.

– Elle a répondu que tu vas perdre ton travail si tu fais ça. Alors moi, j'ai crié que si elle tire encore mes cheveux, je vais lui faire une prise de karaté ! Comme ça… Hiyaaaa !

Ses bras moulinent l'air sans paraître très menaçants. Je fronce les sourcils.

– Ce n'est pas un mouvement de la danse de papa, ça ?

– T'as reconnu ? s'exclame-t-elle, folle de joie.

– La danse du yéti givré ! chantons-nous à tue-tête tout en remuant les fesses sur nos sièges respectifs.

Il m'a fallu des mois de patience et de délicatesse pour en arriver là où nous en sommes aujourd'hui, Mia et moi. Après Noël, nous avons appris à redevenir amies. Après Pâques, à vivre ensemble. À la fin de l'année scolaire, nous étions devenues inséparables et d'une complicité telle que nous faisions souvent tourner son père en bourrique. Je pensais être trop jeune pour devenir maman, mais les choses se font si naturellement, au final, avec Mia… Ce n'est pas resté une source d'angoisse très longtemps dans ma relation avec Montgomery.

– Elle t'a laissée tranquille, j'espère, après ça ? vérifié-je.

– Tiffany a dit que j'étais folle et Lena est arrivée. Elle a pris ma main et on est allées faire du toboggan.

Mia continue de me raconter les péripéties de son après-midi jusqu'à ce que je me gare dans l'allée des Peterson. À peine descendues de voiture, nous trottinons vers le chalet. Mia me devance rapidement et s'engouffre dans le vestibule pour aller goûter.

De mon côté de la chaussée, une camionnette de déménagement provoque un sacré remue-ménage. La Team Gros Bras au complet est venue aider Vi, Emmett et les jumeaux à charger leurs affaires. Ce spectacle pourtant joyeux me sape un peu le moral… Après tout, j'ai fini par m'habituer à leur joyeux raffut, aux matins complices et chaotiques, à l'insolence des garçons et aux réponses monosyllabiques d'Emmett en plein travail. Quant à Vi, c'est ma moitié. Ma sœur, mon amie, ma confidente. Ça me fend le cœur de les voir partir, bien que je sache que l'heure devait arriver un jour.

– Tu en fais, une tête ! commente Viviane en me retirant mes lunettes.

– C'est parce que tu vas trop me manquer…

– Tu ne vis même plus là depuis deux mois !

– Je m'en fiche, c'est comme ça ! asséné-je en la prenant dans mes bras. C'était chouette de vous avoir juste en face.

Je fais appel à chacun de mes sens pour figer cet instant dans ma mémoire. Ignorant les allers-retours des autres, je serre ma sœur si fort que j'imagine le contour de mes mains s'imprimer dans son dos, hume le parfum de noix de coco de ses cheveux, me noie dans le motif estival de sa petite robe cache-cœur, en dépit du goût doux-amer que j'ai en bouche. J'ai toujours détesté les au revoir, celui-ci n'y fait pas exception.

– Fais attention, « mam'z », tu deviens sentimentale ! Et puis, je ne pars pas à l'autre bout du monde, hein ! On sera à peine à dix minutes de voiture d'ici.

– Si tu avais encore une fois opté pour la Californie, je t'aurais séquestrée chez moi de toute façon.

Vi glousse, puis se dégage pour secourir une plante que Sergei menace d'effeuiller pour la faire entrer dans un petit espace libre. Il est plus doué pour les travaux que pour les parties de Tetris. Mike et Joe débarquent avec un énième lot de cartons, sous les encouragements de Serena qui se lime tranquillement les ongles sur un muret pour parfaire son bronzage. Adrian et Taylor doivent être quelque part en train de se peloter, puisque les parents du premier font partie du convoi spécial. Ils referment les derniers cartons dans le salon tout en bavardant avec Martha qui prépare des en-cas. Je salue l'assemblée et constate qu'il manque quelqu'un à l'appel.

Tandis que Mia babille en cuisine, je relève mes cheveux en un chignon grossier pour me rafraîchir le cou et me sers un grand verre de limonade. Enfin, mon petit ami se montre, descendant l'escalier avec les pans d'une armoire démontée dans les bras.

– Salut, Gom'z ! l'interpellé-je en levant mon verre vers lui.

Jusqu'ici, il fronçait les sourcils d'un air sévère, tout concentré qu'il était à se déplacer avec sa charge sans occasionner de dégâts autour de lui. Je me délecte du spectacle de son torse nu sur son jean et ses chaussures de sécurité. Je sirote ma boisson pour masquer mon appétit grandissant. Quand nos regards se croisent enfin, le visage de Montgomery s'illumine.

– Ne bouge pas, je reviens !

– Je fais ce que je veux, le nargué-je en lui tirant la langue. Je suis une grande fille !

Montgomery grommelle pour attirer l'attention de Mia sur mon manque de savoir-vivre.

– Ma chérie, tu veux bien la surveiller pour moi pendant que je charge ça dans le camion ? Je crois que Mam'z va faire des bêtises alors qu'on ne s'est même pas encore vus de la journée !

– Oki doki, papa !

Aussitôt, me prend une envie irrésistible d'évasion. Faisant voler mes tongs, je traverse le couloir au triple galop pour me réfugier dans la pièce du fond, mon ancien atelier devenu bibliothèque. Là aussi, la Team Gros Bras est venue m'épauler chaque fois qu'elle avait un créneau. Je m'en suis offusquée dans un premier temps – ça fait des années que je me débrouille seule, autant continuer – mais Montgomery s'est acharné jusqu'à me convaincre qu'il n'y a pas de mal à demander de l'aide.

De retour, Montgomery me coince entre deux meubles, me forçant à capituler. Je me love dans ses bras et nous échangeons un sage baiser. Mia ne fait plus semblant de vomir à cette vue depuis que j'ai emménagé chez eux, de l'autre côté de la rue.

– Pas trop triste de les voir partir ? me demande Montgomery.

Je lui réponds avec une moue presque enfantine.

– Oh, mon cœur… Viens là, tente-t-il de me consoler.

Alors qu'il est sur le point de m'étreindre à nouveau, Mia s'immisce entre nous en criant de nous remettre au travail « et que ça saute ! »…

Le temps de charger le camion, de le décharger à la nouvelle adresse, de monter quelques meubles essentiels et de dîner tous ensemble au *Gold Nugget*, la soirée est déjà bien entamée. Mia pique du nez dans son assiette.

– On fixe une date pour la pendaison de crémaillère avant que vous ne repartiez ? propose Vi en suçotant sa cuillère couverte de sundae. Dimanche à onze heures ?

Après l'effort, le réconfort ! Tout le monde accepte de bon cœur, puis Montgomery passe la main sur ma cuisse avant de se pencher vers moi.

– Et si nous fixions une date, nous aussi ? roucoule-t-il en tapotant la bague de fiançailles à mon doigt.

De surprise, je manque de renverser ma coupe de champagne. Montgomery synchronise ses mouvements avec les miens, tend le bras pour amortir la chute et en profite pour me voler un baiser.

– Je t'aime, soufflé-je.

– Je t'aime encore plus, répond-il.

– On voit ça demain, tu veux bien ? Mia voudra sûrement donner son avis là-dessus et elle ne semble plus trop en état dans l'immédiat.

– Demain, c'est parfait !

De retour à la maison, Mia traîne ses sandales à travers la pièce à vivre. Un « miaou » s'élève depuis le comptoir de la cuisine. La queue en panache, avec ses beaux yeux d'un bleu céruléen, Gawyn nous accueille avec une gamme de vocalises.

– Je rêve ou le chat est en train de nous réprimander ? m'offensé-je, tentée de lui tirer les vibrisses pour lui apprendre la vie.

Le sacré de Birmanie saute sur le carrelage et se dirige vers nous d'un pas royal. Abandonnant son Lutin Félin sur le canapé, Mia l'attrape doucement sous les aisselles, comme nous le lui avons appris, pour le prendre dans ses bras et se noyer dans un océan de ronrons et de poils longs.

Au creux de la nuit, je me surprends à penser au chalet de l'autre côté de la rue. Quelle ironie que les travaux aient abouti au moment même où je l'ai quitté ! À présent, j'ai un nouveau projet, un nouveau plan secret que j'ai ébauché cette fois avec Montgomery : ouvrir un refuge pour personnes en difficulté. Nous aimerions pouvoir leur proposer un point de chute pour les aider à mieux rebondir. L'emplacement en Alaska n'en fera pas un lieu de haute fréquentation, mais après tout ce que Montgomery, Taylor et Vi ont traversé, j'ai pensé qu'ils ne devaient pas être les seuls à avoir besoin d'un coup de pouce.

Montgomery dort paisiblement à côté de moi. Je pressens que notre histoire d'amour sera à la hauteur de nos vieilles querelles de voisinage. Nous allons rire, oh oui… et nous allons nous aimer. Et les aurores boréales chanteront à jamais notre histoire aux oreilles des lucioles enchantées.

REMERCIEMENTS

J'ai grandi dans une petite ville du Nord où, faute de moyens, j'ai relu un nombre incalculable de fois les mêmes livres. Entre autres, ceux de Jack London, de *Croc Blanc* à *L'Appel de la forêt*, à l'école élémentaire. De là est née ma fascination pour le Grand Nord, le Yukon et l'Alaska, où je rêve encore à ce jour de séjourner. Je pense ainsi forcément à Mme Favier, ma professeure de français et de grec ancien au collège, qui a été la première à croire en moi, à corriger mes écrits maladroits et à m'encourager à poursuivre.

Je fais partie de ces personnes qui appréhendent malheureusement chaque année la période des fêtes. Eh oui, dans la vraie vie, je me sens pas mal proche de Lily ! Si elle parvient à se réconcilier avec Noël grâce à Monty, j'ai quant à moi vécu la même chose grâce à Fyctia. Après quatre ans d'efforts, d'espoirs et de doutes, une finale Carré d'Or et trois coups de pouce du jury, Karen m'a annoncé la grande nouvelle au téléphone, quelques jours avant Noël 2023.

Et c'est donc à elle, ainsi qu'aux équipes Fyctia / Hugo New Romance, que j'adresse mes premiers remerciements. Merci d'avoir continué à croire en moi en dépit de mes tentatives ratées par le passé, merci de m'avoir offert cette incroyable opportunité. Karen, régulièrement, quand j'écris, j'entends encore tes célèbres : « On a dit plus sexy ! » dans ma tête. Merci pour ta bienveillance, ton humour et tes précieux conseils. Autant de qualités qui valaient de loin toutes les nuits blanches qu'il m'a fallu pour arriver au terme de ce récit et de sa réécriture, en plus d'un Covid long et de mes semaines de plus de quarante-deux heures. Tu as rendu ce voyage mémorable en dépit de ma phobie des deadlines !

Je voudrais aussi remercier Cécilia, ma maman de cœur. La vie place parfois des rencontres inattendues sur votre route, de celles qui changent tout. En dépit d'un faux départ, le destin nous a ramenées l'une vers l'autre, et nous avons pu apprendre à nous connaître et à nous apprécier. Avec ta générosité, ton humour à deux balles, ta fraîcheur de vivre selon tes valeurs, en dépit du qu'en-dira-t-on, tu as posé un exemple qui m'a encouragée à me libérer des chaînes que je m'étais moi-même imposées au fil des ans. Tu réponds toujours présente, dans la joie comme dans la peine, sans jamais juger qui que ce soit. Tu rends le quotidien tellement plus intéressant et amusant. Depuis que je te connais, je ne suis jamais vraiment seule. Je t'aime pour tout ça et bien plus encore !

Je n'oublie pas non plus la talentueuse autrice Ophélie Bruneau, qui est entrée dans ma vie au détour d'un service presse il y a plus de dix ans. Comme quoi, de belles histoires peuvent naître des réseaux sociaux. Comme Cécilia, tu es une personne que l'on ne peut qu'admirer tant tu te soucies de ton prochain et des animaux. Les petits gestes que tu as eus pour moi dans les différentes épreuves que j'ai pu traverser sont à jamais gravés dans mon cœur. J'ai de la chance d'avoir fait ta connaissance, toi qui as aussi été là pour me sortir des affres du doute de l'écriture et m'as fait bénéficier de ton expérience. Je n'oublierai jamais le concours Anima que nous avons vécu ensemble sur Fyctia, c'était magique ! Et je suis tellement fière de pouvoir enfin te dédier quelque chose à mon tour !

Merci également aux Fyctionautes qui m'ont soutenue au fil des ans : Anne-Estelle, Laureline, clecle et tant d'autres ! Impossible de tous vous citer, mais la plateforme a cette énorme qualité de pousser les jeunes auteurs et autrices à oser se dévoiler, à s'entraider envers et contre tout.

Et merci à chacun d'entre vous qui avez lu ce roman. J'espère que Lily et Monty ont su vous émouvoir, vous faire rire et voyager. J'ai hâte de découvrir vos ressentis pour en apprendre encore davantage et vous offrir prochainement d'autres récits à la hauteur de vos attentes.

J'ai vécu cette année sur des chapeaux de roues, et pourtant, je ne demande qu'à remettre le couvert tant ça a été instructif et vivifiant !

Composition et mise en pages
Nord Compo à Villeneuve-d'Ascq